红色经典的时代之问

HONGSE JINGDIAN DE
SHIDAI ZHI WEN

对13部文学作品的文本细读

刘照华 著

山西出版传媒集团　北岳文艺出版社

·太原·

图书在版编目(CIP)数据

红色经典的时代之问：对13部文学作品的文本细读 / 刘照华著. -- 太原：北岳文艺出版社，2024.11.
　ISBN 978-7-5378-6993-5

Ⅰ．I206.6
中国国家版本馆CIP数据核字第20246A61X7号

红色经典的时代之问：
对13部文学作品的文本细读

刘照华　著

//

出 品 人	出版发行：山西出版传媒集团·北岳文艺出版社
郭文礼	地址：山西省太原市并州南路57号
	邮编：030012
选题策划	电话：0351-5628696（发行部）　0351-5628688（总编室）
赵　婷	传真：0351-5628680
	印刷装订：山西人民印刷有限责任公司
责任编辑	
赵　婷	开本：787 mm×1092 mm　1/32
	字数：230千字　印张：11.125
书籍设计	版次：2024年11月第1版
张永文	印次：2024年11月山西第1次印刷
	书号：ISBN 978-7-5378-6993-5
印装监制	定价：68.00元
郭　勇	

本书版权为本社独家所有，未经本社同意不得转载、摘编或复制

让经典穿越时空、动人心弦（自序）

最初想要写写这些文学经典，是觉得介绍它们意义重大，因为它们艺术再现了一段波澜壮阔的历史，创造了值得珍藏和流传的人物形象，因此，有必要用一种贴近时下读者的方式，一同回到这些影响了一代又一代人的文学作品中。而关键在于，要重新审视并激活这些文学作品的时代意义和审美价值，让它们穿越时空、动人心弦。

1

在当代中国文学史上，经典作品如繁星闪耀。但随着时代的变迁，特别是随着网络时代、数字化时代的到来，年轻一代阅读方式和审美趣味快速更替，他们与一些老的文学经典逐渐隔离开来。这些被疏离甚至误解的作品中，创作于改革开放之前的红色经典占有很大比例。很多年轻人认为它们时代久远、叙述陈旧、与之代沟很深，因而没有阅读的兴趣。而事实上，恰恰是这些经典作品，将中国人民艰苦卓绝、惊天动地的奋斗史生动、具体地讲述出来，记录了那些时代最鲜活、最丰富的社会生活细节，显现了令人震撼的生命过程，揭示了一个伟大民族生生不息的精神图谱和心灵密码。这样的经典不能为更多的年轻人阅读或理解，其中确有时代差别巨大、文学方式迥异等原因，然而年轻一代如果因为这些外在的因素就与之失之交臂，着实是万分可惜！

这些经典，当然是"旧的"，而事实上，恰恰因为它们经过了时间的考验，才赢得了"经典"的称谓，不仅内涵深邃，而且在文学表达和审美范式上树立了高标，它们在许多方面的成就，令当下的写作者望尘莫及。关键在于，我们如何让年轻一代感受到蕴于这些经典的特有价值，去认知它们的美，去接受和传承它们创造的审美典范和精神光芒。

2

出乎意料的是，针对这一创作计划而完成读与写的过程，深刻地改变了我对这些文学经典的认识，让我意识到之前自己对它们的所知所感真是太肤浅了。

我们这一代人，是自幼接受着这些经典熏陶一路成长的，对于它们，内心是有着相对统一的印象的。因此，当我要重新阅读它们并由自己来阐释它们的时候，内心是带着既有经验之下的预期的，我力图要对其革命性和英雄主义，以及人民创造历史、创造新社会的主人翁精神等思想内涵，作出更加深刻细致的分析和评述。然而，当我细细品味它们的时候，却有了大大超乎预期的感受。这些作品尽管对应着过往的历史，但它们能带给读者面向社会潮流、时代生活、社会风俗、人生命运、情感选择、灵魂震颤、人性追问的丰富体验。它们固然在红色内涵上显现了可贵的价值，但这种内涵与价值，是有机地生成于瑰丽多彩的文学世界中的，它的红色是盛开于世间万象、人生百态之上的。相较于此次重读的体验，我之前对于它们的关注太过集中于红色标签，大大忽略了它们作为文学经典的艺术内涵。认真思考之后，我觉得有必要强调：切莫淡化了人们对其文学经典质地的感受。

  这些红色经典从诞生之初起，就产生轰动效应，它们有的曾拍成电影或被连续广播，有的进入教材或成为学生课外必读作品。然而许多情况下，对它们的介绍有着明显的局限，如"意义"层面焦点较为单一，人物、事件分析带有公式化倾向，甚至沿袭着前人的定论。这种状况至今仍然很大程度上存在。究其原因，虽说当今时代文学的研究与观察已站在前所未有的高度，围绕当代文学作品、文学现象的讨论异常活跃，批评的角度与方法不断趋新，但另一方面，对于过往历史时期产生的红色文学经典，当代研究者深度、系统的进一步挖掘相对欠缺，特别是欠缺以最新视野、观念重新发现其内涵的思考与实践，这使得红色经典在以往特殊历史背景下被忽略甚至遮蔽了的多重内涵与价值，仍旧未能充分彰显。而如果不能在内涵和价值层面实现质的拓展，那么，这些文学经典就很难富有魅力地深入青年读者意念。解决问题的方法，就是深入作品的文学世界内部，作多重观察与解读，还原作品完满的生命，让读者真切地感受到经典的博大、丰富、深邃之美。这样的经典，一定会深入人心。

3

伴随着这样的思考，我在这次写作中逐渐形成自觉，体现在以下几个方面。一是确定写作角度为鉴赏式评论，这样可以扩大观察分析的自由度，将对作品历史地位、思想意义、艺术内涵、审美价值的观察融入文本细部品读。二是坚持以同一标准确定鉴赏对象，本书选择的十三部作品，均是具有文学经典品质和影响力的作品，是思想性、艺术性俱佳的力作。三是对创作现象的分析，既注重时代生活影响，又注重作者的生命情感内涵，尤其强调作者本身特质与作品个性的关系，从而突出作品的特殊性。四是对于人物形象，不仅注重揭示思想深度、优良品质，而且解读其情感特征、人格内涵，特别是将那些表现人性丰富复杂、富有审美价值的部分纳入鉴赏范围，将特殊历史时期刻意回避了的出于人性之美、爱情之美的描写作了细腻品评。五是对作品形象塑造、叙事方式、结构特点、语言风格等艺术性的分析，不套用四平八稳的公式作泛泛点评，而是聚焦其创造性、独有性,选择最突出、最具质感处作深入分析,揭示作品卓尔不群、堪称经典的价值所在。六是鉴赏写作的基点,最终落于对文本的细读,线索的隐显与故事的起伏,人物的离合与情节的冲突,节奏的松紧与高潮的实现……力求丝丝入扣、细腻丰富,直至探赜索隐,呈现灵魂和人性最隐秘的部分。七是采取了散文笔调,力求体现贴近性和代入感,即便对于未曾阅读经典原著的读者,也想让他们由此一望而知经典风骨所在,与之略有"神交"的契合。

　　本次所选十三部红色经典,体裁涉及长篇小说、短篇小说和报告文学。在统一的写作理念、标准、手法之下,十三篇鉴赏评论构成一个系统,一言以概之,就是欲以新时代的文学眼光,对文学经典的品质和价值作新的文本细读。如果说有可取之处,首先是站在赏读经典之美的角度,对这十三部文学作品有所发现——发现它们历久弥新的光点、亮点,凸现那些可以穿越时空,永久地感染人、塑造人的生活之美、人性之美、人格之美、理想之美、信仰之美。

　　这些经典的审美内涵是异常丰富的,而共同具有的深厚之美在于,它们在各自的当下,都面对潮流、面对闪电、面对存亡、面对信仰,发出了时代之问,给出了甘洒热血写春秋的不朽担当。而对它们完成阅读、鉴赏的我们,必然秉持当今的命运之思,怀有当今的时代之问。在这种读与思之间,必然碰撞出时代与生命之美的灿烂火花。

　　本书出版过程中,有幸承蒙著名作家王蒙先生寓目。更令人感动的是，先生不吝提携勉励，表示愿作本书推荐人。在此，特向见证了新中国诞生、有着辉煌独特文学创造、在新时代坚持笔耕的人民艺术家王蒙先生致以深深的敬意！

  一并向重视和支持本书创作出版的有关方面及提供宝贵指导意见的师长、同仁们表示诚挚感谢！

刘照华
2024年6月于太原

目 录

《红岩》世界的信仰之美 …………………………001

浓墨重彩《红旗谱》 ………………………………028

《红日》映照江山图 ………………………………059

《烈火金钢》颂忠魂 ………………………………087

《林海雪原》唱英雄 ………………………………105

没有休止符的《青春之歌》 ………………………115

《青春万岁》的"五条金线" ……………………123

一缕清香《荷花淀》 ………………………………138

玉洁冰清《百合花》 ………………………………150

新起点上的《创业史》 ……………………………163

赵树理的《三里湾》 ………………………………246

《吕梁英雄传》：人与土地都在战斗 ……………261

一语情深：《谁是最可爱的人》 …………………333

《红岩》世界的信仰之美

读《红岩》,时时会感受到心灵深处的震撼。《红岩》构建的艺术世界,是精神和信仰对话的世界。

承受痛苦和迫害的生命,为何愈来愈显得高贵?高贵的灵魂,在黑暗、血腥、死亡面前闪耀着光辉,歌唱着信仰,这是怎样一种超凡的力量!长篇小说《红岩》的故事情节是紧张激烈、跌宕起伏的,革命者面对的斗争和较量是异常艰苦、残酷的,而能够让这一切深深刻入读者心灵的,最是那一个个书写着坚硬或空虚、丰满或枯朽的灵魂,这些灵魂连同他们的面孔,定格在那个沉重的、燃烧的时代,他们经受着动荡时代的拷问,也发出了面向时代的追问。在严峻的时代选择面前,这些灵与肉无可回避,他们委顿或超拔,碎裂或永生,这使得

《红岩》的文字犀利而炽热。那些滚烫的时代之问穿越时空，在《红岩》的世界里与我们相遇——没错，这时代之问对灵与肉的颠覆、淘炼、焚烧、撕裂，让我们走近了疼痛与呐喊，同时也礼拜了庄严与涅槃。有些时代之问是持久的，话语直指我们的今天。

解放战争胜利在望，中华人民共和国即将诞生，这一历史瞬间，作为国民党政权重要战略营垒的山城重庆，形势尤为紧张，斗争异常激烈。对于战斗在隐蔽战线的革命者，虽然怀着必胜的自豪、幸福的憧憬，却必须冷静地投向更加残酷的斗争，必须勇于付出更大的牺牲，随时准备献出自己的一切。这是胜利的保证。然而对于置身于其中的每一个人，又是多么重大的考验！

一、穿越那个历史情境

《红岩》[①]第一章以写实的笔法还原了那个特殊的历史情境：灰蒙蒙的雾海，长江、嘉陵江汇合处的山城，变态繁荣的市区；赤脚报童，喊出"看警备司令部命令"，也喊出"公教人员困年关，全家服毒"的新闻……小说中第一个出场的人物，是供职于长江兵工总厂修造厂的党员余新江，开头一段环

[①] 罗广斌、杨益言：《红岩》，中国青年出版社，1963。本篇引文均据此版本。

境描写，便是跟随他的视角给出的一系列特写镜头。此时的他，正按照中共重庆市委委员、工运书记许云峰的指示，走在去往地下党沙磁区委委员甫志高住所的路上。时间是1948年元旦这天，在这一特殊时间节点上，山城重庆原本复杂的社会表情更加纠结而扭曲，被放大至纤毫毕现了。而与新年气氛极不和谐的种种"新闻"，以及"上下翻滚的一锅粥"的耳闻目睹，释放出深层的病征，暗示着深刻的危机。小说抓住这特殊的时空横截面，把故事的具体社会背景写得入木三分，让人从这一小小横截面上读出了那"变态"的深度，身临其境般获得了对动荡时局的感受。

　　仔细体会，小说的描写文字不局限于纯客观呈现，而是带着叙述者的经验口吻，对街头见闻和景象的内容作了延伸和扩充，从而使环境描写具有了一种"厚度"，更加真切、传神，实现了对历史情境的充分还原。小说写到，满街光怪陆离的景色，不断地闯进余新江的眼帘，在"庆祝元旦""恭贺新禧"之类的大字装饰之外，"不知是哪一家别出心裁的商行带头，今年又出现了往年未曾有过的新花样：一条条用崭新的万元大钞结连成的长长彩带，居然代替了红绿彩绸，从雾气弥漫的一座座高楼顶上垂悬下来……"此处是以余新江的视角展开叙述的，而在捕捉到闹市街头的这一滑稽景象后，叙述口吻便超越了余新江，就此景象作了延伸和扩充："有些地方甚至用才出笼的十万元大钞，来代替万元钞票，仿佛有意欢迎即将问世的百万元钞票的出台。也许商人算过账,钞票比红绿彩绸更便宜些?可惜十万元钞票的纸张和印刷,并不比万元的更大、更好,反而因为它的色彩模糊,倒不如万元的那样引人注目……"这种叙述的延伸和扩充,不仅使描写更加细腻,而且对历史情境之气氛产生了如同"深吸一口"的品咂效应,让读者感到那种怪异气氛扑面而来,仿佛已经呼吸到了那个时空里躁动不安的气味。这样的文字传达了山城重庆特有的表情,把"时代之变"关口上的社会情绪写活了,这种情绪渗透在每一处空气里,发声为赤脚报童喊出的那一句:"看1948年中国往何处去?"而这个宏大的命题,在此处环境描写中投射为具象的时局之变,将一明一暗对抗的双方力量强调并显现出来:一方面描写涂有"美国新闻处"字样的轿车由全副武装的军警开路,驶向胜利大厦,去参加市政当局为"盟邦"举行的新年招待会——我们从中读出了耀武扬威,却也觉出了掩饰不住的歇斯底里。另一方面,用两个细节写出了对这病态时局的愤怒和对立,一处是余新江眼里的发现——"余新江冷眼望着一辆辆快速驶过身边的汽车……他忽然发现,最后一辆汽车高翘着的屁股上,被贴上了一张大字标语:'美国佬滚出中国去!'"这个细节,表露着山城社会按捺不住的情绪,隐喻了推动时局之变的力量和意志;另一处是余新江的动作反应——"'呸!'余新江向那汽车碾过的地方,狠狠地吐了一口痰,然后穿过闹市,继续朝前走。"这一细节,表达了与黑暗时局势不两立的决绝,并以此收束了历史情境的描写,将焦点收回到《红岩》故事主人公们的精神气度上来,读者将由此走入红岩精神映照着的战斗阵营,将那个时代看个通透,让那场争锋刻骨铭心。

品读《红岩》,其精准、细腻、传神的写实笔法,呼应着绵密有致的叙述安排,引人入胜。

二、置之死地而后生的险峻与奇崛

《红岩》故事情节紧张激烈,扣人心弦,淋漓尽致地展现了隐蔽战线的特殊斗争,在虚实难辨、险象环生的交锋中,让读者一同经历殊死搏斗的灵魂考验。这使《红岩》传达出置之死地而后生的险峻与奇崛,传达出赴汤蹈火而不辞的气定神闲。

《红岩》第一章中写道:"余新江心里有事,急促地走着。"他接受许云峰指示马上去找甫志高,是因为斗争形势发生了重大变化。尽管小说对余新江、甫志高见面的描写细致入微,节奏不徐不疾,但对事态的交代和讨论,反映了斗争的严峻,铺垫出小说内在的紧张节奏。前一天晚上,军统特务纵火烧毁了长江兵工总厂炮厂工人的棚户区,而纵火事件直接照见了白热化的对立和火烧眉毛的时局。重庆的军火工业,贡献了蒋介石方面全部生产能力的八成,而当解放战争战场胶着、逼近大决战时刻,国民党军队不得不快速补充战场上美国装备的大量消耗，必须加码加力，收紧重庆军火工业这个关纽。小说通过余新江与甫志高的谈话，道出大批军警开进厂区，强迫工人加班加点，甚至要把炮厂工人的棚户区划进扩厂范围，逼迫工人拆房搬家不成，便干脆动用特务纵火。一方面是孤注一掷，透出无所不用其极的杀气；一方面是各厂工人群情愤怒，决心重修炮厂宿舍，发起反对拆迁扩厂的斗争。两相对峙，时局较量的压力重千钧。余新江的一句话说得透彻："咱们重庆工人，不能拿自己清白的手，去给反动派当帮凶！"然而，重庆地下党领导工人坚持这场斗争，究竟要面对怎样凶险的惊涛骇浪？作为斗争的领导者，必须具备怎样的坚毅果敢、大智大勇？

　　这一章，作为地下党领导人之一的许云峰并未出场，但整章情节都是围绕他的决定来布局。他决定公开揭露纵火罪行，争取各方面正义声援——这是在争取舆论主动，以正克邪；他决定在全市各厂发动工人募捐，在敌方赔偿损失以前，解决炮厂工人的生活困难——这是要组织力量解燃眉之急，为坚持斗争提供筹码。在小说《红岩》中，中共地下工作就是如此四两拨千斤地赢得民心，调动了如汪洋大海般存在的社会力量。魔高一尺，道高一丈，《红岩》世界里隐蔽战线斗争的精彩，恰在于此。这一章暗写了许云峰的清醒、沉着，他有不留一处漏洞的周密、严谨——要求负责经济工作的甫志高，在各方捐款未到手时，先要设法筹措维持几百户工人生活的经费；他有善于做最坏打算的深谋远虑——出于对沙磁区各厂工人运动发展形势的判断，未雨绸缪，以防不测，决定在沙磁区设一处备用的联络站，而为了绝对隐蔽，这个联络站必须与他分管的沙磁区委的其他工作隔离，与群众工作分离，最终，他选择负责经济工作、角色相对独立的甫志高来管理。未见其人、只闻其声，而许云峰的谋篇布局，已然让人期待着特殊战线的高手对决。

工作在隐蔽战线，须随时提防对手明处的搜捕。这如同在刀尖上跳舞，更何况还有精心埋伏、从暗处袭来的化装猛兽。《红岩》的故事性，取胜于这样一种揪心的讲述。

第一章后半部分，故事焦点对准了重庆地下党新设立的备用联络站——沙坪书店。十八九岁的店员陈松林，由许云峰从余新江所在的修配厂调来。他初入地下战线，人际和经历简单，原本更加利于隐蔽，却因联络站领导人甫志高的急功近利，使他在不知不觉中暴露，正一步步陷入狼窝蛇穴。小说讲到，每逢周一书店停业休假日，陈松林照例去往附近的重庆大学，按照甫志高的安排，给名叫华为（双枪老太婆之子）的学生送些上海、香港出版的进步刊物。而这显然背离了许云峰对备用联络站不与别项工作交叉、要与群众工作分开的隐蔽要求。于是，读者随着这个圆脸的稚嫩青年一路走去，感受到隐形交锋、波涛暗涌……

三、从"投机者"透视大时代

第一、二章,作者以细致的笔墨描绘了叛节之前甫志高的形与神,从三个层面聚焦,对他形成立体透视,显影了大时代浪潮中一种典型的心理特征。

焦点之一:反映他的气质和做派。从甫志高为余新江开门时的穿着打扮、动作神态,到居室内舒适的环境、精致的陈设,这些倒也不与他"银行会计主任"的对外身份违和,而从他自然而然、兴致盎然地谈论生活享用的细节处,可以感受到他与余新江之间的隔膜,明显缺少与同志气脉贯通的作风与气质。他问:"你喜欢龙井还是香片?"(第一章,下同)又解释道:"同志们到了我这里,要实行共产主义,有福同享!"因为透着一股小资气息,他关心余新江的方式也显得有些甜腻腻:"天气这么冷,我不能让你空着肚子,又冷又饿地为党工作!"在与余新江言行做派的对照中,这些文字描画出甫志高对享受精致生活刻意的追求和沉浸。

焦点之二:对准他的思想动机、精神特征。第二章交代甫志高的革命经历,写到他抗战初期刚刚入党时参加许多学生运动,"而且经常抛头露面";皖南事变后环境恶化,他隐蔽在银行界为党负担一些经济工作,这时,他对于不能参加群众运动以及地下工作、须保持单线联系的寂寞状态不习惯,甚至产生过苦闷。这反映了他在革命斗争中强调个人意志及感受的精神特征。尽管多年来甫志高习惯了新的工作方法，也熟悉了地下工作的某些规律，且尽力完成组织上托付他的事情——例如眼下，因为"他的领导很具体，而且经验丰富，办法又多"，所以很快博得了派至备用联络站工作的陈松林的尊敬和信赖。不过，直至这时，他更愿"抛头露面"、体现个人价值和成就感的心态并未改变。第一章中，在和余新江的谈论间，甫志高表现出了他的经验和水平，他将重庆时局和地下党的任务分析得透彻、明白，特别是谈到从最近一期《挺进报》上读到毛泽东主席写的《目前形势和我们的任务》时，道出了他对"中国革命已经到了伟大的转折点"的高度敏感。然而，他的话语却掩饰不住潜在的轻浮："胜利的日子快到，我们地下党人就要苦出头了！"这反映了他一直延续着兑现个人前景的强烈渴求。

焦点之三：照见他正在滑向离经叛道、利令智昏的险地。在余新江向甫志高转达许云峰的工作安排时，甫志高不仅毫无难色地接受，而且表现出要比要求做得更多、更好的兴奋，因为"不管做什么，增加工作，现在都是使他高兴的事"（第一章）。第二章中，对甫志高的这种心理作了进一步交代："最近一些时候，甫志高对长期宁静的生活，渐渐地不能满足了。作为地下工作者，他渴望着参加更多的斗争。当然，这和年轻时那种热情冲动是完全不同了。……革命发展到转折点了，多少年来的革命斗争，眼看就要胜利了。急于工作的愿望，使他异常兴奋……"在他的内心世界,胜利在望与急于工作构成因果联系,而显然,"年轻时那种热情冲动"并非出于真正获得信仰根基,他此时希望承担更多工作的热情,实质上便是一种投机的兴奋。且听第一章中甫志高怎样向余新江分享他的时代之问:"这两天我一直在想:要怎样才无愧于伟大的时代?我们应该在群众运动中,在火热的斗争中,为党作出更多的贡献!一想到将来,我感到周身有用不完的力气……"听来似乎热血沸腾,可是,甫志高究竟是如何对待个人意志与组织要求的呢?当余新江告诉他许云峰关于新建备用联络站必须与群众工作分开的要求时,甫志高并未把其中强调隐蔽和保密的提示当回事,而是自我陶醉地说起:"江姐马上要走了,区里有意要我兼管一部分学运咧!"(第一章)这明显是与许云峰意见相反的表态,表露了他在"为党作出更多的贡献"幌子下面,实实在在图谋建立个人功劳,并一心想为此抛头露面的真实动机。第二章中,再次揭示了甫志高这种个人主义的立场——区委书记江姐在移交工作时,将他希望接管的学运工作交给了新调来的同志,这让他有些失望;当许云峰把建立备用联络站的工作交给他时,一方面他感到这是党对他的信任,另一方面,他并未遵守党的工作原则,却在心里嘀咕"老许的想法和他的不完全相同",竟然擅自从急于工作的个人愿望出发,置指令于不顾,安排陈松林赴重庆大学给革命青年华为传送进步书刊,意在介入学运工作。与这种个人主义膨胀形成呼应的是,陈松林因此而主动暴露身份，被潜伏在重庆大学、与华为同宿舍的特务分子顺藤摸瓜，设饵相诱……甫志高早已被"出头"的热望冲昏头脑，对装扮成进步学生来到沙坪书店的对手充满信任……

甫志高叛节的前奏，预告了其精神深处塌方的灾难。而由此发出的关于灵魂、气节、信仰的诘问，构成《红岩》故事的焦点和重心。

四、撑起我将无我的崇高境界

《红岩》第三章，正面刻画了革命阵营主要人物之一——成岗。这章内容，对于小说中革命者精神气质的整体塑造，以及故事线索的展开，都起到了重要的铺垫作用。

成岗以长江兵工总厂修配厂厂长身份从事地下工作，小说对他家庭史和革命史的叙述，加深了对动荡时代社会生活及斗争态势的反映。他的大哥在抗日战争初期奔赴延安，后调至中共驻重庆办事处工作，这个久已失联后住进红岩村的大哥，不仅介绍他入党，而且鼓励他利用兵工厂委派的修配分厂管理者角色，努力为党开展工作。小说既写了成岗与工人群众充分接触，依靠和发动工人恢复生产、争取生存的重要经验，也写了他思想情感升华、组织能力增强后又经历时局突变的困惑。1947年春天，内战烽火日紧后，住在红岩村的大哥随办事处被迫撤回延安，成岗与组织失去联络，一度陷入彷徨，直到许云峰亲自上门来找他……这一过程写出了成岗精神的锤炼和成长。成岗的妹妹成瑶，是在革命风潮和红色家庭双重影响下迅速成长的重庆大学文学院学生。小说第一章，写到职守备用联络站的陈松林去重庆大学找进步学生华为，其间意外经历学生请愿事件，所见正在慷慨激昂演说的学生代表，正是成岗的妹妹、华为的恋爱对象成瑶。第三章中，对成岗、成瑶兄妹思想感情、革命热情交融且碰撞的细致描写，让人物的品格、情操在家庭亲情和各自性格的映照下更加具体、鲜活。兄妹俩关系中有学运、工运两条线索的交汇，并且通过成瑶与哥哥成岗讨论到农村去参加农民起义、上山打游击的话题，对重庆革命的情势、策略作了更深一步介绍，为后续人物、事件埋下了线索。

　　重新找到组织后，成岗先是担任重庆地下党领导人许云峰的交通员，后因工作调整，在沙磁区委书记江雪琴（江姐）领导下负责《挺进报》的秘密印刷工作。从成岗这不同寻常的角色、关系安排中，可知他在小说结构布局中的分量和地位。第三章中，通过叙述成岗与许云峰、江雪琴的交往，将两位重量级人物的精神气质作了画龙点睛的交代，而成岗受他们熏陶和影响走向成熟，走向坚强、坚定、坚贞的过程，实际上也正是对许云峰、江雪琴百炼成钢的间接投射、追根溯源。成岗从成长经历中获得的经验、气质、品格与做派，与许云峰、江雪琴同根同源，一脉相承。成岗的形象，映照出许云峰、江雪琴坚不可摧之英雄质地的由来，让许云峰、江雪琴这两个灵魂人物踩得更实，立得更稳。在与这一阶段成岗的共同战斗中，许云峰、江雪琴二人呈现了常态之下从容有致的精神气度，为后续非常状态下的"一飞冲天"打了底，寻了根。

这一章，对成岗从许云峰、江雪琴二人那里不断汲取斗争经验和力量的叙述，内在地反映了中共秘密工作的特殊性。许云峰提示成岗：对党忠诚必须谨防危险的私人感情；江雪琴要求他：担负《挺进报》工作后必须严格遵守秘密工作原则，"尽量减少和朋友们的来往，停止一切群众工作"，个人安危之上，最要警惕给党带来重大损失。此处，细致描写了成岗在寝室后小小储藏间从事秘密印刷的场景——如何选择时间、避开家人的注意，如何避免带上叫人疑心的痕迹……妹妹成瑶对一件平凡往事的回忆，将成岗在特殊战线的成长写透彻了。那是成岗生日当天，成瑶到工厂车间让二哥回家吃面，见成岗满身油污，和工人一起干活，于是"在回家的路上，她高兴地告诉他：'二哥，你多么像个工人！怪不得别人都说你这个厂长没得一点架子。'可是二哥的脸色立刻阴沉下去了。以后，再也看不到他和工人在一起……""隐蔽"意识的失守会在无意间发生，成岗不得不事事反省、检点，时时慎微、慎独，在纪律和秘密工作原则面前不留一丝松懈。成岗向许云峰、江雪琴看齐，一步一步走向老练、成熟。

成岗的这种严谨与自律，在兄妹之间一场戏剧性冲突中表现得更为深入。妹妹成瑶冒险闯关，将一份《挺进报》从学校带回家中，想着二哥成岗看后必会惊喜、夸赞。这一情节，因成岗恰是《挺进报》的秘密印刷者而具有了戏剧性。成岗没有为这意外巧合泛起涟漪，而是"迟疑了一下，沉下脸问：'把这拿回来干啥？'"接着发出严厉的批评，"你太冒失了。""这不是勇敢而是冒险！难道你没有看见到处都在搜查《挺进报》？车站、码头，到处都有特务！"一盆冷水浇灭了妹妹的满腔热情，惹得妹妹从成岗手里夺回《挺进报》，几下子撕得粉碎，跑回床上失声痛哭。从妹妹的角度看，是在自己钦佩的二哥这里遭遇了不近人情，难以接受与预期相反的效果；从哥哥成岗的角度看，是训练有素的理智、冷静让他超越了常人反应，见妹妹兴冲冲带回自己亲手印刷的报纸，他必须避免做出自然而然的感性表达，并且将这种戏剧性带来的意外、惊喜果断删除。尽管这次兄妹别扭中成岗的处理方式尚不圆融，但恰是这些生动的细部表情，让人物真实可感，富有性格内涵，形象更加饱满。

第三章所表现的成岗、许云峰、江雪琴形象，与之前出场的甫志高形象对照，其内在有云泥之别，由此看到两种灵魂的分道扬镳。

置身于革命浪潮，面对时代大考，甫志高的信心在于"我们地下党人就要苦出头了"，而江姐告诉成岗的是："我们这一代,不仅要推翻蒋家王朝,还要亲手建设一个新中国。那时,你还是要像今天这样年轻有劲才好!"再听成岗的表白,更让甫志高一心"出头"的欲念显出浅薄——"即使有一天,这个世界上没有了我,共产主义的真理也必然胜利,一定会有更多更多觉醒了的人为它战斗!"江姐对成岗的叮嘱,是她调动了工作、准备下乡投入新的战斗前所作的道别,直至这一刻,看到江姐食指和中指被铁笔磨伤的痕迹,成岗才明白,为《挺进报》刻制钢板、与自己并肩分担这艰苦工作的,正是这位令他尊敬并无限信任的区委书记。许云峰、江雪琴平易近人、坦率自然,却能传递出无限的自信和力量,他们的明亮、深远源于信仰,出自一种革命利益面前我将无我的忠诚与坦荡。他们不可战胜的秘诀就在于:心里装着高于一切的利益,却没有"自我",保护自己是为了保护地下工作,牺牲自己是为了实现最后胜利。正是这些我将无我的灵魂,撑起了小说《红岩》的崇高境界。

五、精神对照、灵魂对决及滚烫的拷问

长篇小说《红岩》前三章的内容,是对其经典品质的打造与奠基。短短篇幅内,充分还原了历史情境,透视了时局要害,扣准了隐蔽战线斗争的脉搏,将凶险环境和激烈交锋的考验,摆上了叙述最显性的层面,对诸多灵魂的揭示和塑造成为

最亮的焦点。由此，我们开始了对时代之问的阅读，沉浸其中，心绪契合了文字。

第三章写道："成岗的目光正望着远处的一片红岩，不肯移开。那是中共办事处住过的地方，有名的红岩村。"红岩，是成岗心中的灯塔，也是重庆共产党人的精神火种，象征着信仰和力量。于是，读者心中升起了"红岩"这炽烈而厚重的、回应时代之问的意象。

纵览全书，《红岩》将地下党与庞大而严密的特务组织展开的殊死搏斗描写得真实具体、跌宕起伏；把隐蔽战线适应于复杂环境的生存方式、斗争艺术表现得细致入微，丝丝入扣。这些都反映出作者特有的笔力。《红岩》作者罗广斌、杨益言，是曾被囚禁于重庆中美合作所集中营的共产党员，并于重庆解放前夕越狱脱险。这种特殊的战斗经历，使得他们对艰难困苦环境中的巨大牺牲和各色人物的精神表现，有着深刻的体验和思考。

小说第四章中，江姐从朝天门码头出发，向新的岗位转移，一路上百般谨慎，同时也怀着难以抑制的兴奋，对即将与丈夫彭松涛久别重逢、并肩作战充满憧憬与想象。然而，紧张的搜查、加重的恐怖令她回到严酷的现实，并实施沉着、果断的应对策略。这时，她看到了布告上被粗暴地打了红钩的丈夫的名字……忍着巨大的悲痛，她抬头遥望了一眼悬于城头木笼内的血淋淋的未能瞑目的人头。《红岩》中，这样震撼心灵的文字很多，营造了紧张而又沉郁、悲壮的氛围。作者不仅熟悉这些事件，而且完全了解这些人物的言行、气质、内心世界，在刻画这些形象时，笔触直抵他们的精神与灵魂，使作品具有了极强的感染力。

第四章写到江姐绕过敌方重重岗哨，见到赶下山来接应她的双枪老太婆，见面寒暄和饭席上的交谈中间，二人都没有主动说破彭松涛遇害这个异常沉重的话题——双枪老太婆并不知江姐中途已见到布告和人头，意欲暂且隐瞒；而江姐从双枪老太婆的话里分明听出丈夫彭松涛还在山上等她，一时心潮澎湃……此处特别刻画了江姐在双枪老太婆几次提到彭松涛时的复杂心理活动。

见面后双枪老太婆一边给江姐递茶，一边解释："这几天敌人封锁很紧，不容易上山，所以老彭要我赶下山来接你……"闻听此言，江姐喝着茶，眼里打量着老太婆，心里做着判断。小说写道："这位久经风雨的老战士，如果到了战场，江姐相信，她定是叫敌人丧胆的威武指挥员。可是此刻，她的举止却微显不安，使江姐对她刚才说的那句意外的话，不能不怀疑。"尽管听到了令自己情绪剧烈波动的意外的话（老彭要我赶下山来接你），但江姐很快从对方举止间觉出异样，当即压住了心头的震颤。她的反应是："慢慢放下茶杯，声音尽量开朗地说：'我把情况汇报一下。'"而这时双枪老太婆的反应却有些生硬——"'不用急！'老太婆打断江姐的话。'吃了饭再说。'"在招呼江姐吃饭的过程中,双枪老太婆又是夹菜,又是主动掌握话语权,目的在于"不让江姐开口"。席间,江姐"压抑着奔腾的心潮,继续观察着面前的战友",并又一次出乎意料,听这个战友聊到她的丈夫老彭:"这是专门为你做的一碗红烧肉,你要多吃点!我的牙齿不好,吃不动瘦肉……老彭在山上时,一有空,就种些我爱吃的芋头、萝卜……怎么酒还没有拿来?"此刻老太婆健谈的表现同样显出了异样——"话说得又快又多,并且不让江姐插话……"而值此之际,江姐的内心世界也变得更加复杂、矛盾。在长期斗争中锻造得异常敏锐、犀利的江姐,这时却不由得忽略了老太婆露出的破绽,下意识地让自己的判断游移在模糊地带——

> 江姐听出,老太婆又一次提到了老彭,心里不禁一动:是老太婆还不知道老彭的牺牲,还是有意隐瞒这不幸的消息?老太婆这种充满热情的不显得有丝毫做作的神态,又使江姐心里浮起了一种侥幸的念头:莫非老彭没有牺牲,那张布告只是敌人无耻的欺骗?可是她亲眼看见的不是他那永不瞑目的眼睛么……

尽管其间"老太婆始终面不改色",但江姐最终还是无可逆转地回到了基于"亲眼看见"的判断。于是,当她第三次听到老太婆遮掩老彭死讯的措辞时,心头反倒强烈地感受着被揭破伤疤的疼痛。只听得双枪老太婆斟满酒杯,郑重开言:"江姐,这杯酒,我代表同志们,也代表老彭,给你洗尘。"此时江姐强忍悲伤的反应不是常人可以想象的——

  江姐没想到对方又提到老彭,她心里一时竟涌出阵阵难忍的悲痛,嘴唇沾了沾苦酒,默默地把酒杯放下了。她悲痛地感触到对方也有隐藏的苦衷,她不忍当面刺伤老太婆苦苦的用心。勉强吃完那碗说不出滋味的菜饭,便轻轻放下了筷子。

终于,尽力克制自己感情的江姐,引来了老太婆锐利的目光,一切回避和遮掩就此收场——"'我全都知道了!'江姐猛然抓住老太婆的双手,顿时泪如雨下,但她并不回避老太婆的目光,昂起头来急切地说道:'我看见了……'"当双枪老太婆让江姐痛哭一场,释放失去丈夫的悲伤时,江姐却大睁着泪眼说:"不,不啊……"她忽然轻轻摇头,"哭,有什么用处?""我希望,把我派到老彭工作过的地方……"

在《红岩》构建的艺术世界里,最具震撼力的,正是江姐等诸多人物的精神内涵,以及各色人物之间的精神对照,其间恰恰显现了《红岩》的艺术灵魂。

《红岩》故事从始至终保持悬念和叙事张力,一个重要原因,在于抓住了隐蔽战线深不可测的凶险,深度聚焦了来自阵营内部变节者的破坏与出卖,他们让地下工作面临无可逆料的挑战——暗箭与陷阱防不胜防,千里之堤溃于蚁穴。在一次次惨痛的背叛、颠覆面前,黑暗更显沉重,前仆后继的奋斗与牺牲更为悲壮。这样一种强烈对照,凸显了人物的精神内涵,使得《红岩》世界里的较量更深刻地聚焦在灵魂对决层面,聚焦在信仰之分的层面。

江姐被捕入狱,她的"供词"只是这样一句:"上级的姓名、住址,我知道。下级的姓名、住址,我也知道……这些都是我们党的秘密,你们休想从我口里得到任何材料!"(第十五章)同样是有着多年地下工作经验的共产党员,甫志高"希望担负更多工作"背后的私心,使他与江姐判若两人。他的心理活动是:"天生我材必有用,要在革命斗争中露出头角,而不被时代的浪潮淹没……""在为党工作的时候,不能不为自己的抱负想一想,做点安排。"(第七章)急于收获成绩的他,违反原则、自作主张地"大胆活动",在中共重庆市委委员、工运书记许云峰严肃批评他的行为,并指出他可能已给党的工作造成很大损失时,他的想法却是:"一切未经他布置的工作,取得了成就,他能不心怀妒忌吗?妒忌,本来就是一种恶劣的人之常情。真的,这很可能是一种打击……"(第七章)身在同一阵营,却有着截然不同的思想。信仰的不同,令甫志高与江姐最终走到相反的路上。一个是可耻的出卖者——出卖了同志,也出卖了魂灵,"甫志高"成为人格低贱的符号;一个是高尚的殉道者，傲雪凌霜，红梅品格，"江姐"成为高贵人格的象征。对于甫志高的个人主义、利令智昏，许云峰曾经一针见血地总结："这是一次教训，当然，也是一种不可避免的社会现象。十年、二十年以后，这种人还不一定能绝迹！"（第八章）

　　《红岩》所反映的那段残酷的岁月已然远去，和平的生活浸润了我们，这或许会使我们在身心的感受上，甚至在记忆和思考上远离那样一种严酷的考验。然而，《红岩》中许云峰这一句对于精神与人格的解剖，无疑是穿越而来的拷问，直抵我们的灵魂。它是那么的滚烫，那么的犀利。

六、信仰之美——《红岩》故事的最高境界

　　在《红岩》的世界里，对信仰力量的表现，富有强烈的感染力，并因此营造出悲壮而绚丽的格调。

　　小说正面描写的是白色恐怖下的抓捕、杀害，是集中营监狱中的酷刑、喋血，是斗争双方的策略攻心、激烈较量。人间炼狱一般的渣滓洞、白公馆集中营，张开黑暗无底的大口，吞噬着人的肉体，摧残着人的意志。在这里，对肉体最大的考验不是死亡，而是未及死亡前的难以想象的折磨与痛楚；对精神最大的考验不是非人的践踏，而是对人的情感的撕裂和心灵的烙烫。能够支撑着人承受这种考验的，是钢铁一般的意志；能

够炼成这种特殊钢铁的,只有信仰。

《红岩》着力刻画了这些有着坚定信仰的人物形象。性格刚烈的被俘解放军战士在狱中横遭酷刑,生命的最后时刻喊着冲锋的口号,保持了战斗的姿势;江姐受刑,十个手指逐个被长长的竹签子钉穿,血流如注,一次次昏迷,当狱友们为她清理伤口,拔出一根根残留在骨肉中的竹丝时,昏迷中的她尚难忍受这扎心之痛,然而,她始终以轻蔑的笑容一次次刺伤敌人;热情、勇敢,在斗争中逐渐走向成熟的成岗,在识破敌人为他注射美国研制的"诚实剂"的伎俩后,以顽强的意志抵抗药物的作用,靠着仅存的一丝清醒,涉险摆脱了敌人利用幻觉实施的诱供,保守了党的秘密;深谋远虑的华子良,卧薪尝胆、忍辱负重,接受指令后长期装疯不语,不惜承受同志的误解甚至厌恶,在麻痹了所有人,取得便利条件并等来战斗时机后,毅然出战,光华照人……

然而不止于此,《红岩》最终将这种悲壮渲染出诗情,升华为信仰之美。这是《红岩》故事的最高境界,也是经典之作应有的境界。

《红岩》对信仰之美的表现,是浑然的,同时也是具体的。具体而言,它是集中通过许云峰这个典型形象予以展现的。

作为久经考验的地下党重要负责人,许云峰不仅具有坚定的政治信仰,而且从这一信仰出发,在把握原则和灵活运用斗争策略、果断处置事变以及教育帮助同志等方面表现出成熟、老练的特质。这种特质,令他怀着的信仰闪耀出一种智慧之光,具有极强的感召力。特别是与敌人面对面战斗的过程中,许云峰镇定自若、坚贞不屈,并且善于抓住对手的心理和意图,找准弱点,出奇制胜。

　　第十二章中写道,被捕入狱的许云峰,"没有因为自己再不能参加外面的斗争而痛苦,因为他现在又负担了新的斗争责任:千方百计保护党的组织,决不能让敌人嗅出老李、老石和市委的其他同志;同时,他得在新的环境里,在极其困难的条件下,找到这里的党组织,团结群众,加强斗争,粉碎敌人的迫害、分化各色各样的阴谋"。当发现狱中战友们为反抗敌人故意断水的迫害,正利用放风时机,在牢房后边土地湿润处挖坑寻找山泉时,许云峰头脑中马上形成了对于当前斗争的分析判断——"找寻水源也还是一种简单的反抗办法。但是,挖掘水坑也还是必要的,这能有力地团结战友,锻炼斗志,鼓舞信心……"当山泉果然涌现,浸满了土坑,被俘的解放军战士龙光华一次次舀水送往缺水的牢房时,绰号"狗熊"的特务发现了水坑并持枪干涉,恶狠狠地带走龙光华。通过牢房后面铁窗望到这一切的许云峰心头掠过一道暗影,"他已看出,这是一场迫害与反迫害斗争的爆发!斗争既已爆发,就再不能犹豫,只有坚持到底,才能胜利,不管为了胜利要付出多大代价!……"斗争在步步升级。龙光华被诬以"白昼挖墙,图谋暴动,并且殴打看守人员"的罪名而遭受酷刑。渣滓洞集中营特务头子,被称为"猩猩"的所长叫嚣:"马上把水坑填平!凡是挖过水坑的,出来自首!"狱中几百名战友"不准特务行凶""谁敢填平水坑"的呐喊像决堤的洪水,如声声炸雷,将猩猩惊得连连后退。猩猩终于又回过神,号叫着:"把机关枪给我架上!"并冷笑着逼视牢房,话语中透着凶横与得意:"谁敢暴动?谁在这里指挥?嗯,怎么没有人说话?有勇气的就站出来,站出来呀!"事态进行到紧要关口,"突然,'当啷'一声,楼上一个牢房传来的金属碰响铁门的声音,使猩猩猛然一惊"。许云峰出现在楼八室的牢门口,用蔑视、命令的口气挑战敌人:"住口!停止你们这一切罪恶活动!""这时,神色自若的许云峰,已经崛立在牢门边,无所畏惧地逼视着连连后退的特务。无数的目光立刻支持着他的行动。"第十三章交代了这次对峙的结果:"那天,许云峰和全体战友当场揭穿了敌人的阴谋,迫使奸狡的猩猩无法抵赖,不敢贸然填平水坑,禁闭战友。"然而,龙光华终因受刑伤重而牺牲,旋即引发更加尖锐的对立冲突。第十三章中,当狱中战友们提出停止迫害、为死者开追悼会等谈判条件,许云峰果断地向担负了谈判代表使命的余新江嘱咐斗争策略:"一定要坚持条件,公开追悼龙光华,打下敌人的气焰,改变敌我力量的对比,从根本上摧毁敌人的迫害和虐待!有全体战友的支持,提出的条件决不能让步。"这场谈判取得了彻底胜利,于是,"狭窄的地坝,变成了悼念战友的庄严会场。几百个战友,整齐地排列在警戒重重的地坝上。几百颗期待战斗和复仇的心,剧烈地跃动着"。而引领这狱中战斗行列的,是灵魂人物——许云峰。文本借谈判代表余新江、刘思扬的视角,极具张力地描绘出了一幅光华内蕴的剪影:"那枯瘦如柴的老大哥,庄严地跨出了牢门。他在门口停了一下,然后才目光直视着雨雾才散的天空,缓缓地移动着衰弱的身子……"一种无以言传的力量,渗透于字里行间。

第九章中,当特务头目徐鹏飞审讯许云峰,想着"只有用迅雷不及掩耳的手段,才能摇撼他的意志,摘掉他那颗镇定的心",并且使出精心想好的招数时,许云峰一句"何必虚张声势"的嘲讽,令对方一时回不过神来。"我老实告诉你,尽管许云峰掌握着你渴望知道的一切材料,却只能给你加添烦恼!"许云峰的这一奉告让徐鹏飞的确烦恼,当他把许云峰的老交通员成岗亮出,并以这位身受重刑的同志的生命来要挟许云峰时,许云峰毫不犹豫地抱紧成岗,满怀激情地说道:"少了几个共产党员,对伟大的人民革命运动,毫无影响!"黔驴技穷的徐鹏飞终于要拿死亡来逼供:"我给你们最后三分钟的时间。好好考虑一下:交出组织,或者,马上处决!"这一刻,"从容的许云峰和刚强的成岗,互相靠在一起,肩并着肩,臂挽着臂,在这诀别的时刻,信赖的目光,互相凝望了一下,交流着庄严神圣的感情。他们的心情分外平静"。当喊出"还有一分钟"倒计时的徐鹏飞还抱有最后一丝幻想时,许云峰用平静的声音狠狠地刺进对方心脏:"拷打得不到的东西,刑场上同样得不到。"

这位令敌人绝望和幻灭的战士,用行动兑现着他的诺言。第十二章写到许云峰坚强地承受酷刑后被抬回狱室,余新江从探望的人头缝里望到了那震撼灵魂的景象——

> 一床破旧的毯子盖在担架上,毯子底下,躺着一个毫无知觉的躯体……担架从牢门口缓缓抬过,看不见被破毯蒙着的面孔,只看到毯子外面的一双鲜血淋漓的赤脚。一副粗大沉重的铁镣,拖在地上,长长的链环在楼板上拖得当啷当啷地响……被铁镣箍破的脚胫,血肉模糊,带脓的血水,一滴一滴地沿着铁链往下涌流……担架猛烈地摇摆着,向前移动,钉死在浮肿的脚胫上的铁镣,像钢锯似的锯着那皮绽肉开的、沾满脓血的踝骨……

身受重伤的许云峰做出了令敌人意想不到的壮举。一度奄奄一息的他,短短几天后便从血泊中站起来,用脚镣碰响的当啷声,"在弹奏着一支战斗进行曲"。"向每间牢房致意,慰藉着战友们的关切;并且用钢铁的音节磨砺着他自己的,每一个人的顽强斗争的意志""靠近牢门的人们,听到在铁链叮当声中,出现了轻轻的歌声。渐渐地,歌声变得昂扬激越起来"——许云峰在领唱《国际歌》……

面对这样一位战士,特务内心惧怕,同志们却时时受着他的鼓舞。黑暗的监狱里，因为这样的战士的存在，苦难中有了亮光。当视死如归的许云峰被敌人转移，进入白公馆集中营暗无天日的地牢，他与所有同志失去了联系，但他仍未停止战斗，他要在坚固的囚牢内创造奇迹，挖掘一条暗道——"宁肯自己不用，也要为将来战友们的越狱，准备一条备用的通道"（第二十四章）。在这位战士身上，信仰，不仅意味着目标和方向，不仅意味着超乎寻常的力量，而且碰撞出生命的光彩！这种光彩与其情感、人格之内涵交融，构成一种崇高美的境界。

  小说中，对许云峰的情感、人格之美有细腻的描写。例如，他曾以受重刑的身躯碰响铁链，向狱中战友表达不屈的战斗意志；而在另一个时刻，为了不打搅战友们睡觉，他则是细心地提着脚镣上的铁链在牢内行走……一位在狱中出生的女婴，父亲已被秘密杀害，母亲难产而死，众人为她伤感、流泪之际，许云峰心里愉快地想："给她取个最光彩的名字。"他对这个初生婴儿的前途，就像对这集中营里战友们的前途一样，满怀着希望和信心。这样的战士，他的心里始终亮着一盏灯，他把自己的信仰释放为乐观、勇敢与光明。

  这是《红岩》世界里高贵灵魂发出的吟咏。

  这是英雄们从时间的那一头向我们发出的问候。

浓墨重彩《红旗谱》

阅读《红旗谱》，心里被作者笔底的浓墨重彩一次次掀起高潮。虽然距它最初出版已经过去半个多世纪，但冀中平原的那片土地、那些河流仍然气韵生动，一派田园烂漫；那些故事里的许多人物依旧血肉丰满，他们都还活着；那个沉郁中爆发的时代，风起云涌，直卷我们的心灵。手捧这本老书[①]，在版权页上看到了令人感慨、叹赏的信息——封面题字：郭沫若；封面画：黄胄。他们与作家梁斌的组合，是多么经典的事件。细品画面贯通的封面、封底，郭沫若所题"红旗谱"三个字神完气足；一代名家黄胄绘制的彩色插图上，一群身着冬装的农

---

① 梁斌：《红旗谱》，中国青年出版社，1957。本篇引文均据此版本。

民,或坐上驴车,或走在路上,无论肩扛长矛、钢叉,无论手持长鞭、烟杆,一律在热烈地讨论,一律把寒冷抛在脑后,精神抖擞,面带笑容……据落款,此画作于1961年10月,题曰"胜利归来"。对照内容,此图描绘的是《红旗谱》卷二的第三十七章中,锁井镇农民在县城参加了反"割头税"大会返程的场面——他们为刚刚的游行示威兴奋异常,从未有过的团结斗争的经验,令他们心明眼亮,意犹未尽。这天是腊月二十七,阳光跟心情一样明媚,灰色的柳条儿也显出几分柔嫩……书中对此的叙述是"散了会,朱老忠套上牛车,人们坐在车上,他跨上外辕,打着响鞭回家去……"而黄胄先生毫不拘泥,在《胜利归来》的画面中,牛气哄哄地驾车的,并不是牛,而是他笔下永远神气活现的那头驴子。合上《红旗谱》,你不得不为这经典的流传而愉悦。

《红旗谱》是作家梁斌构建的多卷本长篇小说。其第一部《红旗谱》共三卷、五十九个章节,第二部、第三部分别为《播火记》《烽烟图》,构成反映农民革命运动的史诗体例。但从艺术角度观察,第一部的水准明显高于后两部。本文用"浓墨重彩"修饰《红旗谱》,主要是出于对梁斌如椽大笔的感受,是对作者在第一部中显现的高度艺术自觉的形容。

一、开篇浓墨重彩镌刻心灵史,一笔宕出三十载

《红旗谱》开篇就用浓墨:"平地一声雷,震动了锁井镇一带四十八村:'狠心的恶霸冯兰池,他要砸掉这古钟了!'"(卷一第一章)

滹沱河北岸,老年间修起了护着锁井镇一带四十八村的千里堤,堤上河神庙前,一座铜钟上刻着文字,大意为:大明嘉靖年间,滹沱河下梢四十八村为修桥补堤,集资购地四十八亩以供资费,"恐口无凭铸钟为证"……"庄稼人出身,跳跶过拳脚,轰过脚车,扛了一辈子长工"的朱老巩,一眼看透了冯兰池砸钟举动中所含的机关:堤董们吞噬堤款,不为修缮,导致堤决田淹、众民受难,"淹得人们拿不起田赋银子"。更为恶劣的是,冯兰池当上堤董后,"凭仗刀笔行事",将河神庙前后四十八亩庙产,"税成"冯氏祖产。这一回,他表面上是砸钟卖铜为锁井镇村顶田赋,实则装腔作势,意欲骗过众人,砸钟灭口,抹去记载,将霸占四十八亩官地的文章做得圆满。《红旗谱》开篇第一章,就端出这样一个大事变来写——"朱老巩要为这座古钟,代表四十八村人们的愿望,出头拼命了!"

从结构上说,《红旗谱》第一章是全书的"楔子"部分。但这个浓墨重彩的"楔子"功能超乎寻常,它如同全书坚实的"基座",对于情节发展、人物塑造,以及思想内涵、审美意蕴

的显现，都有着重要的铺垫、对照和生发作用。

这一章，视角从小虎子（少年时代的朱老忠）出发，焦点对准他的父亲朱老巩，节奏很慢很慢，笔触很密很密。小说对朱老巩这个只在开篇第一章出现的人物，作了形神兼备的刻画，写活了一个悲壮者的面孔，让这个面孔带着与钟同亡的痛楚，记入锁井镇人们的心灵。而正因朱老巩以命相拼的悲情，切入锁井镇历史的深处、现实的痛处，这一大事变才成为压迫与被压迫双方消不去的梗、解不开的结，对小说后续展开的斗争形成内在推动。

在这一事变中，交代了小说主要人物关系，冯家大院与朱、严两家的世仇，上排户、下排户之间的压迫与反压迫，成为情节发生的关纽。特别是其间充分显现的朱、严两家生死与共关系的坚实基础，足以负载起《红旗谱》故事"两家三代人"的主体叙事架构。

少年朱老忠（小虎子）与古钟事件的关系非比寻常，作为当事人朱老巩的儿子，父亲挺身而出、身处危险的情景，无不在他灵魂深处刻下烙印。父亲的愤怒、忧郁、决绝、勇毅、哀伤，与他少年敏感的心连在一起。细腻刻画朱老巩的同时，恰是对小虎子内心感受的直接外现。对朱老巩大闹柳树林的每一笔浓墨，都写在了小虎子的精神世界里，决定着他的精神立场和性格逻辑。可以说，这里写下了朱老忠一生中最重要的心灵史，埋下了少年时代朱老忠的心灵密码，而读者则完成了与朱老忠深层次上的心理同构。

小说对朱老巩的刻画,突出了他的孤愤、决绝。比如写他与严老祥谈论冯兰池蓄谋砸钟时胸中的气愤——"猫着腰虎虎势势地跑前两步,手掌拍得膝盖呱呱地响";比如写他听严老祥发出无可奈何感叹时的掷地有声——"直是气呼呼的,血充红了眼睛,跺着脚连声说:'咱不跟他打官司,把我这罐子血倒给他!'"

朱老巩要代表四十八村人出头拼命,可唯一能说心里话的朋友严老祥,竟然说了"咱是庄稼脑袋瓜子,能碰过人家"的沮丧话。写到这里,小说开始一笔一笔描绘朱老巩内心的孤独与沉郁。那天黄昏时分,朱老巩坐在河神庙台上对着古钟发呆了老半天之后,"他一个人,连饭也没吃,走到小严村,去找严老祥"。这一笔的画外音多么令人感慨——既然已对严老祥的态度失望,可孤独太甚,还得去找老祥!可老祥没有回来,虎子他老祥大娘说给他的话如同雪上加霜。她说:"老巩!算了吧,忍了这个肚里疼吧!咱小人家小主的,不是咱自个儿的事情,管得那么宽了干吗!"又说:"算了吧,兄弟!几辈子都是这么过来的,还能改变了这个老世界?"小说这一段描写入心入骨,其间对朱老巩"没吃饭""不吃饭"的细节表述再三,强烈反衬出朱老巩孤闷的心理色调。

一场砸钟、护钟的冲突在堤岸上大柳树林子里展开,过程曲折而激烈。其间,小虎子眼见父亲一巴掌把欲强行砸钟的铜匠打个大筋斗；小虎子"听得人们谈论，觉得父亲干得好，攥着两只拳头，心上一直鼓着劲"；小虎子"看冯兰池像凶煞似的，父亲一点也不让他，由不得眼角上揾着泪珠，攥紧两只拳头撑在腰上，左右不肯离开他的老爹"；千钧一发之际，严老祥与朱老巩站在了一起，手持劈柴大斧喝住铜匠；而朱老巩抽身取来熬夜磨好的铡刀后，也猛地跑上去，把脑袋钻在铜匠举起的油锤底下，"张开两条胳膊，搂住古钟说：'呸！要砸钟？得先砸死我！'"这时，小虎子仿佛瞬间长大了，眼看着油锤就要落在父亲头上，"他两步窜上去，搂住父亲的脑袋，哭出来说：'要砸我爹，得先砸死我！'"这一笔，写出了他和父亲一样的血性……接着又写道："小虎子两只手抹着眼泪，他想不到父亲披星星戴月亮地做了一辈子长工，最后落到这步田地上！"这一笔，写他从生死之间看到了命运。

　　朱老巩、严老祥最终输给了冯兰池"调虎离山"的暗算。冯兰池在"两只老虎"一般的朱老巩、严老祥面前怔住了，大庭广众之下，他见强行动手不妥，便打发人请来了骨头很硬、庚子年当过义和团大师兄并且"在这一方人口里有些资望"的严老尚。这位"严大善人"做出居中调解姿态，实为冯兰池的同谋，他仗着缘于严老祥给他扛过长工的"主家"威仪，将朱老巩、严老祥领到大街上的荤馆里酒菜招待，表演"打圆场"的阴谋。朱老钟哪里料得到，"坐在凳子上喝了两盅酒，听得漫天里当啷一声响……"铜钟碎裂的声音传来，朱老巩的魂魄随之碎裂,他"盯住哆哆嗦嗦地端着杯子的手,静静愣住。又听得连连响了好几声,好像油锤击在他的脑壳上。大睁着眼睛,痛苦地摇摇头,像货郎鼓儿。冷不丁地抬起头来,抖擞着两只手说:'咳!是油锤砸在铜钟上,铜钟碎了!'"。这一刻,一步不离地跟着他爹,在一旁"又是害怕,又是激愤"的少年小虎子,眼睁睁看着被调虎离山计气炸了肺的父亲,吐了两口鲜血倒下去……

有了这样的细致铺垫,第二章一入笔,就将当年埋下复仇种子的小虎子放在了三十年后舞台的正中央,把一个磨难中完成了闯关东生命体验、具有了斗争能量的朱老忠(成年小虎子),一笔一笔勾描出来,让他就着当年"小虎子"的形象,虎虎势势地立起来,产生了强烈的艺术感染力。这当中的笔触,同样是浓墨重彩,在读者心中产生强烈的艺术感染力。第二章篇首,在一一二次列车上,朱老忠出场是梦中惊醒。这个"梦"就是三十年来他从未离开的心事,这个梦有来头,更有去向。在第三章,他在车站巧遇严老祥儿子、打小的伙伴严志和,朱、严两家第二代重新聚头;又借店掌柜之口,一语填平三十年的时间鸿沟——"真是!老子英雄儿好汉,你和你们老人家精神头儿一模一样。"

三十年后,当年的小虎子还了乡,还带回大贵、二贵两只虎犊儿,"三只虎"让冯老兰(上了年纪的冯兰池)异常不安。这时,朱老巩大闹柳树林的情景,仍在冯老兰脑海中挥之不散,"虽然过去了几十年的事情,他多咱一想起来,就趴在桌子上,转着黄眼珠子,呼噜呼噜地学猫叫……心里悔恨说:'剪草不除根,又带回两只虎犊儿!唔!老虎,简直是三只老虎!'"(第八章)

三十年后的朱老忠,与父亲一样侠肝义胆,为穷苦人出头的心气儿没有变。而他耐得住性子,"出水才看两腿泥哩"(第十三章)的沉稳老练,已然胜过朱老巩当年的憨直。这就让锁井镇上的对手戏有了新的唱法,情节中有更多"推拿"的余地。而纵观全书,开篇处浓墨重彩的笔道,保持着气场,保持着张力。

二、"鸟事风波"及艺术结构的打造

《红旗谱》对锁井镇乡村世界的讲述,明显优于对乡村外事件(如保定二师事件)的讲述。这里"优"的标准,仅就作家梁斌扬长避短所发挥的艺术效果而言。作家梁斌善于从典型人物、事件入手巧妙编织,用浓墨重彩的手法曲尽其妙,使《红旗谱》叙述出现一次次高潮,弥补了某些情节和人物略显生硬的不足,整体上保持了很强的艺术感染力。而这一过程,同步完成了对小说艺术结构的打造。

第五章,是《红旗谱》叙事结构的一个枢纽。从情节变化来看,三十年前"朱老巩大闹柳树林"的传奇,因当年小虎子朱老忠的回乡,将有令人期待的下文;从人物关系上讲,朱、严两家人三十年后聚合,锁井镇下排户重新抱起了团儿;从矛盾对立双方讲,三十年来屡遭家破人亡、背井离乡、官司一输到底命运的一方,有了新的主心骨——朱老忠;从斗争和对抗方式看,由朱老巩的"拼"(把我这罐子血倒给他),到严老祥的"躲"(铜钟事变后下关东,杳无音信),再到朱老明的"告"(串连二十八家穷人状告冯老兰,三场官司全输),最终转向朱老忠的"等"和"看"——拉长线(大丈夫报仇,十年不晚);从情节趋势来看,朱老忠在回乡后,指出了受欺侮的根苗(第五章:"咱就是缺少念书人哪!几辈子看个文书借帖都遭难。这就是咱受欺侮的根苗!"),提出了"一文一武"的长线策略(叫严江涛念书,叫朱大贵当兵),这是朱老忠对受苦人几辈子的遭遇进行反思后,得出的摆脱受窝囊气的方案。这一章中,朱老忠在外期间对家乡最后悬念的落实——姐姐在催他离家避祸后不堪凌辱跳河自尽的悲剧,是对三十年仇恨的累加,也是对以往苦难历史叙述的终结。由此,锁井镇的故事要重新起头了,故事的接力棒开始向第三代人传递(严家运涛、江涛、朱家大贵、二贵),他们是"拉长线"策略的承担者。这往后,小说写出了最为浓墨重彩的一笔。

朱老忠在严志和的帮助下,一家人搬入老宅基上新盖的土坯房之后,朱、严两家第三代人之间的故事开始了。一次赶鸟儿的趣事引来风波,构成了小说的重要看点。

捧读《红旗谱》第十章，简直是五彩斑斓的织锦，这场赶鸟儿的田野大戏，领头的是运涛，结伴的是江涛、二贵以及大贵和邻家少女春兰。一路上，大贵的阳光俏皮、春兰的野百合气质、运涛的兄长风范，作者写得自然、丰满、意趣盎然，几个人的性格得到了传神刻画，人物关系鲜明地显现出来——

（运涛）把胳膊搭在大贵肩膀上，说："咱们今年秋天要是能逮只好鸟儿，冬天再逮两只黄鼬，咱就能过个好年。明年春天，也有零钱儿花了！"

大贵说："哪，今年大正月里看戏的时候，咱在戏台底下茶桌子上一坐……"说着，他停住脚步，端出坐在凳子上的姿势，把手在桌子上一拍，说："沏上壶好叶子！来一盘大花生仁！再来一盘黑瓜子儿！"

春兰把大贵一拍，扭起嘴儿说："看看美得你们，还想坐轿子呢！"

大贵一听，立时装出河蛙眼儿，瞧了瞧运涛，又瞧瞧春兰，说："我早就知道，你们俩快该坐轿了！"

春兰一听，腾的一下子闹了个大红脸，撒开步子跑到前头去。回过头来说："跟小子们一块玩，烂脚丫儿！"

引人入胜的赶鸟儿野趣不胜枚举，结果是运涛捕获了靛颏鸟儿中的珍品——脯红。就连打小就爱赶靛颏的朱老忠，也稀罕这难得一见的"窜裆红",并且说"指着这只鸟买辆车或是买条牛不费难"(第十章)。

赶出一只出奇的好鸟儿,由此,便有了第十一章的卖鸟情节。冯老兰看见后眼馋心热,在锁井镇十字大街抢,没抢着;在城里鸟市上出三十吊钱强买,也没买成。其间卖鸟一事出现转折——大贵见这鸟果然有贵相,说啥也不卖了,非要自己养着不可。于是又有养鸟惹来的麻烦——第十二章中,冯老兰的账房李德才找上门儿,蛮横地替主子讨鸟,碰了大贵的硬钉子,导致朱、严两家第三代人与冯家大院的摩擦升级。

卖鸟、讨鸟波澜未平,一个变故又让读者始料未及!费了这么大劲、担了这么多风险,养在大贵手上的"脯红",却在一天夜里被猫撕吃了!这一下子,割断了两家人指望它改善日子的念想,"满天的锦霞,都被大风吹散了"(第十二章,下同)。

恰恰就在这看似七拐八拐无厘头的节外生枝处,又一笔浓墨濡染开来。朱老忠一家子不知该怎么面对运涛,"忠大伯、大娘,都在院里呆呆地站着。你看看我,我看看你,大眼瞪着小眼儿,谁也不吭声,单等运涛张嘴说话。大贵看运涛半天不言语,更摸不着头绪,眼里噙着泪珠说:'大哥(运涛)!这可怎么办,困难年头,说什么我也赔不起你呀!'"可运涛"缓缓地抬起头来,嗤地笑了说:'大贵!今天在大伯和大娘面前说话,你说这话就是外道了。甭说是只靛颏,就是一头牛,糟蹋了也就是糟蹋了。什么赔不赔,咱弟兄们过去没有半点不好,哪能说到这个字眼上。'"。这一笔,力透纸背。两家人夜半真情告白,心里和天上的星群一样明亮——

大贵把胸脯一拍,说:"运涛!你要是这么说,从今以后,你向西走,我朱大贵不能向东走。你向南走,我不能向北走。若是有了急难,你家的事就是我家的事。"

一句话激动了忠大伯,他向前走了两步,拍了拍胸膛,攥住运涛和大贵的手,说:"好啊!好孩子们,你们的话,正对我的心思。从今以后,你小弟兄在一起,和亲哥们一样,做朋友要做个地道!"忠大伯吩咐大贵、二贵搬出坐凳,叫运涛和江涛坐下。忠大伯也坐在阶台上,叫贵他娘点了根火绳,抽着烟。这时就有后半夜了,天凉下来,星群在天上闪着光亮,鸡在窝里做着梦,咯咯地叫着。忠大伯又说:"在北方那风天雪地里,我老是想着咱的老家近邻,想着小时候在一块的朋友们的苦难,才跑回家来。你父子们帮助我安家立业,我一辈子也忘不了……"

这时,严志和也走了来,立在一边看着。听到这里,一下子从黑影里闪出来,说:"话又说回来,这一只鸟儿算了什么,孩子们!你们要记住,咱穷人把住个饭碗可不是容易,你们要为咱受苦人争一口气,为咱穷人整家立业吧!"

孩子们都为两个老人的话所激动,听到这话头上,运涛擦擦眼泪说:"咱小弟兄们都在这里,从今以后,把老人们的话记在心里,咱不能受一辈子窝囊。兄弟们要是有心计的,大家抱在一块,永久不分离。"

这时回头再看,一个原本充其量能为生活勾勾缝儿的鸟事,让作者写出多少周折,赶鸟—卖鸟—养鸟—上门要鸟—猫吃掉鸟—夜半说鸟。其间展现了多么令人陶醉的田园乐趣,塑造了多么生动的人物性格,交代了多么丰富的人物关系。此间,对朱、严两家关系做出新的"锁定",将患难与共的感情接力棒着实传至第三代人。一场鸟事风波,让朱、严两家的第三代人看到了锁井镇上的霸道,感悟了前辈人领受的仇苦,思考了他们共同的命运。这是对朱、严两家下一代兄弟四人共同生活最集中的描写,由此,以运涛为首的年轻一代开始走向舞台中央。这时,"运涛二十一岁了,大贵才十八九岁,江涛比二贵大几岁,才十三岁"。

浑然不觉中,这一段落还引出了明明暗暗的线索,并导致进一步冲突的发生,可谓故事内容和情节发展的一大关节。

捕到"脯红",引出春兰应运涛之请为鸟笼子缝布罩儿的一出。情窦初开的少女,一边心里想着心爱的人,一边尽着最大努力,要将那只红脯靛颏活脱脱地绣在罩儿上,"绣着绣着,绣着的鸟儿一下子变成了个胖娃娃。鸟儿下巴底下那片红，就变成了胖娃娃的红兜肚。忽地那个胖娃娃一下子又变成运涛的脸庞。鸟儿的两只眼睛，就像运涛的眼睛一样，又黑又亮。嘿！黑红色的脸儿，大眼睛。呵！她一下子高兴起来，心里颤颤悠悠，抖着两只手遮住眼睛，歇了一忽。就像和运涛并肩坐着，像运涛两手扶着她的肩膀在摇撼。两个人在一起，摇摇转转……"（第十章）这是《红旗谱》中描写爱情最绚烂的笔墨之一，但孰能料到，春兰绣出的靛颏鸟儿，却为她的命运带来了阴影。第十一章中，卖鸟路上，冯老兰看到鸟笼子布罩上绣的这只鸟，问："这是谁绣的，这么手巧？"从此开始连鸟带人一起贪恋上了。随后第十二章中，冯老兰碰见春兰爹老驴头后，便使出阴招："你可管着春兰点儿，别叫她跑疯了！"再到后来，冯老兰惦记春兰心切，又使出背后唆使"长舌妇"破坏春兰和运涛名声的毒招儿，诱使老驴头棒打鸳鸯，并施出"家法"，春兰险些丧命（第十六章）。

不止于此，"鸟事风波"直接导致朱、严两家与冯家大院的尖锐对立。冯老兰存心报复，使了村长的权势，将到西锁井看戏的大贵抓了丁——"定而不移的是你该出兵！"（第十三章）

大贵被迫离乡，成为朱、严两家第三代人走向锁井镇以外世界的发端。顺着这一结构线索，严运涛、严江涛开始接受来自乡村外部世界的启蒙，汇入时代的革命洪流。《红旗谱》叙述空间向外打开。

浓墨重彩的"鸟事风波",打造了《红旗谱》的故事结构,其中也足见梁斌巧手编织的功力。赶鸟路上,大贵借"坐花轿"的话头打趣运涛、春兰的细节,极似《红楼梦》惯用的情节暗示,预示了日后三人之间关系的纠结——严运涛受党组织派遣到南方参加革命军,后被叛变革命的国民党关入监狱,并被判无期徒刑,而被抓丁的大贵逃回家乡安定下来,于是,朱老明出面,欲撮合春兰嫁给大贵……这种草蛇灰线的安排显示了小说内在的精致。

三、《红旗谱》故事的筋骨——朱老忠

对于朱老忠这个贯穿全书的主要人物,小说始终保持了笔墨的浓度。这样一个把得稳,有主心骨、有气局能量的人,是《红旗谱》故事的筋骨,他的豁达、侠义、稳健和开明,令他更加善于拥有宽远的视野、独到的认知,从而最终接受从根本上改变命运的信仰和道路,由势不两立的复仇转向自觉的反抗斗争。

当冯老兰仗势报复,把大贵抓了丁,"一屋子人大眼睛瞪着小眼睛,谁也想不出办法来。朱老忠觉得这些人未免欺人太甚,一时气愤,心上急痒难耐,仇恨敲击着他的胸膛,走出走进,说什么也站不住脚了。耳朵里像有老爹朱老巩的声音在叫

唤……"在这个关键的坎儿上,朱老忠的心理和动作出现巨幅的摆动,他"走到门道口,把手放在铡刀柄上,才说扯起来往外跑,又犯了思量:'还是从长里着想的好!'"恰是这从长计议的念头,令他豁然开朗:"好!目前事情既然落在咱的头上,也无别的办法了。也许坏事成了好事,去吧,去当几年兵吧,在他们认为是'祸'的,在咱也许认为是'福'。我早就想叫大贵去捋枪杆子,这正对付我心里的事!"(第十三章)由此,又见朱老忠"放长线"的气度和对"一文一武"策略的果断践行。

严运涛巧遇县委书记贾老师,接受革命启蒙。朱老忠听到运涛的经历后,"由不得眉开眼笑":"共产党?我在关东的时候,就听得人们讲道过……你要是扑摸到这个靠山,咱受苦人一辈子算是有前程了!"(第十四章)由此可见,朱老忠的"放长线"策略,出于见多识广的感悟和思考,他的"等"和"看",是有来处、有方向的。

严运涛受命南下参加北伐革命军,当了见习连长,收到寄来的家书后,穷苦的人们奔走相告。他对革命的憧憬,照亮了这个乡村世界。朱老忠意识到:"嘿!革命军北伐成功,咱就要打倒冯老兰,报砸钟、连败三状之仇,咱门里就算翻过身来了!"这个时候,朱老忠情绪达到高潮,"说着挺起胸膛,在院里踢了两趟脚,闹了个骑马蹲裆式。两手连续着把两只脚一拍,扔的一下子闹了个旋风脚,又啪地戳在地上,两手叉在腰里,红着脸呵呵地笑着,说:'看,我又年轻了,身子骨儿多么壮实!'"(第十八章)浓浓几笔,画出他心里驻着的猛虎!

写到严运涛遭叛变革命的反动派抓捕入狱后二次来信,满心欢喜翻成愁。严志和为救运涛卖了宝地,冯老兰那边又跳出来猖狂。这时,朱老忠对革命形势保持着清醒。他和江涛起身去济南搭救运涛前,对自家、严家以及朱老明、春兰等分别做了安顿,足见他的冷静、镇定。比如他嘱咐春兰:"在目前来说,只好暂时忍过去,等着革命的高潮再来。"(第二十三章)

从卷二开始,江涛、严萍这对在求学和革命斗争中结伴的有情人,替代运涛、春兰,成为新的叙述中心。江涛回锁井镇组织反"割头税"运动,不用朱老巩当初光着膀子拼命的办法,也不像朱老明当年那样卖房卖地、花钱告状,而是"一传俩,俩传仨,把养猪户和穷人们都串联起来。村连村,镇连镇,人多势力大,一齐拥上去,砸他个措手不及"。他还兴冲冲地说:"一个人挡不住老虎,五个人能打死老虎。十个人遮不住太阳,人多了能遮黑了天。一哄而起,一哄而散,他逮不住领头人儿,看他有什么法子?"(第二十九章)这时,朱老忠认识到了组织起来斗争的高明,思想获得了同步,感觉终于掀开窗户见了天了。他和朱老明说:"大哥!这些年来,我老是这么想:没有共产党的领导,要想打倒冯老兰,是万万不能的。"

第三十六章,朱老忠接受县委书记贾老师指令,协助曾领导过河南里秋收运动、"少东家"出身、割断了父子家庭关系的张嘉庆，一同拉起农民纠察队。他和严志和、伍老拔、大贵、伍顺在树林子里意气风发操练拳脚的景象，让锁井镇光明起来。与先前接到运涛第一封家书、等待运涛带领革命军来改变命运的情形相比，这时的朱老忠，心里认定的是党领导农民起来斗争，自己争取胜利。

在完成一系列精神蜕变后，朱老忠的心里亮起了庄重明丽的红旗谱。第四十章，红纸剪成红旗贴在墙上，朱老忠、朱老明、严志和、伍老拔、大贵宣誓入党。至第五十六章，老夏、严江涛领导的保定二师革命学生遭反动军队包围，前来打探江涛消息的朱老忠、严志和，冒着危险赶大车为学生送粮，主动投入学生阵营的行动。这时的朱老忠更加成熟、坚定。第五十七章，二师血案发生，认定严江涛被捕后，他对严志和说："政治斗争，有胜就有败，敞开儿干吧！"

可以说，朱老忠的精神锻造过程，外化着"红旗谱"的盎然意蕴。

四、"老驴头杀猪"的段子实在出彩

在锁井镇压迫与反压迫两种力量的较量中，存在着受压迫最深却顽固地顺从着这种秩序的"第三种人"。小说从这种典型人物身上，写出了革命对于旧思想、旧制度的触动，而这也是戏剧性最强的部分。"老驴头杀猪",便是浓墨重彩的一笔。

江涛领导的反"割头税"运动,在锁井镇取得成功,而包了此项税收,想要大赚一把的冯老兰,终于尝到了农户们组织起来团结斗争的厉害,眼看着投入的四千块银钱打了水漂,这个横行乡里的霸道人气得头往桌子上撞。这一段故事中,插入了老驴头杀猪的段子,不仅把老驴头的性格展开了,写活了,而且从一个封建农民的迂腐做事,反衬了反"割头税"的大快人心。这些笔墨实在出彩,令人回味无穷。

"割头税"的确把老驴头割疼了——杀一只猪要一块七毛钱,一副猪鬃猪毛,还要连带猪尾巴大肠头。于是他想着自己偷偷把猪杀了。顽固迂腐的封建脑瓜,加上自私自利的小农意识,导致他不敢参加对抗,只想着挽回个人损失,结果闹出自讨苦吃的笑话。

关起门偷偷杀猪煞费周折,老驴头和女儿春兰简直是在与猪搏斗,为了绑猪,还不惜搭上一条被子。好不容易把猪捆好,但又听了老套子的劝告,打算等等风声再说。后来见人们结了伙,不照"割头税"的指派行事,而是把猪送到反"割头税"、义务给大伙杀猪的大贵门上,便又和春兰费力把猪绑上:"走,咱也抬去。"(第三十二章,下同)刚出院子,他想到朱老明撮合春兰与大贵的婚事,二人不宜见面。于是又把猪抬回院里,找来老套子,两个笨人下定决心自个儿琢磨着杀猪,结果杀得狼狈不堪,直让猪弄得人仰马翻——

他憋足了劲,把刀放在猪脖子上向下一切。那猪一感觉到剧烈的疼痛,四只蹄子一蹬跶,浑身一曲连,冷不丁地一下子挣脱了老驴头和老套子的手。向上一蹿,一下子碰在老驴头的脸上,把他的鼻子碰破了,流出血来。向后一个仰巴跤,咕咚地倒在地上。老套子伸开两只手向前一扑,那猪见有人来扑它,两条后腿向上一蹦,把老套子碰了个侧不愣,蹿到房顶上。向下一落,一下子落在汤锅里,溅起满屋子汤水横流,溅了春兰娘一身。锅里水热,烫得猪吱喽地叫了一下子,跳出来带着满身的血水,在屋里跑来跑去,把家伙桌子碰翻了,盆、罐、碗、碟,打了个一干二净。又纵身一跳,蹿上炕去,吓得春兰娘哇的一声。那猪直向窗格棂碰过去,咔嚓一声,把窗棂碰断,跳下窗台去。趔趔趄趄地满院子乱蹿。

小说将老驴头与那只猪对起眼儿来写,一幅漫画描绘得淋漓尽致。比如绑猪之前先有一笔:"他跳过猪圈墙,伸手在猪脊梁上挠着,那猪一伸腿倒在地上,眯眯着眼睛哼哼着……老驴头挠挠猪脊梁,又挠挠猪胳肢窝。猪正合着眼过痒痒劲儿,老驴头冷不丁把被子捂在猪身上。腿膝盖在猪脖子上使劲一跪,两只手卡住猪拱嘴。"又如杀猪遭到反抗时的一笔:"老驴头带着满脸鼻血,从地上扶起老套子,两个人又去赶那只猪。

猪带着血红的刀口,流着血水,睁着红眼睛,盯着老驴头。它这会儿明白过来,老驴头不再把它抱到炕头上,不再一瓢一瓢地喂它山药,不再给它篦虱子,要拿刀杀它……见到老驴头和老套子赶上去,它照准了老驴头的腿裆,趾蹦地窜过去。老驴头两手向前一扑,扑了个空,一跤跌翻在地上。"

怒发冲冠的猪跑了个没影踪,走遍几个村子也没找着。最终,多亏大贵夜半想起去河滩找找,总算将猪捉拿归案。经过这么一场折腾,吃到了"孤木不成林"的苦头,又领着大贵这样的人情,于是老驴头说:"咱也赞成你们这个反'割头税'了!"

这样的章节内容,令《红旗谱》浓墨重彩塑造人物、叙述情节的艺术个性神采焕发,增强了红色经典的审美意蕴。

五、"野百合"之美

在浓墨重彩的《红旗谱》中,那些描摹山川之美、田园之美、情感之美、人性之美的笔墨,化作弥漫于人物之间的呼吸,丰满了整个故事的情境。

春兰,是《红旗谱》中着墨最多的人物之一,这一形象彰显的情感之美、人性之美,极富审美价值。

春兰的出场,伴着贵他娘、涛他娘与她的一连串对话描写:

贵他娘一看，是谁家的姑娘。细身腰，黑脸盘儿，两只大眼睛骨碌骨碌地转着，就是脸庞长得长了一点。心上一喜，笑嘻嘻地问："谁家这么好的大闺女？"

涛他娘低声说："老驴头家春兰。"

说着，春兰到了眼前。她说："看看你们来的客人？"

贵他娘闪开眼睛瞟着她，说："看吧，这不是，你来干吗？"

春兰说："找运涛。"

贵他娘说："找他干吗？他下地了。"

春兰说："找他问个字儿。"

贵他娘又问："你倒是问字儿，还是看客人？"

春兰看这人新来乍到，倒不怯生，就说："都是。"

涛他娘嘟哝着说："问什么字？成天在一块儿，也问不够？"

春兰乜斜起眼睛瞄了瞄，见涛他娘不高兴，也不说什么，只是咯咯地笑。涛他娘说："回来再问吧！"

春兰说："我得上你们屋里看看去。"

贵他娘说："看去吧，门上又没有绊脚绳。"

（第六章，下同）

透明、直接、无拘无束的对话，写出乡村街坊间特有的情味，也让春兰这个人物一下子有了黏度。在她们的对话里，传出了多少情韵——

> 春兰走出去,贵他娘在后头问:"闺女,今儿多大了?"
> 春兰返回身说:"十七了。"
> 贵他娘瞟着她说:"快到年岁儿!"
> 春兰问:"什么年岁儿?"
> 贵他娘说:"坐轿的年岁儿!"
> 春兰一下子笑出来,说:"跟俺开玩笑,俺走!"说着,抬起腿叽里呱嗒地跑出去。
> 贵他娘看着她的后影儿,笑着说:"好一条油亮的大辫子,耷拉到大腿上。人尖子,怪喜溜的个人儿!"

在对春兰形象的描摹中,点染着田园之美,更加自然、内在地衬出她淳厚的乡野气质。小说中写到春兰喜欢的夏日瓜园图景:"春兰娘又跟老驴头谈起种瓜的事,她家年年在房后头种上半亩瓜,倒是挺对春兰的脾气,夏天在园里搭上个小窝棚,她坐在窝棚上作针线,守着一只老母鸡,在斗子里孵着一窝小鸡儿。鸡娃出来了,有黑的、白的、芦花的……满世界乱跑,吱吱地叫着,在瓜秧里啄食瓜子儿、油虫儿……真是美气!"又写到一家子吃了饭,上房后头去点瓜:"老驴头弯下腰刨着坑,春兰担水。把水点在坑里,等水渗完,再点上瓜籽埋上土。"

这时,朱老忠蹒蹒跚跚地走过来,后头跟着严志和。对于这一场合,作家梁斌着意画龙点睛,描绘出一个很有味道的情节:当老驴头、朱老忠、严志和你一言我一语,说起运涛、春兰来来往往,在屋后头踩出一条小道的故事时,春兰的心弦一下子响动起来。这当儿,作家梁斌挥动了如椽大笔,这一笔对春兰的刻画真是美艳惊心——

他们一说,春兰脸上腾地红起来,只是弯下腰点水,不敢抬起头来。点完那两筲水,又担起筲望井台上跑。她故意颤起担杖,担杖钩磨得筲系儿吱咀乱响。那条红绳子辫梢儿,在脊梁后头飘飘飞舞。朱老忠暗自点头说:"嗬!活跳跳的闺女,心性儿有多么活泼,身子骨儿有多么结实!"

(第六章)

不管她的家庭多么封闭、狭隘,她就像野百合一样,在平淡、贫瘠的土壤上活泼泼、俏生生地盛开了,原原本本地袒露着生性。这种发自生命律动的清新、明净的气质,是多么令人称赞呀。

运涛南下参加革命军之前,曾幸福地联想革命成功后他和春兰的事,小说描绘这双男女的欢恋情景时,对春兰的少女心性施以重彩——

  运涛一面想着，心里快乐起来，两只眼珠，看着湛蓝的天上老半天。他说："春兰！我看看你的手。"
  春兰回过头来问："你看俺手儿干吗？"
  运涛说："我早就看见你的两只手，细溜儿长的手指。就没敢捅过，连看也不敢正眼看一下。"
  春兰抿着嘴儿笑，说："俺晨挑菜，夜看瓜。春种谷，夏收麻。长着什么好手呢？给你，看个够！"一下子把手伸给他。
  当运涛要握起春兰的手的时候，春兰一阵羞红扑在脸颊上，运涛的两只手也打着抖缩回去。两个坐在小窝铺上说话搭理，说不完心里话。

（第十六章）

  一头是老驴头想等来上门女婿，一头是严志和嫌春兰太过招人，不适合庄稼门户，春兰、运涛的这段爱情，只能不问前程地生长着，这时的春兰表现得俏皮、活泼、爽朗。而当老驴头受了长舌妇"你家春兰可招了汉子了"的挑唆，将一对恋人棒打鸳鸯直至对春兰施行了夺命"家法"，而运涛也决定离开家乡南下革命时，春兰又显现出野百合坚贞、坦荡的质地。从父亲手下死里逃生的她坚持要送运涛起程。运涛劝她回去，以免挨爹暴打。"不,我要送你,左不过是这么回子事了,打死了也是个冤魂。我一身干净,别人说什么话,我也不管。"

此章(第十六章)进一步渲染这"鸳鸯话别"的悲情时刻。运涛考虑到"要行兵打仗,不知将来落个什么结果",所以嗫嚅地说"希望你另找一个体心的人儿……"这一刻的春兰,要毅然决然地凋谢了——"两眼瞪直,怔住身子一动也不动,脑筋里像是停止了思想,扑通地倒在地上,两手捂住脸痛哭起来。"当运涛"弯下腰抱起春兰肩膀,春兰打着滚不起来,好容易才扶起她来",春兰哭了半天,才说:"我的日子过到头儿了!"并且打定主意要学忠大伯(朱老忠)姐姐当年,跳潴沱河自尽。

这时运涛才明白春兰的性格。他终于决定和春兰一样恪守对爱情的坚贞,表示:"不管你等不等我,我一定要等着你!"而此刻,春兰再次展现了她的纯净与坦荡,"脸上一下子笑出来,说:'要是你有这个心胸,有这个决心,撑得过去,我还要活下去!'"

想当初,父亲老驴头一怒冲天,欲结果掉"坏了名声"的春兰,她在铁锹刃子插在脖子上时,用干脆、管用的一句话说动父亲,求得生存——"爹!亲爹!你老人家想想,百年以后,谁与你老人家烧钱挂纸呢?"(第十六章)此时勇于求生,是因为心里怀着爱情的前途;而当运涛入狱判刑的消息传来,春兰情无所系,一度决意轻生——"把一身鲜艳的、过年穿的新衣裳穿在身上。拢了一下子头发,点上灯,拿镜子照了照脸上。当她看到自己美丽的脸型,又摇摇头,心里想:我还这么年轻!想着,把镜子一扔,吹灭了灯,趴在炕上抽泣起来,她实在舍不得运涛。"(第二十一章)

在第三十一章,朱老明上门为大贵说亲,小说又用色调极重的词句书写了"春兰抗婚"。写她惊心:"她听来听去,听说到自己身上,心上一下子跳起来,一只手拿着活计,一只手拿着针线,两只手抖颤圆了,那根针说什么也扎不到活计上。"写她心如潮卷浪翻:"她听到这刻上,就完全明白了。但当前占据她思想的不是大贵,是运涛……于是,思想就像静下来的春天的潮水,重又返卷上来,鼓荡着喧哗着,激动着她的心情,再也不能安静下去。"写她心碎、抽泣:"她把饭做熟,也没吃,就走回屋里。灯也没点,一个人趴在炕席上,两只手抱起脑袋,呜呜咽咽地哭起来。"而当父亲老驴头就这门亲事与春兰商量时,春兰不仅大哭,而且强烈地表达了坚辞不受的心意:宁肯"要着饭吃离开你这门……";见父亲发了火,她不甘示弱,用几乎颠覆父女关系的狠话跺脚讥刺:"早先儿你就为冯家老头谋算我!";当母亲企图用一句"运涛要是十年不回来呢"将她降伏时,她的回答不留余地、野性十足:"我等他十年!""我等他一辈子。"终于,因运涛入狱,许久以来郁积在她心里的万般屈情,"今天像黄河决口一样"——

（春兰）哇啦地哭起来。一边哭着，心上想念着运涛。一想起运涛，心上越发地难受。她猛地把脑袋一扎就往外跑，说："今日格我活尽了命了！"一股劲出了大门，望着井台上跑……

第三十八章，江涛又劝春兰嫁给大贵，并告以"运涛判的是无期徒刑"，而"春兰一听就跳起来，连哭带喊：'不，俺不，俺就是不！不管是谁，就是他长得瓷人儿似的，俺也不。就是他家里使着金筷子银碗，俺也不。我就是等着运涛，我等定了！'"

看到这里，心里直涌出一句：试不败春兰金子般的心！

春兰茁壮地生长着，野百合的气味更加芬芳。她是父亲的好帮手，贤惠能干，甚至不嫌父亲的迂腐无能，不计父亲的糊涂蛮横，为父亲指点迷津。她阳光坦荡，不失体面，自尊自爱，清清白白。

这朵野百合，熏染了《红旗谱》，让我们心底保持了清新。

《红旗谱》中，与春兰野百合气息融为一体的，是描写朱、严两家亲情与生活场景的笔墨。这些文字烘托出暖暖的色调，将贫苦农家的生活一下子撑圆了。这种亲情之美与田园之美映在心底，浑然天成。第九章中，运涛给江涛讲"宝地"时的描写，有色也有味："宝地上的泥土是黑色的，拿到鼻子上一嗅，

有青苍的香味。这是长好庄稼的泥土,它从爷爷血液里生长出来。"接下来的一笔,写透田园美、兄弟情:

> 哥儿俩耪呀!耪呀!两条小胳膊抡着大锄,把腰一弯猫了个对头弯。小苗上的露珠沾在裤角上,溅到腿上,沾在脚上,他们觉得多么滋润!耪呀耪呀,药葫芦苗开着蓝色的小喇叭花,耪了去,水萍花秀出紫色的花穗,耪了去。把野草杂花都耪了去,光剩下紫根绿苗的大秫谷,长得又肥又壮。

无论生活多么困窘,压迫多么沉重,斗争多么艰苦,这些山川之美、田园之美、情感之美、人性之美都是实实在在的,从未离开人们的内心。在有着压迫和对立的锁井镇,贫穷的农户欲得这些美满而又实难得其美满的现实矛盾,更使得朱老忠、运涛、江涛、大贵明白了要加入自觉的斗争,去打碎一个旧社会,寻求光明的前程。

六、照见灵魂光彩的浪漫笔调

第五十九章,《红旗谱》第一部尾声,形势陷入白色恐怖,小说却顺着一种田园浪漫的笔调,写出了朱老忠内心的高潮。

严江涛不幸被捕,朱老忠留在了保定城,首先营救从保定二师血案中死里逃生、曾和他一起在锁井镇组织农民纠察队的张嘉庆。在美国思罗医院设有岗兵看守的病房里,朱老忠装扮成人力车夫,好像串亲戚瞧病人似的走进来,与躺在病床上的张嘉庆上演"父子相认"。

血腥的场景过后,结尾这一章,节奏却是格外舒慢和缓的。精致的小屋,和平的小院,女医生温情的抚慰、含情脉脉的眼神,这一切属于死里逃生的张嘉庆。躲过死亡,劫后余生,对于任何一个生命来说,这宁静、安稳是多么令人渴望、舒心啊。然而张嘉庆清醒时,对门外岗兵的态度是:怒目而视;愣着眼睛骂,冷笑着说;瞪起眼睛,头发直想多起来。他睡觉时,还在做着斗争的梦。他闻到女人的香味,皱起眉头,不为所动。他悔恨自己坚持蛮干犯下的过失。他在纪念失去的战友,舔着心里的伤口。

与运涛、江涛相比,他是先天没有家庭温暖的人,但革命斗争和解放人类的信仰,让他体会到周围到处是亲人。他从贾老师那里得到父爱,他在朱老忠这里认了父亲。

这一章中,朱老忠和张嘉庆心有灵犀一点通,时而眨巴眼睛,时而点着下巴暗示,有时二人还打起"番语"。最终,默契的配合加上意外巧合(锁井镇人冯大狗恰是当值岗兵),张嘉庆顺利逃出牢笼,让人看到了残酷中释放的明媚,浪漫的色调在笔下洇染开来——趁着午睡时间,张嘉庆顺甬道一溜烟走出门外。等在洋槐树底下的朱老忠像迎来生意一样,招呼张嘉庆上人力车。只见张嘉庆"跳上人力车,伸手抓下绷带,箍上块洋肚手巾",而朱老忠则"匐下腰,撒腿就跑"。中途,既已跑出许远,二人便换了位置,张嘉庆让朱老忠坐上车子,自己"两手握着车杠,伸开长腿跑得飞快",他们恢复了"父子"关系的模样……"朱老忠坐在人力车上,看路旁的黄谷穗儿蹦跳,红高粱穗儿欢笑,心里着实高兴。更高兴的,是他应该完成的任务,他克服了一切困难,坚决完成了!"

  与小家庭内的亲情、两家人之间的亲密相比,这一对新结成的"父子"关系,蕴含着更开阔深厚的情感,这是一种在共同信仰之下并肩携手、舍生忘死去奋斗的特殊亲情。这种亲情,连通着一个时代的理想,焕发着超凡脱俗的光芒。在为解放劳苦大众、解放苦难民族的奋斗中,他们的精神首先取得了自由,他们的灵魂正贴着波澜壮阔的风暴飞扬。这种情境之下,一幅画面从浪漫的文字间流淌:

  正当夏日时节,平原上庄稼长得绿油油的。张嘉庆拉着这辆人力车,在田野上跑着,像撑着一只下水的船,冲破了千层巨浪,浮游在绿色的海洋上,飘摇前进!……

  朱老忠和张嘉庆的这种神采,是对贾老师和运涛、江涛、严萍等革命者灵魂的共同写照。他们带着这种光彩,回到锁井镇,回到冀中平原的战场上……

《红日》映照江山图

吴强创作的革命战争题材长篇小说《红日》，其题目颇有诗意，且具有浓厚的象征意味。它象征着党领导的革命斗争即将一扫黑暗，迎来光明，象征着人民解放军艰苦卓绝的战斗必然取得最后的胜利。而陶醉于书中的阅读者，还会从文字间流淌的气韵中感受到一种鲜明的意境，如果借用画面来表达，可谓之"红日江山图"。从白热化战斗的冲锋中，从燃烧一般的誓言中，从血染沙场、前仆后继的牺牲中，传达出的是为人民打江山的信念。奋勇征战的革命军人，舍生忘死的支前百姓，他们的心里都迎着一轮红日，映照着人民的江山。

一、正面描写大兵团作战的文学典范

《红日》取材于解放战争第一年,华东解放军在苏北、山东战场与国民党军队激烈交战的史实。尽管客观上敌强我弱,但在陈毅、粟裕等指挥下,华东解放军将毛泽东"集中优势兵力,各个歼灭敌人"的作战方法运用得出神入化。构成《红日》故事主干的涟水战役、莱芜战役、孟良崮战役,便具体体现了这样的作战原则,如主动放弃一些城市和地方以诱敌深入,然后,集中优势兵力,选择敌人薄弱或孤立的部分,在运动中各个击破,力求全歼、速决。

考察史实,早在小说描写的涟水战役之前,华东解放军苏北部队就运用不计一城一地得失、大踏步进退、在运动中寻机歼敌的策略,在苏中地区取得了震动全国的七战七捷,歼敌六个旅又五个交通警察大队,共五万六千余人,创解放战争以来首次大量歼敌的战绩。此后,苏北部队逐渐向北转移,而作为小说故事起点的涟水战役就发生在这一时段。涟水战役之后,解放军还发动了小说中没有正面描写的宿北战役,全歼国民党军整编第六十九师,师部及三个半旅共两万一千余人。宿北战役后,华东解放军主力集中于山东,在此间展开了更大规模的运动战。小说《红日》重点描写了其间的莱芜战役、孟良崮战役。

据作者吴强自述,"孟良崮战役胜利结束的第二天上午(1947年5月17日),在我们住村口头,我看到从山上抬来的张灵甫的尸体,躺在一块门板上。当时,我有这样的想法:从去年秋末冬初,张灵甫的七十四师进攻涟水城,我军在经过苦战以后,撤出了阵地,北上山东,经过二月莱芜大捷,到七十四师的被消灭和张灵甫死于孟良崮,正好是一个情节和人物都很贯串的故事。后来,我有过把这个故事组织起来写成作品的想头"①。尽管自己是从战斗生活中走过来的,又有那么多现成的富有文学意味和戏剧性的故事素材,然而,是否能把战斗故事写成长篇小说,这让吴强经历了长时间的选择与思量,特别是在忠于史实和发挥艺术创造力、表现力的关系问题上,他觉得受到了很大的挑战和考验。平心而论,这种意义特殊、背景复杂、头绪繁多、过程曲折的战争故事,很容易将创作者导入一种对历史事件逻辑关系的形象化叙述,即突出史实性,牺牲文学性。而这是《红日》作者吴强所要极力避免的。为了守住文学创作的初衷,他甚至曾设想过"不管战争史实,完全按照创造典型人物的艺术要求,从生活的大海里自取所需,自编一个有头有尾的故事,免得受到史实的限制"。

在创作《红日》之前,吴强并无创作大部头的经验,却对文学创作有如此严肃的态度和如此高度的自觉,的确值得我们

---

① 吴强:《红日·修订本序言》,中国青年出版社,1959。本篇引文均据此版本。

致敬。从1947年5月萌生创作念头,到1957年4月完稿、7月出版,十年怀胎不寻常。经过十年苦苦思索、打磨,吴强终于解决了创作难题,找到了进行这次文学创作的路径,在确保历次战役基本情势和过程有根有据的基础上,将故事里的人物和细节合理设计、虚构,保留了较为充分的文学表达空间。这样,不但没有因史实而限制和束缚作者的文学表达,而且有效地唤醒、呈现了史实中蕴含的戏剧性元素和文学意味,让故事的骨骼上生出了文学的翅膀,富有较强的感染力。长篇小说《红日》成为正面描写大兵团作战的文学典范。

二、创作焦点及贯通全篇的艺术神韵

《红日》所反映的几场战役,是解放战争第一阶段最激烈的争锋,双方均是大兵团集结或多个部队运动配合,场面宏大,瞬息变化。如果将主焦点放在双方指挥、决策层面,还原历史过程,整体反映战场双方的对弈和棋局变化,微观补充战斗的具体情景,也能取得引人入胜的效果。而作者吴强有意避开了这种历史叙事角度,选取了文学典型化表现方式。小说未将战役的曲折离奇置于第一层面,而是将参加了这三场战役的解放军某主力部队作为正面表现对象,紧紧抓住战争中活的元素——具体的人,从不同方面、不同层次众多人物的形象、性格、气质、言语、行动中,塑造人民军队的魂魄,写出战争的趋势和本质。与此文学典型化表现方式相应，小说中，除下达指令时出现的华东野战军最高指挥者陈毅、粟裕，以及敌方指挥者李仙洲、张灵甫是真实姓名外，其他人物均为虚拟姓名。

小说中，沈振新任军长、丁元善任政委、梁波任副军长的部队，在战役中的特殊角色、特殊经历以及特殊情结，构成了戏剧性因素。他们在第二次涟水战役中与蒋介石"心腹"、"王牌"部队——整编七十四师交战失利，遭受重大损失，心中充满复仇火焰。他们怀着这种强烈愿望却不得施展，终于在我方运动战神来之笔的调遣下，意外地获得了柳暗花明的机会，痛快淋漓地消灭了宿敌。这构成了小说的内在线索。小说的焦点不在战局的推演、博弈和大兵团布局及配合层面，而在于具体的这一支部队指战员接受指令、消化情绪、承受困难、打造战斗力、冲锋陷阵的层面，而所有这些，都归结于具体人物的表现。从高级指挥员到基层指战员，他们职责有别、风貌各异，而在严峻的战斗面前，都呈现了鲜明的甚至极致的一面，成为小说中最具活力的看点。作者吴强将真实战斗过程的框架及其中的戏剧性冲突元素为我所用，在此基础上，他的创作焦点集中于典型人物的塑造。

在《红日》中，出场人物众多，并且围绕这些人物，展现了立体化的战争生活，行军、爬山、涉水、泅渡、射击、冲锋、肉搏……这些人物、事件、场景容纳在战争的故事框架之中,但它们不是简单的编排、码放,而是贯穿着统一的情绪与气韵,在构成战争生活丰富性的同时,这些元素共同服从于一个写作意图——从始至终,作者都在通过叙述、描写回答两个问题,即这是怎样的一支军队,这是怎样的一场战争。有了这样一条贯通的气脉,小说中反映的战争与和平、爱情与友情、前方与后方、军队与人民,都自然紧密地编织起来,构成一个艺术整体。由此,小说《红日》的一切丰富都是聚合的,而其文学表达又是收放自如的。

三、结构作用最突出的人物——杨军

《红日》重点塑造的指战员形象,有军长沈振新、副军长梁波、团长刘胜、连长石东根、班长秦守本等。就故事结构而言,位置最突出的人物,是原任四班班长,后任二排副排长、排长的杨军。

杨军是小说贯穿始终且着力塑造的人物。在故事开头,第二次涟水战役正在激烈进行,敌攻我守的阵地战打了两天半,敌方只见炮弹、炸弹,不见人。这时,班长杨军是全班战士的主心骨,他调动着战士们的情绪:"不要急!他们总是要来的!""我们的刺刀、子弹,不会没事干的!有一天,我们也会有大炮!"(第一章,下同)小说通过杨军的视角,写出了战场上惨烈而无奈的牺牲——"杨军伸头到掩蔽部门口外面望望,

五班门口躺着两个战士,一个已经死了,他的头部埋在泥土里。一个受了伤,身子斜仰在塌下来的土堆上,两条腿搭在折断了的木头上,头颈倒悬在土堆子下面,杨军认出那是青年战士洪东才。"《红日》开篇就将这样的战场真实呈现出来,并且在这紧要关头塑造着杨军这个人物。

杨军看到战友们一枪不放却在掩蔽部内遭受榴弹炮袭击而牺牲,他也曾心绪纷乱,产生了带领战士们杀出去的冲动,但当敌人炮弹再次纷纷倾泻下来时,他迅速冷静下来,带领全班战士加固着工事。随后,在敌军步兵出动、攻到涟水城下,全班只剩下五人时,他的左肩楔入了一寸多长的一块炮弹片,但他顾不得包扎……当敌人步兵第七次冲锋到达近前时,他带着班里仅有的四个战斗员,迎着敌人冲了出去。

通过战场特写,最能生动、传神地反映两军锋刃相搏的情状,也最能令人信服地塑造钢铁战士的品质。《红日》善于以此呈现各级指战员身上的光亮,外化他们保卫壮丽河山的精神,传达他们赴汤蹈火的信念。小说开篇重点描写班长杨军组织全班反冲锋的场面,前后一长串的特写镜头里,杨军表现出顾全大局、服从命令、引导有方、英勇善战的品质。他既冷静又勇猛,关键时刻能奋不顾身地冲在最前,体现出优秀战斗员的刚性、韧性。

《红日》重视塑造像杨军这样的基层指战员形象,依托这些形象,从班、排、连这些基层作战单元描写战斗实景,展现了诸多极富冲击力、震撼力的战场特写,也自然地聚焦了战场内外许多人物关系细节,将镜头深入军旅生活最基础、最内在的部分。这也让作者吴强丰富的经历、出色的文学才华大有用武之地,成就了小说富有写真、传奇效果的故事性,并让这部战争题材的小说有了更多细腻的、值得咀嚼的看点。

小说中的杨军,经历了诸多军旅生活内容,联系起了上、下不同类型的人物,他的故事以及由他关联着的人物、事件,对于反映这支英雄部队的内在品质有着突出作用。

杨军因在涟水战役中负伤而转入后方疗养,顺着他的这一经历,又延展出战场之外的更多镜头。在杨军昏迷时的睡梦中,交代了三年前苏国英营长率队攻城的英雄事迹。当时营长苏国英是杨军仰慕的榜样,那次苏营长受伤后也是由他背上担架的。苏国英后来成为他的团长,在涟水战役中牺牲。此处的笔墨,写出了杨军对英雄精神的传承,同时也点出了一个英雄集体的来由。而小说也曾写到军长沈振新独自回忆涟水战役中牺牲的老部下、英雄指挥员苏国英的情景,其间脑子里还闪现出在天目山从地主家里逃跑出来参军的小雇工杨军。由此交代了杨军显赫的革命经历和成长背景。这个人物,象征了对英雄部队军魂的传承。

负伤休养的杨军,要求递上"我很快就要回去"的决心,并说:"我那支枪,号码是:八七三七七三,用熟了,不要分配给别的人。"(第二章)枪,是战士的生命,这里用枪写出了战士的心。此刻,这支枪装在杨军的心里,虽无法扣动扳机,但它比握在手里的枪更有威力,这样的战士组成的部队,锐不可当!

即便身在后方养伤,作为战斗英雄的杨军,仍然在他的部队中产生着影响。其间,杨军的继任者、四班长张华峰,原四班老战士、新任六班长秦守本,一起给老班长杨军写信,这一情节,仍然是对杨军"主心骨"地位的强调。而从人物之间的精神关联角度考察,小说中张华峰、秦守本二人,是先后在杨军的影响下成长起来的,在人物塑造关系上,他们都是杨军的"影子"。

进一步考察杨军的影响力,将他引为榜样的,不仅有张华峰、秦守本等原班战士。孟良崮战役棋局已开,大军即将渡过沙河飞兵前进时,杨军伤愈归队。这一刻,特写了战友们对这位战斗英雄的敬爱与欢迎。写到渡河的大木排翻转、军长沈振新落水时,再次把杨军纳入特写,他扑入水中奋力营救,与心里一直惦记他的一军之长浪里相逢。在小说故事高潮的孟良崮战役开篇之际,如此隆重地安排杨军重回战场,自然是出于对此形象的突出与渲染。

杨军归队这一节,还重点借他的视角,对他回到的八连作了检阅,写出了经过莱芜大捷后这支军队人员数量的增加、武器装备的增强,更从他"担心落后"的心理,写出了英雄队伍的精神状态,自然地叙述了这是怎样一支能打硬仗的队伍。

在小说尾声,"孟良崮高峰争夺战达到了钢铁的熔点"(第十六章),火线接任二排长的杨军,最终在危难之际显身手,指挥战士们冲击最后的"生死之攀"。张德来、马步生攀着崖壁搭起人梯,马步生头部一米以上就是孟良崮高峰的崖边;杨军心爱的七九式步枪的新主人——神枪手王茂生,对准马步生头顶上空山头上的敌人,每发必中;九挺机关枪组成的交叉火力网,压制住山头正面和左右两侧的敌人;六〇小炮的炮弹从张德来、马步生的头顶飞上高峰,在高峰上的敌兵群里爆裂。这时,只要攀着人梯跳上崖边,抵达的就是孟良崮的顶端,就是我军要争夺的最后一块阵地。秦守本、安兆丰分别两次攀爬均告失败,其他战士攀登途中连续伤亡,只有张华峰孤身一人攀上峰顶,却不幸腿部中弹,伏在崖边与敌对抗……危难之际,作为指挥员的排长杨军大喊"让我先上"!他踏着战友牺牲的血迹奋力攀上峰顶,展开一对多的顽强战斗……胜利到来时,杨军从牺牲了的张华峰手里拿起了红旗……从回答"这是怎样的一支军队"的角度透视,举起这胜利旗帜的,是排长杨军,更是这支铁军之魂魄。

四、把蜕变中成长的秦守本写活了

在杨军影响下成长的秦守本,有个前后转变的过程。

在涟水战役中,他和战友们一样,被对方的飞机大炮压制在战壕掩蔽部中,他害怕榴弹炮在近前炸裂的震痛,耳朵里塞上棉花,还要"把身子赶紧缩到掩蔽部的里角上去,两只手掌紧按住他的两个耳朵"(第一章)。此外,这位秦守本还表现出牢骚满腹的样子。涟水战役失利后,部队进行了休整,补充了新兵,一些老兵走上了空缺的干部岗位,部队面临新人锻炼成长的课题。这一环节中,小说重点塑造了新任六班长秦守本。他的第一个难题,是部队穿越陇海线进入山东宿营地高庄时,生在南方的战士出现恋乡、不服水土等现象,有的守着陇海线遥望家乡,有的脱去鞋子用光脚感受即将离别的平原,还有的争着喝铁路线南边的"家乡水",或者过铁路时抓一把家乡的沙土在手里……这期间,秦守本的表现是"大声喝令""瞪起眼睛""大声吼叫"(第二章,下同),情绪化特征明显,方式简单粗暴,甚至与战士王茂生发生摩擦,弄得对方背过脸去躺在铺上,连晚饭也不吃了。看到战士们吃不惯高粱面做的煎饼且剩下许多,他的语言照样是那么直接:"你们不吃饱,肚子饿,走不动路,可不能怨我!"最让他受打击的是新兵孙福三受不了这份离乡之苦,夜半开了小差,连长批评说:"这是头一个!秦守本,是你们班上开的例子!"这让秦守本几乎哭泣起来。

这之后的一个特写,把秦守本这个人物进一步写活了。为防再有人开小差,他几乎整夜没睡着,夜半听到房东大爷喂牛的脚步声,便吃惊地爬起身来,在铺上挨个点人数。老战士夏春生的头蒙在毯子里面,他便觉得可疑,赶忙跨过三个战士的身体去摸,摸到身体才放下心来。时近拂晓,两声狗叫又把他惊起来,一点人数可了不得了:"啊?怎么又开了一个?"其实一个没少,是他紧张之下少数了自己……

尽管有些慌乱,章法欠缺,可这时的秦守本不得不思考严肃而重要的问题了——"这些新兵怎样才能会打仗?一旦战斗发起,这个班怎能拉上火线?"

当了班长的秦守本挺苦恼,他知道班长要学会爱兵,可如何爱兵呢?行军中,秦守本面临的情状是:"因为自己当了班长要爱兵,背着自己的背包、米袋、步枪、子弹、手榴弹等等一共二十一斤半,还得再背着新战士张德来的一条枪。现在,真正地到了山东境地,硬骨骨的山路已经来到脚下。有的脚上磨起了水泡,有的呕吐,说见了山头就晕。再向前走,到了万山丛里,那将是个什么样子?"

一个原本自我意识很浓、集体观念较差、怕苦怕累的人,一下子要承担起带兵、爱兵的职责。他担心、苦恼,活脱脱演绎出一个不得其法却又努力付出的新班长形象。小说细致入微地写出了他的蜕变之苦。

那次,张华峰约他给老班长杨军写信时,话题集中到如何带兵。张华峰讲到老班长杨军如何对战士好,并总结了他从杨军那里学到的重要经验:要学会谈心。想到班里的战士跟他中间似乎隔着一道看不见的深沟,他跟他们没有谈过心,他在路上常常对他们动火发脾气，秦守本突然领悟了什么是爱兵："杨军对我秦守本，真是从心里头关怀爱护，我打坏过老百姓一个花碗，他拿钱出来赔偿。……张华峰也是多好的人！涟水战场上下来，一路替我背背包、背枪，现在连他自己有过开小差的思想也告诉我。……我为什么不能像他那样对待新同志呢？"

四班是六班长秦守本精神上的娘家，他从杨军、张华峰身上找到了作为班长带兵的最重要的方法，解决了如何对待战士的问题。由此，秦守本完成了他最关键的转变，而同时也揭示了革命队伍中同志关系的内涵，即家庭式的关心与爱护，患难与共，生死同心，这是一支铁军战斗力形成的重要支撑，是革命队伍与反动军队的本质区别。

在莱芜战役到来前开展演习的间隙，早就想找王茂生谈心的秦守本，选了最好的时间、地点，在陪王茂生一起值岗的过程中，完成了敞开心扉的交流。随着秦守本思想和经验的成熟，他的班长越当越有样儿了。小说后续的情节进一步印证：秦守本已经是善于同战士打成一片、思想开朗、有号召力的优秀班长。最终，他和张华峰都像老班长杨军那样，分别带出了一个英雄班。

六班长秦守本的转变和成长，意味着一支经历挫折后补充休整的部队弘扬优良作风、传承高尚精神，满血复活。

五、铁军魂魄的重要担当者——军长沈振新

军长沈振新,是《红日》中英雄部队魂魄的重要担当者。小说从不同方面对他作了充分刻画。

涟水战役失利后,这位军长审问俘虏的特写,令他的形象一下子就入脑入心。他的神情和语言,如同带着锐利的锋刃,将俘虏李小甫伪装着的侥幸、傲慢、抗拒一层一层劈削而去,将其打回原形。军长的气势将对方的神魂压得粉碎,言词间袒露了一位将军骨子里的猛与刚:"你们胜利了吗?做梦!这不是最后的结局!我们要你们把喝下去的血,连你们自己的血,从肚子里全都吐出来!不信!你瞧着吧!"(第二章,下同)这里的"军长一怒",显露了他的血性,形象鲜明,个性突出。

军长的刚猛外露,体现了他与苏国英的继任者——团长刘胜的精神气质有着内在的一致性。但小说着力表现的,是他的另一面——作为高级指挥员的犀利、深隽。

团长刘胜看不起知识分子出身的新任团政委陈坚,军长沈振新批评刘胜:"同志!虚心一点好!对自己要多看到短处,对别人要多看到长处……骄傲自满的人,常常把自己逼到独木桥上。"他看得到刘胜的明显缺点,但内心深处,他更能看到这位在革命队伍里生活了十五年的勇士的披肝沥胆。当看到刘胜左膀子的动作不太自如,就关切地询问是否受伤,并发现对

方衣服后摆被烧了一个铜板大的洞,于是便在刘胜临走时,派警卫员李尧飞跑着把自己的夹绒大衣披到刘胜身上。可见这位军长外刚内柔,有着言简情浓的坦荡与深沉。

这位锋芒外露、直言不讳的军长,对自己也毫不迁就,他勇于检讨涟水战役失利的过错:"我们骄傲、轻敌,看不到自己的弱点,浪费了他们的血!"直到面临新的一场大战——莱芜战役前,他一边鼓舞大家必胜的信心,一边还在深刻地总结涟水战役时对敌人飞机、大炮轰炸猛烈程度估计不足,导致白天挨一天打、夜里没了力气去打敌人的教训,并提出克服困难的应对之策:"夜里战斗要演习,日间战斗也要演习。情况的假设上要有敌机的轰炸、扫射。夜里的时间是我们的,白天的时间我们也要占据。"(第三章,下同)

莱芜大战在即,已无足够的练兵时间,军长沈振新说话了,这话经他的口说出,一句顶一万句:"练兵,主要在战斗里练。""敌人的炮多得很!问题在于我们是不是有决心到敌人手里去拿。"这是对意志和信念的呼唤,这是对胆气和血性的激发,铁军的魂魄就是靠这样的"武器"拼出来的。

这是一位能在关键时刻画龙点睛的军长,他所指出的原则和方法,就是创造条件,创造经验,创造优势,创造战斗力。而这样的创造,会不断地化为这支战斗部队的内在准则和行动自觉,这也是这支部队不断强大起来的重要内因。

军一级高级指挥员,就是在这一层次上显现了特殊魅力。

再看战役中对军长的特写——

莱芜战役中,他冒着敌机的疯狂扫射,步行八里丘陵小路,来到已经移到吐丝口石圩里面的师指挥所,靠前指挥,并通过望远镜观察战士与敌人肉搏的情景。目睹战士炸碉堡壮烈牺牲的场面,他痛惜着自己的战士:不能这样拼下去……

莱芜战役胜利后,军长沈振新感到了一个指挥员的幸福和快乐,他"喜在心头,笑在眉梢"。因为,"他这一个军在这个战役里俘虏、缴获最多,他快乐;涟水战役给予部队元气的创伤现在得到了恢复,他快乐"(第八章)。而当听了秦守本、张华峰两个英雄班的战斗情形所得到的快乐,更是一种难以言表的快乐。

当孟良崮战役进入决定胜负的关键时刻,犯了胃病的军长沈振新因遇到紧急情况而非常不安,甚至焦急、暴躁。既要提前解决进攻孟良崮的战斗,又要抽出一个师对付增援之敌,这两方面只要有一点差池,就可能导致整个战局的失利。发布指令后,他靠前指挥,冒着敌机的轰炸扫射来到师指挥部。他的语言在燃烧:"把所有的炮火集中!猛打!抢占山头下面那两个陡崖,站住脚,一股劲朝上攻。不许敌人还手!炮不停,枪不歇,人也不停、不歇!不要留家底子!统统统统投上去!"

（第十六章，下同）

离总攻还有二十五分钟，军长又靠前一步，一口气爬到师野外指挥阵地所在的山头。他一边听战况，一边询问：占领山腰上一个大地堡、占领第一步阵地的是刘陈团哪一连的？打下飞机的，是哪个排的？他的欢快情绪与石东根、罗光、杨军、秦守本、王茂生等基层指战员的英勇表现连在一起。这一瞬间，从将军写到战士，显现了这支队伍英雄气概的上下贯通，他们之间已经有着那么厚实的联系，心心相印，惺惺相惜。

在孟良崮战役的最后阶段，军长沈振新下了果断的命令："不管什么作战分界线，最后解决战斗的时候，只管消灭敌人！不管你的地区我的地区！哪里得手往哪里攻！哪里好打朝哪里打！"而这时，转瞬间又来了重大考验：鲁南增援过来的两个旅的敌人攻势猛烈，攻取我军阻击部队的玉皇顶前面的狗头崖阵地。而玉皇顶一旦被敌突破，我军这一线便无险可守，孟良崮高峰争夺战最后的战斗就无法继续，我攻坚部队将腹背受敌。千钧一发之际，军长手持话筒，与政委丁元善面对面商量的过程不假思索，一句连一句，一边回应政委的疑问，一边形成应对之策：挤出五个连的力量火速增援玉皇顶阵地——"把侦察营拿过去！""奔袭到敌人后面去，把司令部、政治部两个警卫连也拿过去！打敌人的屁股！牵制敌人的正面攻击……"当军长转口对在话筒上时，一道撑起千钧分量的命令便果断发出。

对于这位有魅力的军长形象,小说还通过其爱人黎菁的女性角度去感受和观察,如由打仗顺不顺利决定心情的脾性;深夜把看与苏国英合影的感性……这些从侧面描写了这位高级指挥员的情操与性格。

小说还特写了军长与妻子的深夜惜别,妻子给了他自己织的青色围巾,他将自己的红杆子夹金笔套钢笔送给妻子,并为自己留下了妻子所用的老式蓝杆钢笔。革命征途常分手。在一别生死间的时刻,这种寄托相思和挂念的心情,是语言难以承载的,而拥有这般情怀的英雄军长,其精神是圆润、饱满、刚柔相济的,其形象是颇富艺术感染力的。

六、两位英雄各美其美

《红日》中,副军长梁波这个形象,与军长沈振新大体形成"双股绳"关系,加强了对英雄部队高级指挥员层面之智慧、意志、作风的印证。

小说写到副军长梁波,特写了他率军部侦察营为莱芜战役中吐丝口战斗打前站的情形,彰显了军级指挥员的领导力和全局观,以及高超的判断力、把控力。大战在即,他还从一个小小细节上发现了苗头:还有不少战士把在涟水战役中受到挫折当作是一种羞辱,背上了沉重包袱,别人一提到涟水战役,就神经过敏地以为在有意揭他们的伤疤。就此,他帮助战士们赶走心里的"鬼",从消极情绪中摆脱出来,从失败中得到教训,打一仗进一步,目标放在更有力地战胜敌人上。从俘虏不经意的一句话里,他准确地捕捉到具有军事上、政治上价值的信息:"敌人要跟我们争夺夜晚!"(第五章)并果断决策当晚打个"麻雀仗",不能把晚上的时间给敌人。当读过参谋胡克从野战军司令部带回的绝密文件,他瞬间领悟了更高指挥层级的意图,看到了一个比包干歼灭九千人更大的战局。

吐丝口战斗打响时,团长刘胜对安排他们团担负预备队的任务不满,因盼战而闹情绪时言辞激烈:"打消耗战有我们的!赔本有我们的!赚钱的生意挨不到我们做!"(第六章,下同)副军长梁波以整体利益和大局观加以引导:"南线二十多万敌人,拼命向我们这里闯,没有人打消耗仗把他们挡住,我们在这里能打得成、打得好吗?""会打仗的,阻击战、防御战,也能大量消灭敌人,也能有缴获,不赔本。不会打仗的,出击战,也可能消耗了自己……"

这样的指挥员,他的内在是身经百战、百折不挠,是先进的思想、必胜的追求,是为人民打江山的精气神。这些化为军事上的机动灵活、伐兵伐谋,体现为魔高一尺,道高一丈。

军长沈振新与副军长梁波,此二者互有对照,他们均具有坚韧不拔、智勇双全、果敢坚定的光环。而细加品味,军长沈振新讲大局、有谋略、守原则的同时,言语、行动间透着强势决断,时有大局观之下的个性表达;相比之下,副军长梁波细致周密，冷静果断，既胸怀大局，又处事灵活，保持着高度的理性自觉。

两位英雄的美，各有其不同凡响之处。军长沈振新性情深处有大开大合的张力，既可密不透风，又能疏可跑马，令人有情趣横生的期待、多重审美的愉悦。副军长梁波闪现着有故事男人特有的浑厚，调子里有较多相对沉稳的和弦。

对此二人的风采和魅力，小说除在指挥战役和带兵中体现，还分别从女性视角作出反映和烘托。如华静对梁波的爱，出于对其在磨炼中臻于完美的品格的崇拜，是内涵式欣赏。而对军长沈振新，除有妻子黎菁视角作补充外，还写出了机要员姚月琴对军长的特殊情感，这种情感，出自少女内心对一位理想中的英勇男性的爱慕，是自然感性的流露。

七、团长刘胜：猛士性格波澜起伏

小说着墨较多的另一位指挥员，是团长刘胜。这位指挥员性格和作风上有着"粗""直"的特征，不够细致、深入、周全。在严峻的战争考验中，在沈振新、梁波的批评帮助下，他身上发生着显著的变化，展现了一个中级指挥员向高级指挥员演进的过程。

在莱芜战役的吐丝口战斗期间，野战军司令部再次下令提早解决战斗，不容商量。接下来的火线紧急会议上，做出突破僵局、调整打法的快速决策，彰显了军长、副军长的指挥能力。而团长刘胜在这期间也有了新的进步，不仅意识到预备队可能有硬仗要打，而且主动观察、分析战场形势，展开深入思考。在紧急会议上，他提出了有效突入纵深的具体办法：多路突击，先摸进几个突击小组，在敌人肚子里打起来，接应大队突击。在这次战斗中，刘胜团的秦守本突击小组，插向关键位置，打出了默契配合的神采。在打下吐丝口，部队全力围歼从莱芜溃败的国民党李仙洲部时，秦守本班创下辉煌的俘敌、缴获战绩，成为响当当的"英雄班"。

  在小说高潮的孟良崮战役打响前，团长刘胜情绪又波动起来，既当守沙河的"小卒子"，又被命令停止攻击马家桥，这让刘胜心中窝火，认定"打七十四师不要我们参加"（第十二章）。于是，第十二章（五十四节），写他起个大早，一反常态地与警卫员、运输员一起打扫了屋子，堵死了老鼠洞，清洗了门前污水沟，挂起蚊帐，借来居民一口大缸洗了澡，喊理发员来剪了发，刮了丛簇满腮的黑胡髭……他打开铁皮箱子取出书，躺在院子里的葡萄架下面正儿八经地看起来，"那种入神的样子，几乎是他从来不曾有过的；烟烧到指头的时候，目光仍旧不离开书本，一面弹掉烟灰，吸一口烟，一面还在看着书上的文字"。似乎打不成仗的窝火和烦闷一下子烟消云散了，就连他的警卫员邓海也忍不住问："什么东西都摆出来！就在这里长住下来啦？"他说："不长住下来，到哪里去？在这里吃葡萄!"而就在他掩上一扇门,放下墨绿色的纱帐子午睡时,打仗的好消息来了,看着电文,"他的眼睛亮了,放光了睁大了","他的手止不住地抖起来,电报纸给抖得跳起舞来","刘胜举起了臂膀,勒紧拳头,猛力一击,桌子上的茶壶、茶碗、墨水瓶、纸张、书籍、文件一齐跳了起来,叫了起来"。

这一节,用刘胜行动、语言上发生的从未有过的变化,反衬出他内心的波澜,塑造了他作为一名指挥员努力修养、克制的自觉,最终,将他骨子里不变的猛士性格反衬得更加鲜明。这就把团长刘胜这个人物写出了特点,写出了深度。

这一节进一步写到,孟良崮战役我方布局明朗后,刘胜团又获意外之喜,不但要参加歼灭敌七十四师的战斗,而且是好钢用在刀刃上,完成关键一击!并且,刘胜团的位置就在全军的最前面,离孟良崮最近,"是鹰头鹰嘴"!严峻的考验在于,须"日夜兼程飞兵前进"!

战役打响,在争夺战形势危急的时刻,团长刘胜的硬朗凸显,他毫不犹豫靠前到三营营部指挥阵地。当石东根连的山洞口阵地打到白热化阶段时,他现场调配兵力支援,并传话:"没有问题!我在这里!"(第十六章,下同)他中弹前的姿态,是英雄的画面:"疾走赶上山腰,两手卡着腰眼,站立在一块岩石上聚神地凝视着、观察着战场上的情景、动静。"这一节,写出了这位团级指挥员靠前指挥、果断调度的风采,塑造了他的精神内涵:直面危局,英雄用武;壮怀激烈,慷慨牺牲。

小说中，连长石东根这个人物，勇猛而毛糙，可视作团长刘胜的影子。莱芜战役大捷后，因为他们一个连歼灭了两千多个使用美国武器装备的敌人，他太得意、太兴奋，骑在大洋马上得意忘形。他因"醉驾"而吃了军长的"排骨"。但他的"实战"表现让他常有闪光点，比如在八连的总结会上，石连长口述的总结，胜过秀才的笔杆子……

八、爱情乐章的"慢板"

《红日》浓墨描写紧张惨烈的战斗，同时细腻传达纯真妩媚的爱情，战争、爱情线索并行，彼此映照，相互提炼，成就了这部红色经典耐品耐读的审美内涵——硝烟与战火中有浪漫的歌唱：江山多娇，生命美好！

小说写到莱芜战役大捷后，部队进入休整期，呈现出战争间隙的"慢板"情态，透出一种与紧张战斗节奏形成鲜明反差的舒缓气氛。这期间，分别写了军长沈振新与妻子黎菁的感情生活，以及杨军妻子阿菊千里寻夫的家事，其中还用朦胧而热烈的笔墨，描写了女机要员姚月琴被军长魅力吸引而燃烧起的心中爱恋。对于以塑造人物形象为追求的小说而言，这和缓平铺却又淋漓尽致的叙述是十分重要的。

军长妻子黎菁对沈振新的爱，是牵挂、关心，满含无微不至的柔情。临别时,她拆掉自己的坎肩,为沈振新织成青色围巾,那条围巾像一团温暖的气息陪伴在爱人枕边;她亲手制作、精心包装后送来的蒸咸菜,让沈振新咀嚼出很适意的感觉。他们的夫妻情感是炽烈的,同时又是克制的,带着对奉献革命事业的理解与默契。

军部机要员姚月琴对军长沈振新的爱恋,是清新、自然而又满带着羞涩的。她珍惜并享受与军长的每一次独处,其间既不回避用黎菁的话题打趣,也不隐藏她被军长拨动了的心弦。

在第八章(三十二节),军长问到她缴获了的袖珍手枪时,被触动了小秘密的她脸红起来;在讨论是否把手枪交公时,又一次触动了她的小心思。于是,"姚月琴的脸又红起来,烛光在她的嫣红的脸上泛漾着,仿佛有意要把她的不安更明显地暴露给军长看看似的。她羞怯地强笑着,垂着眉头,包裹着她的袖珍手枪"。

这种内心盛开的状态,对于一个热情的骄傲的学生出身的女性而言,意味着什么?答案是显而易见的。可以说,这个美女内心生发出来的对军长由衷的欣赏和喜爱,让她情不自禁地表现出了恋爱的状态。

这种状态,除过"羞怯""垂着眉头",除过泛漾在"嫣红的脸上",还表现为有意地向军长裸露——除了裸露自己的不安,还裸露自己不惜一切的任性:"为了保护它(袖珍手枪),剪掉了一块红被面子!"此外,也毫不掩饰她的俏皮,让军长看到她顽童似的眨眼噘嘴的神态，一会儿说俏皮话，一会儿"灵活的眼珠子飞快地转动起来，眼光在沈振新的发光的脸上扫视一下，便笑了一声跑走了"。

一位骄傲的女性如此表露自己平素隐秘着的有趣灵魂，实为情不自禁，她的内心在羞涩而热烈地燃烧，接收到这种女性光泽的人，一定也是赏心悦目的。

在作家笔下，"笑了一声跑走了"的姚月琴，又慌张地跑进来取自己落下的笔，发出"格格"的笑，发现军长又给黎菁写回信时，急忙伸过头去看，最后是"伸伸舌头，笑着说：'大姊也有信给我，我也去写回信给她！'"

如此精致的笔墨，写出了这部小说中最有鲜活光彩的人物。在《红日》这部交响乐中，这无疑是最富感染力的乐章之一。最具生命之自然、健康活力的，一定也是美的。这种美，是略带野性活泼却又合乎分寸地绽放的。

小说中，几位女性与英雄人物的情感状态，丰富了英雄形象美的质感，衬托着豪壮英武的人生。映照在这种美好爱情之中的，除了军长沈振新、副军长梁波，还有战斗英雄杨军。

小说专门用一整章的篇幅来写杨军与阿菊。

第十章写到后方养伤的情节，把已锻造出优秀军人品质的杨军的身世作了展开。杨军妻子阿菊冲破艰难险阻千里寻夫的坚贞，以及反动保安队对杨军家庭的迫害，不仅丰满了英雄杨军的形象，更道出了杨军是怎样的子弟兵，更强调了这支军队为百姓打江山、民心所向的属性。小说写出了军人杨军的铁骨柔肠。他要阿菊做军鞋做成四双,除了自己的,还想着给阿本(秦守本)、阿鹞(李尧)也做一双。写到小夫妻的细腻情感,笔墨间突出了细节。如二人独处时,阿菊像说玩话,又像撒娇,实际上是用心眼儿试探杨军,看杨军是不是舍得让她走。杨军给阿菊买了礼物:绿边的鸭蛋形的小镜子和大红的化学梳子;阿菊也给杨军准备了礼物:背着他做好的夹背心,背心里子正中,用丝线绣着一朵金钱大的红菊花。

杨军养好伤快要回到战场时,后方医院的战友们一面与他惜别,一面拿他和阿菊的话题打趣。伤员梅福如一心想在小夫妻临别前促成他们的团圆美事,当他精心谋划,与孤身的余大娘说好认阿菊为干女儿,并且当晚给阿菊和杨军布置"婚房"时,杨军的腼腆及阿菊淳朴而不失机灵的情态写得十分鲜活。当大家谈论"得请我们吃杯喜酒再走"时,阿菊的慌乱、羞涩传达了她含蓄、敏感的性格;而当梅福如讲出给他们夫妻团聚安排的红烛戏时,"阿菊的脸发起热来,从脸颊一直红到脖根子,她转脸朝向门里默默地站着,像呆了似的"。最终,她欲言又止、顾左右而言他之后,把心里盘弄许久却又羞于出口的话说给梅福如:"你要跟他谈谈!"她羞怯却勇敢地说出这句话,是强烈地想要实现夫妻别前一聚的幸福,更担心腼腆太甚的杨军辜负了这千金难买的圆满。

最初不好意思做梅福如安排的"剧中人"的杨军,最终当了"新郎"入了戏。首先入的是与余大娘的"母子相认"——"恍惚间，他仿佛看到了他的慈祥的母亲。"而打扮成新娘子的阿菊，鞋子上绣着小蝴蝶，"小蝴蝶像是要飞起来似的。头发修整得很好，是黎菁给了她一个鸡蛋，教她用蛋清洗过了的，每一根发丝都清朗朗地发着亮光"。

杨军和阿菊在这特殊的待遇里，真是久违地回家了，深深体验着战友之间、战士与百姓之间的水乳交融——这必然让他更强烈地生出伟大的意志、伟大的爱，为了人民，为了江山，英勇战斗，一往无前。

小说中，"红日江山图"笔墨分布在全篇。如部队马上要开入山东老解放区作战，熟悉山东的副军长梁波讲到抗战时期当地发生的一个故事：一个姓黄的排长受了伤，留在吴家峪一户人家休养，在鬼子九次没有搜到却被汉奸告密的紧急关头，一位青年村民冒名顶替、慷慨赴死，掩护了那位负伤的排长。他一语道出了战争的基本面："有这样的群众条件，仗还不好打？加上现在都分到了地，国民党来了，老百姓还不跟他们拼命？"（第二章）

又如第三章写道，部队在虎头崮演习时，战士叶玉明不幸牺牲，引出经常受叶玉明照顾的张大娘与战士们的交往。人民与战士的关系，如同父母与子弟，江山是人民的，子弟兵是为人民打江山的。子弟兵的牺牲，是默默的，也是壮丽的。

再如，部队向孟良崮战场开拔前，县委书记表态："打马家桥的担架队全部跟你们去！木排不够用，我们立刻动员赶做！"（第十二章）战场连着后方，连着百姓的奔忙。解放军与百姓同心所向。

这些情节，都在回答着：这是怎样的一支军队，这是怎样的一场战争。

《烈火金钢》颂忠魂

1958年,长篇革命历史小说《烈火金钢》的出版引起轰动,短短几年,印数便超过百万册,而更多的人在收音机前听着评书播讲,分享了《烈火金钢》。在中华人民共和国成立之后创作的故事体革命历史小说中,《烈火金钢》堪称经典之作。

一、慢火细工炼出的一炉"好钢"

《烈火金钢》讲述的是抗日战争期间冀中平原滹沱河下游地区军民的英雄事迹,艺术化地展现了1942年"五一"反"扫荡"开始后"最艰难最危险"的一段岁月。在小说结尾,作者刘流激情澎湃地赞美了"胜利的战斗之夜",并写下了完成这部作品的时间:"1957年8月1日前夜"。在那个建军节的前夜,军人刘流的灵魂深处一定是激动万分的。

刘流的军旅生涯颇不寻常。抗战时期,刘流历任晋察冀军区五支队侦察科长、军区司令部参谋、晋察冀军政学校区队长、军区政治部军事教官、军区白求恩学校军事教员等职,后到晋察冀边区抗敌剧社工作。他对战争有着全方位的认识,对革命军人的品质、特征有着精准的把握,对于拥有艺术表现才能的他而言,那种不吐不快的写作冲动是异常强烈的。他在《关于〈烈火金钢〉的创作报告》中谈到了1944年末召开的晋察冀边区第二届群英会,那次听到的英雄事迹令他内心受到强烈震撼,再也无法平静,"游过来飞过去的总是英雄们的影子……这就好比一粒写作的种子撞在我的心地,不能不让它生长起来。"[1] 在艺术构思的过程中,刘流从他最熟悉的河北大平原上汲取故事素材,直到解放战争期间,还曾回到位于滹沱河下游的老家——河间市尊祖庄乡后念祖村,用心搜集小说素材。《烈火金钢》的创作准备是持续的、缜密的,最终是用慢火细工炼出了一炉好钢。

在《烈火金钢》的"开头语"[2]中,刘流这样写道:"常言说,钢铁要在烈火中锻炼,英雄要在困难里摔打!这话可真是

---

[1] 石雅彬:《〈烈火金钢〉:冀中军民反"扫荡"的英勇抗争》,《石家庄日报》2021年5月26日,第7版。

[2] 刘流:《烈火金钢》,中国青年出版社,1963。本篇引文均据此版本。

一点儿不假。就拿八年抗日战争来说,中国人民就像生铁投进熔炉一样,烧了又烧,炼了又炼,捶了又捶,打了又打,才打出了成千上万的英雄好汉,亚赛过金钢一般,耸立在这鲜血冲洗过的古老山河上,坚强无比,永远放光!"这段文字在"点题"的同时,也明确地传达了作家的"说书人"角色。

《烈火金钢》完全采用传统章回体小说的结构形式和面向读者讲故事的语言表达,是地地道道通俗、贴近的大众文学。刘流从小热爱民间艺术,爱看野台戏,听大棚书,而当他以最擅长的方式讲述《烈火金钢》时,故事与语言相得益彰,创造了引人入胜的艺术世界。阅读《烈火金钢》,"听书"的效果特别突出,"说书人"揣摩着你的好奇心提出设问,或者娓娓讲述内情,或者先卖个关子另表一头,一气儿下去,有抖不完的包袱和悬念。毫无疑问,这来自作家对《三国演义》《水浒传》艺术手法的自觉吸收和继承。这样的章回体将革命历史说透了,将英雄人物讲活了。

二、开篇即有高潮,"一段一段细讲"

《烈火金钢》结构精巧、情节缜密,将紧张激烈的战争情景表现得淋漓尽致。正如作者所说,《烈火金钢》采用的是"一段一段细讲"的叙事结构。叙述的地点集中在桥头镇、小李庄村、县城以及田家洼和刁家楼等处,大大小小的故事段子以反"扫荡"的形势为背景，形成环环相扣的关联，事态的转折变化往往由人物的言行活动埋下伏笔，而一些看似不经意出现的细节也对故事发展构成衔接。

故事线索中的段子大体可概括为：史更新智勇双全，独战桥头镇；小李庄捉"鬼"，巧用"迷魂阵"；"毛驴太君"施淫威，围村掳掠；大碱地截击战，民兵受挫；三勇士夜闯敌营，解救众妇女；布罗网，三路民兵扬威；解老转买药埋下祸端；肖飞买药大闹县城；鬼子发狠，小李庄遭血染；设埋伏夹击日寇，群情振奋；用计刁家楼，痛击高铁杆儿；八路军主力团回归，大沙洼几番激战；胜利的战斗之夜……在这些大的段落中，还有众多细腻生动的段子，令人手不释卷，如：史更新对决猪头小队长；突围途中的"智斗"戏；解老转地道洞口"转轴"解倒悬；楞秋儿复仇，搏杀解二虎；三岔口遇败类，肖飞出手……每段故事都针脚绵密、细致入微，人物的语言、动作、神态、心理无不刻画生动，情节层层铺展，其间多有千钧一发的紧张，常见一波未平、一波又起，这些显现了《烈火金钢》作为故事体章回小说的突出艺术风格。

纵观全书三十回内容，贯穿始终并起到结构连接作用的人物是智勇双全的军人史更新。此外，县委书记田耕、代理区委书记齐英的组织领导则构成另一条连接线。全书前三回的笔墨全部集中描写史更新这位身陷重围的孤胆英雄，其间危局重重，险象环生，却一次又一次在命悬一线时起死回生。这种连绵不断的历险情节,让读者有如观赏大剧大片,十分过瘾,使得小说开篇就进入了叙述高潮。从第四回开始,史更新与县委书记田耕、女区长金月波、八路军骑兵团班长丁尚武、女卫生员林丽等险中相遇,继而被再次打散。之后,史更新因遇到"堡垒户"孙大娘、孙志如母女而获救,与突围后的丁尚武、林丽,以及时任区委宣传部副部长的齐英、小李庄村除奸委员孙振邦等聚合于小李庄村,从此,小李庄村支书孙定邦(孙大娘之子)的院子,便成为线索交叉、人物汇聚的中枢。此后的史更新虽不再是事件中心,但仍是引发情节连锁反应的重要线索——当初因小李庄村的民兵趁夜背着身受重伤的史更新入村,引出了何大拿、解文华(解老转)暗中跟梢被民兵发现,从而审出惊天秘密的情节;当史更新伤情恶化、生命垂危,又接连引出解文华买药、肖飞买药的故事,而解文华因买药被日伪特务抓捕,编造八路军部队活动在小李庄村的假情报,又引发了日军重兵包围小李庄的重大变故。在伤情好转后,史更新在故事发展的诸多关节处频频出场亮相,如小李庄数十名妇女被掳,一时间愁眉不展、群龙无首(与县委书记田耕失去联系),史更新果断提出:"今天的中心问题是领导问题。"他启发齐英"在部队上,不管是哪一级的首长牺牲了,立时就会有人自动地起来代理他的职务。你为什么不能代理领导的职务呢?""能力是怎么来的,是打出来的!这个莫非你不懂吗?"(第十三回)史更新审时度势,拍板定调,于是从第十三回开始,齐英勇敢地把责任担负起来,把区委书记、区长的职务一并代理。由此,齐英逐渐"打"出了自己的能力,斗争进入新的阶段。在讨论探敌营解救妇女,以及敌寇搜挖地洞、洞口往下掉土渣儿的紧要处,史更新都沉着冷静地作出了分析,拿出了决断。直至在小说最后阶段的战斗中,史更新重新出场,担任三区区小队队长,随后还代替田耕作总指挥。围绕史更新,大刀猛士丁尚武、飞行侦察员肖飞等军人形象,与之形成烘托和对照。

三、传奇品质——处处转折、步步惊心

《烈火金钢》的语言形象生动、绘声绘色,极富画面感,令人身临其境,拍案叫绝。这种形象化的语言与富有戏剧性的场面融为一体,常有处处转折、步步惊心的精彩讲述,这成就了小说的传奇品质。

战斗如接连阵雨,敌情似起伏惊雷。其中,史更新孤身独战桥头镇的故事极富传奇色彩。第一回写他的刚猛,视生死如等闲:"脑袋上被打了一枪,这一枪,是从左眼窝儿下头打进去,从后脑勺子下边出来的。""大伯,我觉着不要紧,脑袋上这一枪,并没有伤着脑子,这是六五子弹,弹丸小,要是七九子弹,可就完了。"小说表现他的高强,写他藏在牛棚里听到李连荣老人被杀害后,一步蹿了出来,一铡刀劈掉特务,接着

徒手收拾日本兵，那气势，就如同鲁智深拳打镇关西："史更新的双手把日本兵的脖子一掐，用力向前一推，这个日本兵不得不放开手。他放开了手，可是史更新还掐着他的脖子哩！……这时候，史更新把右腿往上一提，就着日本兵往后曳的劲儿，照着他胸膛猛力一踹，说了声'去你娘的吧'！这一脚把个日本兵踹出去了有一丈远……史更新抡起那油锤般的拳头，对准他的软肋砰砰两拳，把个日本兵打折了三根肋条，立时就伸腿瞪眼完了！"

第二回，在碾房大院里，史更新碰上了曾经两度交手的劲敌——日军猪头小队长。对方刺杀术精到，气势凶猛，而史更新的刺刀却给挑弯了，何况伤情发作导致视力模糊、双腿无力，在此情况下，他的心理活动体现了钢铁般的韧性："什么样的敌人没有见过？什么样的仗没有打过？从来也没有想到过失败！"史更新灵机一动，计上心来，大声喊道："二排长，四班长，快来啊！从东西两边包围！在房上架机关枪！别让敌人跑了！"史更新一边用"疑兵计"，一边完成空手夺枪，并飞起一脚，将猪头小队长踢出七八尺远，使其面部遭重创……猪头小队长回到毛利队长身边，为了不至于丢脸，想起史更新喊过的"二排长""四班长"，便说"八路大大有！班的有，排的有"。毛利信以为真，迅速向猫眼司令报告，增援部队火速赶来……

从周老华家院子里脱险后，史更新躲进了"德兴涌"烧锅大院,这里恰是他十几岁时当磨工的老地方。在这个老地方,偏又遭遇从小的仇人——汉奸侯俊杰,戏剧性再度增强。为了将这个胆小如鼠的地主秧子留住,史更新再度抛出"疑兵计":"你走不了,你进了这个院儿就出不去了!张队长,截住他!"(第三回,下同)孰料,这个"疑兵计"中的一句"张队长"引出了意外的效果。侯俊杰逃到日军队长毛利跟前报告时,拐来拐去,说到了这位"张队长"是冀中军区司令部警卫队的大队长,这让毛利以为冀中军区司令员吕正操十有八九被围在这里了。于是毛利再次向上报告,猫眼司令调动了包括一个日军联队、两个摩托小队在内的兵力,配备了重机关枪、轻迫击炮、放毒瓦斯的化学兵,还有两辆小型坦克车,并亲自指挥,掌灯之前来到桥头镇,"累了个马流鼻涕人出水,实在是好不狼狈"。铺垫出这样大的场面后,再看"史更新这时候不但没有害怕,反而心里笑起来了!……打了好几年仗,可真还没有遇到过这样的战斗,也没有听说过有这样的指挥员"。这当儿,孤胆英雄史更新的传奇风范蓄势更足:"恐怕我不好往外摸了!不好摸也得摸,还得趁早儿,摸出去之后,还得想法在今天夜里过河去追队伍。他这就把怀里的饼子掏出来全吃了,又绑了绑鞋上的带子,又紧了紧裤腰带,把盒子炮的子弹压满,一拉栓顶上一颗,大敞着机头往皮带上一插,把雪亮的刺刀抹上一层泥土。"小说紧接着解释:"那位说,他在刺刀上抹泥土干什么呢?这是因为要盖住刺刀的光亮,不让敌人发现。"突围时,史更新将手榴弹甩向敌人队伍，在他们头顶上空爆炸，随即，他一枪打灭了探照灯，踏着敌人尸体钻出北街口，不顾一切往北跑。当敌人照明弹升空时，他把枪在怀里一抱，一溜滚儿，滚到一棵大杨树底下。接着趁敌人乱扑腾，赶忙爬进了"交通沟"。从史更新突围出来，到他成功遇救，小说在这之间的情节描写同样是细腻生动、波澜起伏的，写出了他的浑身是胆，写出了他的钢铁信仰，写出了他的铁汉柔情，写出了他的精神力量。

"三勇士潜入敌穴，众妇女冲出囚牢"一回，也是传奇味十足的桥段。肖飞、丁尚武、孙定邦趁夜潜入桥头镇后，先找内应联系人周老华，从如何入院，到怎样悄没声卸开屋门，再到入屋、伏身、观察、试探，这一连串讲述已然引人入胜。到了营救现场，更有投石问路、摸哨等细致描写，甚至细到一个"鸟窝"的细节上。前有伏笔："可就是有一样：在道北边稍微远一点的大树上，有许多的老鸹，夜间一有动静，它就要乱叫起来。"（第十六回，下同）后有"鸟惊"一出相呼应："院墙已经拆开了一个豁子，这些妇女们唏喽呼啦地都冲出来了。她们可真是像撞破笼子的鸟儿一样，想展开翅膀就飞！可是，树上的老鸹被惊醒了，开始先有一个'啦——'地叫了一声，紧接着又有好几个'啦——啦'地叫起来，叫得瘆人不拉的。"这叫声引发连锁反应，营救变得紧张万分……

在这样一种风格的讲述中，刘流对细节的交代无微不至，丝丝入扣,这般描写战斗情节时唯恐不用其极的绵密笔触,是一般作家无论如何也学不来的。作品中还可举出很多反映战场策略、搏斗艺术、武器种种奥妙的描写,它们让读者沉浸于故事深处、人物近前,体验到军旅生涯的鲜明质感,令作品的传奇品质进一步彰显。

如,第十八回写在田家洼的战斗,肖飞领着神枪手选好了井口高台作为有利地形:"这个井台是在村子的东面,这工夫的太阳刚出来有一竿子高……早晨的阳光平射着敌人的眼睛,敌人看肖飞他们一点也看不清楚,只能够向着他们这个方向乱打一气;反过来说,肖飞他们看机枪射手是看得再清楚不过了,虽然他在房上趴着,光露着个不大的脑袋瓜子,可是他这颗脑袋比兔子并不小。所以田春成又是'当'的一枪……"

如,第十五回写楞秋儿追击汉奸二虎:"没有分说,端起枪来啪啦一声就打了一枪。为什么他的枪发出了这样的响声呢?这是因为刚才他的枪口在地下灌进了泥土去,他一搂火,不但没有打着二虎,差一点没有把自己伤了,因为他的枪炸坏了。"

如,写肖飞追二虎:"呵!好家伙,他这一跑起来,你就看不见他的腿怎样抬,怎样落,还是一点响声都听不见,真比鹰追兔子还快,登时就跑到了二虎的身后……往前一纵,上头用手一推二虎的脊背,下边一个扫堂腿,只听噗嚓一声,解二虎一个嘴啃地就给趴下了。"(第十五回)

小说对各种武器不失时机、兴致盎然的讲述,为故事嵌入了"烈火"的光度和"金钢"的硬度。如肖飞三岔口俘虏了何大拿、何志武父子,打量缴获何志武的一支盒子炮:"一看,呵!这支枪可真是好枪:是德国造的长苗儿大净面儿,还是胶把、线抓、通天档、满带烧蓝,足有八成新。一扣机儿,里头乒儿乒儿响。不用看,这是闷机儿——连发。哈!"(第二十一回)

小说写出了种种武器的声场。如第二十二回肖飞大闹县城,让敌方误以为来了一支很有力量的游击队,于是调用了一支快速机动部队把一大片庄稼地包围起来,大动干戈地开了火——"只听:'嘎……咕……'的机关枪;'轰隆隆'的迫击炮;'咣啷啷'的掷弹筒;还有'嘎响儿嘎响儿'的步枪声,把这一片庄稼打得根叶翻飞,尘土飞扬,真是打了个好不热闹!"也写出了武器与人的默契,如,田春成实战示范——打移动的脑袋还是鸟枪实在:"当这三颗鬼子脑袋往上一窜的时候,只听得咕咚的一声,鸟枪响了。可真是有把握,这三个鬼子脑袋都中了好几颗铁砂子,这铁砂子虽说打不死他们,可是他们伤得并不轻,立时就'哇哇'叫着乱起来了!"(第十八回)甚至写到肖飞与孙定邦妹妹孙志如之间,也是通过赠送一把西班牙产的小六轮子儿表达感情……

以上种种笔墨,写出了真实而奇特的战争经验,呈现了一个惊心动魄的时代空间,完成了文学对历史深刻的记录。

四、显影精神图谱,画出民族风骨

《烈火金钢》成功的重要标志,是塑造了一系列形象鲜明的人物。他们以各自的气质特点、举止言行为读者津津乐道,载入文学长廊。刘流的突出贡献在于,他不仅善于通过传奇手法刻画人物,令其活灵活现,而且善于在人物言行之间营造气场,产生强烈的"画外音"效果,从而显影了不同类型的精神图谱,产生了突出的艺术感染力。

史更新是八路军冀中军区主力兵团的一名排长,小说的笔墨直抵这位人物的精神深处。如独自身陷重围之际,他更加兴奋起来:"他们一定还要调兵来。好,来吧,来得越多越热闹,来得越多我越好往外走。"(第三回)

在孙大娘、孙志如母女回村找人搭救他的当儿,史更新意外与叛徒刘铁军遭遇,刘铁军的枪口对准了史更新。这时,史更新又用鼻子哼了一声,开始通过对话与之较量:

"你的枪能够打人,我的枪你知道是打什么的?"
"我先打死你!"
"我后打死你!"

(第六回,下同)

刘铁军一下子觉得"我后打死你"这句话太可怕了。二人在死神面前拼着最终的底牌——

　　他（刘铁军）想：即便我遇不上臭子弹，也打中了，把子弹打进他的胸膛去，他要是不能立时闭气，还手给我一家伙，我也活不了。……想到这儿，他的手指头就更不敢贸然地搂火儿了，可是在这个劲头子上无论如何也不能示弱啊。再唬他一家伙吧："告诉你史更新，我刘铁军是不怕死的，怕死就不干这个！"史更新又说："哼，也许你真是那样，不过死的滋味是不大好受的！我已经尝过几次了，不知道你尝到过没有？""少啰唆！我开枪啦！""开吧，我看你一枪能打几个眼儿！我的脑袋上已经有了一个眼儿，就凭你这支小老婆耍着玩的'鸡腿儿'撸子啊，再给我钻上八个眼儿也没有什么，可是我这家伙——他用手轻轻地拍了两下步枪的枪身——给你来上一个眼儿，你就吃不消！不服咱就试巴试巴。"他说着就用手握住了枪把。

一番对话下来，作家刘流把一个大无畏的灵魂和一个贪生怕死者的内心充分地外化了。

小说中，绰号"解老转"的解文华，是个耐品耐看的中间人物，"七十二个心眼""九十六个转轴"就是他的生活逻辑，"软硬不吃""神鬼不怕"就是他的生存哲学。

史更新藏身孙定邦家地洞不久,第十回中,高铁杆带领伪军进院搜查,解文华无意间在炕上木板下发现洞口,"吓得他头发根子一炸,赶紧又把木板拉过来,把炕席盖好,说了声'百屁的都没有!'紧忙着就溜出来了。可是,他的脸上已经不是人色,说话也有点截气了"。这关口上,汉奸何大拿、何志武父子见解文华脸色不对,疑窦顿生,终于也发现了洞口。何志武先是惊退到炕下说了声"出来了"!举枪要打时却傻了眼,因为他万没料到,蹿出洞口的竟然是他的亲妹妹何志贤(林丽)!登时手足无措。而何志武、何志贤之父何大拿"'嘎——'的一声呛了一口气,手电筒砰的一下子掉在地下灭了"。这真个是"父子女敌对遭遇,亲骨肉水火相逢"!第十一回中,当高铁杆在外追问什么出来了,"何志武不知道怎么回答才好,何大拿也是张嘴喘气浑身乱哆嗦"。紧接着,刘流笔下的解老转"转"到了极致:

还是老转的转轴儿来得快,他像准备好似的,冲着高铁杆儿直摆手儿:"别问啦!别问啦!快走吧。"高铁杆儿把眼一瞪:"什么事把你们吓成了这个馅儿饼样子?"老转走到他的跟前说:"出了老仙儿啦!""什么老仙儿?""我告诉你:何志武在屋里翻腾得正有劲儿的时候,我就看见佛龛上吊着的那个小门帘儿,就像气儿吹着似的一掀,我还以为是藏着人哩,你猜怎么样?出来了一个白胡子黑尾马的小黄鼬,何志武一说出来了,就要拿枪打,可是你说邪门儿不邪门吧,那个小黄鼬冲着他作了个揖,他的枪也没有打响。何大拿手里的电棒子也灭了。要不是我拉他们俩,他们俩连屋都出不来。哎呀!这可真是不信服神儿他就给你个眼罩儿戴。

接下来,高铁杆半信半疑,就要去看看。又是个千钧一发的关口,何大拿沉不住气儿了,不说话,只是用手想拦高铁杆。这时,还是老转"转"得妙——"算啦,别看去啦。你瞧!何大拿这不是中了哑巴番吗?"随后,解老转又接连两"转",把这惊心动魄的关口真就给转过去了。

不过,在你死我活的正义与邪恶的斗争、较量中,"转轴子"哲学最终是行不通的。如在故事开头不久处,前有伏笔点明齐英的"小净面盒子炮"容易"滑机",于是在设下"迷魂阵"用枪威慑解文华的环节,齐英的枪意外"滑机",将解文华吓得连拉带尿瘫倒在地,再不敢"转轴子"了,老实交代了日寇要包围小李庄、杀害党员干部的阴谋。

作品刻画反面人物时,笔触在曲折和冲突中层层深入,将其面目与灵魂揭示得入木三分。伪警备队大队长高铁杆残忍凶暴,又奸又滑,不仅是汉奸群里的地头蛇,而且在与日军猪头小队长发生冲突后,为防吃亏,也敢发狠先下手为强。而正因他骨子里只有恶欲,没有人性,才能在其铁杆部下刁世贵的婚

101

礼上丧失底线、丑行毕露,让新娘不堪受辱而自杀。而小说也在形势、处境、心理的种种变化中写出了刁世贵这个人物的复杂,最终,他在齐英安排下接受教育,反水抗日。

《烈火金钢》特别善于在最紧张、严峻的生死考验中画眼,画神,画魂。

如,在"遇危难坚强逾钢铁,掳妇女残暴胜豺狼"一回中,日伪军将小李庄村百姓赶到了村外西大场上进行"点查"。在这凶险场合,解二虎在日军队长毛利面前出卖民兵队长李金魁,被毛利许诺"你的小李庄自卫团团长的干活"。解二虎为此得意,而"耿先生"何世清发了话:"二虎是个疯子!"耿先生由此出场亮相,"他穿的虽然是一身白粗布短衣,可是在他身上穿着却也显得几分风雅。"声貌一出,便写出了耿先生的气场,"他从小没有进过学堂门儿,可是五经四书都念得滚瓜烂熟"。他的气场也从他回答毛利的一字一句中释放出来——"我叫何世清,就是处世的世,清白之清。""我什么活都干,就是不干坏事!"……气高胆壮,堂堂正正。这种胆气是一种底气,是得自民族血脉滋养的硬朗之气。这位耿先生心里亮亮堂堂,"他是豁出来了"。"他心里想:顶着吧,今天是要样儿的时候了!"在这部书中,"耿先生"前后出场三次,均是临危不惧,宁折不弯。他带着祖先文化滋育的风骨,在最残酷的考验中表现着最深厚的自信,怎一个气场了得!

又如,在"探水井走狗尸沉没,保机密众民血横流"一回中，敌寇突然包围小李庄村，三百多人被赶入孙定邦家大院。这一时刻，对几个人物的描写，焕发出十足的血性与底气，包括少年英雄小虎儿。

小李庄村除奸委员孙振邦是个话来得迟、腿走得慢，却又沉静稳重、深思熟虑的人。在毛利最后一次围村时，他没能脱身，走在被驱赶的人群里，他用力向周围发声："咱们都是老乡亲，都是中国人，到了这个时候，不管是谁摊上倒霉，都得咬咬牙，都得拿出点儿中国人的骨头来！就是死了，也得落个好样儿的！"牺牲前，他欲拉响两颗手榴弹与鬼子同归于尽，可这两颗手榴弹受了潮成了臭弹，响不了，"只听孙振邦'哎呀'了一声，就觉着一阵冰凉，从头顶凉到脚心，他恨不能把眼珠子迸出来，脑袋都要裂开了！可是到了这个时候还有什么办法呢？只见他把眼一瞪，'嘿！'拿起手榴弹直朝着毛利扔过去，手榴弹打在毛利的肩上，吓得毛利哇哇乱叫"。

小说写小李庄村支书孙定邦儿子小虎儿的硬骨头劲儿，用了让人提心吊胆、透不过气儿来的笔法。毛利拔出战刀，先是挥动，继而举起，再就把刀背落在小虎儿脖子上锯一家伙……而小虎儿却是把胸脯一挺喊道："中国人不怕死！"又连喊着，"不怕！中国人不怕！"再又把脖子一梗，"不怕！中国人不怕！"小虎儿脖子被锯出血水，可他仍旧梗着脖子，还是一股子硬气。一个少年的英勇无畏，在这简单重复的句子里显出了千钧分量，铿锵童声里喊出了民族血性的传承。作者用在场群众的反应,写出了小虎儿的气场——(大家伙)激动得出神,浑身都觉长劲,真是老子英雄儿好汉!"在这个劲头儿上,要是真有个机会,这些人们真敢夺枪拼命!"

《烈火金钢》画出了民族风骨,唱颂着沙场忠魂。正如"开头语"中所言,"他们的行动可说是震山河,荡人心,惊天地,动鬼神……"

《林海雪原》唱英雄

  一个伟大的民族,必是在危亡关头能够奋起反抗、勇于付出一切的民族;同时,也必是在走向胜利之际,能够自信地绽放战天斗地浪漫豪情的民族。长篇小说《林海雪原》虽然描写的是艰苦卓绝的剿匪战斗,但自始至终流动着明朗、乐观、豪放、浪漫的气息,这是中国人民以最后的奋斗迎接胜利的精神格调,反映出我们民族性格中极具光彩的一面。《林海雪原》也正因此而焕发出独有的魅力,如一曲明媚健朗的旋律留在读者心中。

一、赏其奇峰迭起，爱其浪漫气质

在创作《林海雪原》之前，作者曲波并无写作小说的经验。但他少年时代曾熟读的《说岳全传》《水浒传》《三国演义》等中国古典小说，为他后来的文学创作打下了根基。《林海雪原》是他开始业余文学创作后收获的首部长篇小说，作品叙事方式极为简单，只是在依事件发展顺序基础上，加入倒叙、插叙、补叙。然而这部运用朴素方法创作的小说深受广大读者欢迎，作品一经问世便在全国产生很大影响，被改编为戏曲、影视作品，从而获得了更大范围的传播，直至今日仍为读者喜爱。

读者喜爱《林海雪原》，一个重要原因是它以传奇小说的笔法来写革命军事题材，将故事讲得惊心动魄、奇峰迭起。而这些传奇故事的来源，恰是作者曲波真实的剿匪经历。曲波1938年参加了中国共产党领导的八路军，解放战争时期，他曾担任大队和团的指挥员，率领一支英勇善战的小分队，深入东北牡丹江一带的深山密林与敌人周旋，进行了艰难的剿匪战斗。据他介绍，在他率领小分队深入林海雪原剿匪的那一年，"打了七十二仗。人拉子岭就是书里的威虎山……对杨子荣排长，我熟透了。他的手法巧妙，惊险场面，比书上写的还丰富"①。可见,故事的传奇性具有真实的基础,而作者在根据战斗经历进行艺术创作时,所呈现的人物、情节、景象的丰富性,超出了一般情形之下的想象力。也唯有如此,作者才能在讲出动人故事的同时,真实自如地表达出那个时代、那场战争、那种情境之下英雄人物的"形"与"神"。

《林海雪原》的故事发生在解放战争初期,国民党军队主要兵力压向东北,形成敌我双方对峙的局势。在我军后方,国民党搜罗土匪武装,不断进行军事骚扰,在我军对其进行扫荡后,被击溃的残余土匪钻入深山老林,伺机烧杀抢掠,屠杀土改工作队干部。尽管剿匪路上困难重重,甚至要面对超乎想象的危机和牺牲,然而,为了清除匪患,牡丹江军区团参谋长少剑波带领三十六人的小分队,插进林海雪原,与凭借老窝和天险的顽匪展开了异常激烈的战斗。残余土匪们已是困兽犹斗,而对于少剑波率领的小分队来说,解放战争决战的号角必然是胜利的号角,他们也必将随着战斗的推进,从一个战场的胜利走向另一个战场的胜利。在这种现实格局和精神信念的引领之下,土匪武装的负隅顽抗与疯狂作恶,只会加倍激起战士们斗智斗勇的热情,再大的困难和牺牲,也改变不了他们坚忍的意志和胜利者的姿态。亲身经历了这种战斗的作者曲波,准确地抓住了这种精神气质,使这段革命浪漫主义的传奇,具有了超

---

① 曲波:《我是怎样写〈林海雪原〉的》,《山东文学》1981年第10期。

乎故事之上的韵味和神采,充溢着饱满的精气神。

二、活脱脱的英雄气冲霄汉

在明媚乐观的精气神充盈下,《林海雪原》中的英雄人物形象,焕发出活泼、健朗之美。

少剑波是小说的主要人物,在带领小分队深入林海雪原后,他既是司令员又是政治委员,只有一个人来决定整个队伍的行动。但对于这样的英雄,小说不仅突出他身经百战练就的坚毅、镇定、沉着、果断的指挥员品格,而且突出了其"文武双全"的个人魅力,特别是在这个人物刚一亮相时,作者便以"精悍俏爽,健美英俊"来形容他的风采。在指挥战斗时,他习惯性地要看夜光表、指北针,在战斗胜利结束后,他喜欢挥笔成诗,直抒胸臆。在异常艰苦复杂的战斗岁月里,他总能把坚定与自信带给大家,他说:"敌人的错误就是我们的胜利。""要捉猛虎就要比老虎更猛,要捉孙悟空,就要比孙悟空还精。""征服林海,踏透雪原。"……即便是意外遭遇"不利的被包围的战斗",他也能思维敏捷地发现,"就有利的地形来看,还是杀伤敌人的好机会"[1]。正是这样一位光彩照人的指挥员,在传奇一般的林海雪原里,带领小分队展开了传奇一般

---

[1] 曲波:《林海雪原》,人民文学出版社,1964。本篇引文均据此版本。

的战斗。

少剑波的形象,与侦察英雄杨子荣、战斗英雄刘勋苍、攀登能手栾超家、长腿孙达得等,形成了对照呼应,构成了小分队乐观、豪迈的集体英雄主义的灵魂,显现了胜利之师的精气神。如刻画战斗英雄刘勋苍,虽笔墨不多,却前后照应、精准传神,表现出了鲜明的个性与气质,是英雄群像中富有特色、耐人品味的"这一个"。小说中写到他的吃相,令人忍俊不禁——急急乎乎,居然"被一口狍子肉呛了嗓子"(第八章)。而另一处虽然也写他的好吃,却是在几笔之间画出了他赴险之前的爽朗、阳刚,读来让人油然而生敬爱之情:"摸了摸饭包还是鼓鼓的,内心涌出一阵欢笑。他拍一拍饭包,'好朋友,有你我就能干'!"(第五章)再看,遇到复杂情况时刘勋苍是多么机敏、当仁不让,他立即"想起了军事课上的一条侦察要领,'禽鸟飞鸣,必有人来惊动'。他的烦躁马上消失了……"(第五章)。这样的笔法,让诸多英雄人物真切感人,如在眼前。

智取威虎山、奇袭奶头山、将计就计活捉九彪、调虎离山消灭马希山……《林海雪原》的故事高潮迭起,回肠荡气,其中尤以对孤胆英雄杨子荣的描写,最为集中地传达了这支胜利之师的威武气质。他独闯威虎山,经受土匪世界"进门槛子"考验,险胜小炉匠,五福岭前打虎震山……无论哪一出,都紧张刺激,充满悬念,戏剧冲突环环相扣,故事情节层层渲染,活脱脱写出了杨子荣豪情万丈的大智大勇境界。在曲波笔下，这样一位气冲霄汉的大英雄，干的是惊天动地的事，即便内心经历着翻江倒海，还是面不改色、举止如常。在战友们中间，杨子荣常是"一声不响，眨巴着眼皮，叼着一只小烟袋"；在出语发声、斗智决断甚至千钧一发之际，他的表情动作也不过是"擦了一下嘴巴"，或者"把右腮一摸"，又或者"搓了一下满脸的胡须笑道"……仔细体会这个人物的形神气韵，那真是好有一比：胸藏百万，惊涛骇浪谈笑而过。

正因将这样一种气冲霄汉的精气神写得活灵活现，杨子荣、少剑波等人物形象，具有了更深一层的感染力。

三、登峰造极、汪洋恣肆的审美体验

《林海雪原》的传奇特质，源自剿匪故事的曲折。而作为故事发生的环境，"林海雪原"本就是一个传奇。小说中作者对此的描写，令人读来身临其境，时而忍不住要拍案叫绝。

写到许大马棒匪窝所在的老爷岭："奇峰险恶犹如乱石穿天，林涛汹涌恰似巨海狂啸。林密仰面不见天，草深俯首不见地。"（第四章）写在大风雪中行走："一迷失方向，十天八天走不出来，更见不到人。大雪深处达数丈甚至数十丈，一掉进去，休想爬出来……"（第十章）写大雪中行军潜在的危机："只要战士们一蹲下，便卧在雪坑里呼呼睡着……真的，此时如果谁要睡上二十分钟,就会把你冻僵,那时谁也别想能用自己的力量再爬起来。"(第十章)写"穿山风"的厉害:"只见山顶上一排大树摇摇晃晃,树林格格地截断,接着便是一股狂风卷腾起来的雪雾,像一条无比大的雪龙,狂舞在林间……这股穿山风,已经掠山而过……小分队刚才路过的地带,地形已完全改变了,没了山背,也没了山沟。山沟全被雪填平了,和山背一样高,成了一片平平雪修的大广场。山沟里的树,连梢也不见了,大家吓得伸了一下舌头,'好险'!"(第二十章)

小说中直接的环境描写看得人心潮起伏,而借山民之口讲出的林海雪原,读来恍如梦境。如蘑菇老人讲起去往奶头山的经历,喷水山、石林山、鹰嘴峰、天乳泉……处处是天险,个个是传奇,小说的环境描写于此间登峰造极。"顺着一条石壁山沟,往正北下去,沟两旁的石头,全是吊悬,望上去眼晕头昏,风刮来石头喀喀响,好像要掉将下来把人砸烂。仰面看天,天只有一条河那么宽……"(第七章,下同);"喷水山真的能喷水。全山都是乱乱的大青石,从各个大石缝间往外喷水。乱石又高又大,喷出的水又汹又激,远看去像一条条撑山支石的大水柱,也有几千条。还有横石缝泻出宽宽的一些大水帘,挂在大山上,也不下几百面。每个水柱,每幅水帘,激冲下来,撞到山根的石头,碰得乱碎,像千千万万的珠子,四外散花,阳光照射下,五颜六色,美得不得了!";"东面是鹰嘴峰……可是立陡立陡,上面吊悬那块鹰嘴巨石,伸向奶头山,好像一只老鹰探过脑袋要去吃奶,嘴尖差不多就要衔上奶头山顶的树梢。到了鹰嘴石的下面,仰头一看,天哪!真吓死人!……"

正是在这样一种奇绝的险境中,少剑波和战士们发出了"征服林海,踏透雪原""虎穴里捉虎,狼窝里打狼"的豪言壮语,并且与大雪这个原本是带来种种险阻的敌人"交朋友",掌握了滑雪技术,创造了雪地行军战斗经验,完成了跨谷飞涧等一系列历险传奇。这种天险困境的考验,恰能烘托出这支队伍气冲霄汉的英雄气概。

这不同凡响的环境描写,是作者曲波对亲身经历的林海雪原精髓的提炼,显现了他天才般汪洋恣肆的雄健笔力。

四、"圆润"的爱情,让故事神完气足

战争进行到这一阶段,我军虽然条件依然艰苦,但物质和医疗保障已有较大改善,这使得小分队在与敌匪的较量中取得了更大的心理优势。相应地,他们的精神生活更为饱满了,情感也更加丰富了。小说将卫生员白茹与少剑波之间的爱情描写贯穿始终,表现得细腻、传神,读来有种神完气足的圆润之美,而这感情世界的圆满,恰是英雄们精气神的又一种反映和表现。

小说围绕白茹敏感地发现了一个"小秘密"(少剑波喜爱

自己披长发的样子），几次抓住她放开小辫子的细节，把她与少剑波之间的爱慕之情写得微妙而灵动。文中写到，一次，白茹散开了小辫子，装着洗头，为少剑波洗衬衣，当她把衣服送到少剑波屋里时，发现对方的眼睛第一次用那样温柔美妙的神气看着她……于是，又一次单独去见少剑波时，"她的两手迅速地扯下小辫子上的扎带，被辫带扎得弯弯曲曲的满头黑发，像小瀑布一样披在她的肩上"。"看看你！小辫子都跑掉了，像个什么兵，披头散发的！"说着这话的同时，"剑波紧盯着他眼前这满头蓬松的黑发环抱着绯红润嫩的脸腮"（第九章），心里充满了特别的怜爱。而少剑波专为白茹写在日记本上的情诗，也写出了对白茹披发之美的赞叹："双目神动似能语，垂鬓散涌瀑布发……"（第二十三章，下同）小说写到威虎山战斗过后，少剑波偶然见到酣睡中的白茹时，笔触极尽细腻，将英雄内心的爱怜之情表达得淋漓尽致："屋子暖暖的，白茹的脸是那样的红，闭阖着的眼缝下，睫毛显得格外长。两手抱着剑波的皮包，生怕被人拿去似的。她自己的药包搁在脸旁的滑雪具上，枕着坐山雕老婆子的一个大枕头，上面蒙着她自己的白毛巾。头上的红色绒线衬帽已离开了她那散乱的头发，只有两条长长兼作小围巾的帽扇挂在她的脖子上。她那美丽的脸腮更加润细，偶尔吮一吮红红的小嘴唇，腮上的酒窝微动中更加美丽。……"

能将林海雪原战地上的爱情写得如此浑然、浪漫、真切、透明,表明作者对这种情感有着充分的感受与体验,同时也反映了作者深厚的艺术功力。而如此富有美感的战地爱情,只能由从容、宽裕的精气神中涌出——在走向胜利的英雄行列里,有气冲霄汉之磅礴,也必有柔情似水之丰润。

怀着这样的精气神,他们的胸襟必然是开朗的,他们的视野必然是明媚的。是的,在这林海雪原的世界里,有自然气候给人的"四大害",也有关东山献出的"三桩宝";有鹰嘴岩下的"虎狼窝",也有天乳泉旁的"还童茶";有恶匪惨无人道的压迫与杀戮,也有"蘑菇老人""棒槌公公"的正直与善良;有失去亲人的悲愤痛楚,也有美好传说中蕴藏着的光明与希望……《林海雪原》是一部斗争的历史,同时也是一个传奇的、壮丽的世界。小说结尾处,少剑波发自肺腑的一句话便是:"白茹,我们的祖国多美!"

没有休止符的《青春之歌》

"华北虽大,已经安排不下一张平静的书桌了!"

用这句话来说明长篇小说《青春之歌》故事发生的时代背景,是十分传神的。人最宝贵的是生命,生命中最具活力与光彩的乐章便是"青春之歌"。生逢民族危亡、水深火热,抗日烽火和学生运动风起云涌的时代,青春的生命当何去何从?这是对每一个灵魂的严峻拷问。

一、让"结满幽怨的丁香"面向时代洪流

《青春之歌》故事发生的时间,在1931年"九一八"事变到1935年"一二·九"运动之间。在这样一个动荡与黑暗、

奋争与堕落、罪恶与光明复杂交织的岁月里，主人公林道静作为一名女性知识分子，在痛苦和彷徨中寻找人生出路的经历，是一代人精神探索的缩影。作者杨沫在对这个典型人物的塑造方面，体现出对时代命运的深切思考，为青春生命的表达投入了全部情感。创作这部小说，断续经过六年，她说："我自认为《青春之歌》是我血泪凝聚的晶石……""它是我投身革命的印痕，是我生命中最灿烂时刻的闪光。它如果泯灭，便是我理想的泯灭，生命的泯灭。它的命运就是我的命运……""我推崇现实主义创作法则，我的生活经历，我的信仰决定了我的爱与憎……"①正是在这样一种状态下，杨沫创造了这部立得住的经典之作。直至今日，林道静这个富有传奇经历、个性鲜明的形象依然活在广大读者心中。

林道静的生父是大地主林伯唐，生母却是出身贫困，被这位大地主蹂躏、伤害，最终悲惨地死去的村姑秀妮。林道静自幼被夺去生母之爱，在歹毒的养母徐凤英"卖了你也要卖出这些年的饭钱来"（第一部第二章，下同）的逼迫与欺压中生活，沉默与孤单成为她幼年的心灵写照。"用人王妈关心她、心疼她，常常偷着照顾她……她的眼泪也只当着王妈一个人流"。另一方面，"从小她自己一个人常睡冷屋，七岁起几乎每夜都要替徐凤英上街买东西，所以胆子是大的。"（第一部第三章）

---

① 杨沫：《青春之歌·新版后记》，中国青年出版社，2018。本篇引文均据此版本。

命运对她无情,但既已尝出了它的苦味,她的内心便倔强起来,甚至有着决绝的一面。

在杨沫笔下,林道静甫一出场便引人注目,这是一个十七八岁的女学生,"穿着白洋布短旗袍、白线袜、白运动鞋,手里捏着一条素白的手绢,——浑身上下全是白色。她没有同伴,只一个人坐在车厢一角的硬木位子上,动也不动地凝望着车厢外边。她的脸略显苍白,两只大眼睛又黑又亮"(第一部第一章)。这是反抗养母为她安排的婚姻、愤而出走的林道静,她想要摆脱生活阴影,独立自由地奔向新的生活天地。而这恰是对那个时代正在觉醒中,走出封建家庭束缚的知识女性的描摹。

对于林道静这个形象,杨沫是贴着她的情感和内心世界来写的,外貌和心理的刻画十分传神。容貌姣好,一身素白,气质忧郁、沉静却又释放着孤傲的林道静,让人联想到"结满幽怨的丁香",是一个时代女性情愫的象征。同时,笔触之中也隐含着对于传统审美中女性某种特质的赞叹,从而唤起了读者关注、探索的热情。

少女时代的林道静是沉默的,她喜欢在读书和吹弹音乐中舒缓心情,并由此而使得"那双忧郁的眼睛忽然流露出喜悦的光芒"(第一部第二章)。这样一个幽闭孤鸣的灵魂,在独自出走、第一次看到大海时,兴奋与喜悦使她"像天真的孩子一样"(第一部第三章)。在这个情境中,杨沫给林道静的内心世界松了绑,把她对母爱的呼唤、对困境的挣扎表达得淋漓尽致:"挨着海,像挨着亲爱的母亲。这时她忧郁的眼睛长久不动地凝视着海水,有时她会突然垂下头来低低地喊一声'妈妈'!"(第一部第四章)小说用这样的情境让读者与林道静同呼吸、共命运,一同走进时代洪流。

二、林道静留下的"青春之问"

正因为林道静对所谓的家庭无所留恋,所以她探索"出路"的态度格外坚决,与一般女性相比,在充满未知的选择关口,她更能坚决地迈出一步,有一种"大胆"和"勇敢",表现出外柔内刚的性格。而心性孤傲的她,同时又是天真、单纯和幼稚的,所以她的"大胆"和"勇敢"也伴随着轻率和盲目,难免在生活表象的迷惑下走入困境。然而,这也使得林道静的青春探索充满了悬念,引人入胜。她一步步追求,一次次受困,却终不妥协,焕发出生命的热力,逐渐脱下了忧郁,摆脱了个人的小情感、小梦想,最终脱胎换骨,走出了青春的迷茫,走向人生的坚定。这个过程中的"青春之问""青春之光"具有超越时空的穿透力,令一代一代的青年读者为之着迷。"青春"的母题是永恒的,杨沫对它的诠释是经典的。

在小说中,林道静追问:"人生为什么是这样的冷酷、残暴?"(第一部第四章,下同)她又问,"一切有为的青年,不甘心堕落的青年将怎样活下去呢？天地如此之大，难道竟连一个十八岁的女孩子的立锥之地都没有？"她还问，"为什么一个人不愿马马虎虎地活着，结果却弄得走投无路？"（第一部第五章）这是林道静苦闷的发问，也是那个时代的青春之问。

在经历种种生活的探索后，林道静对于曾经表现出进步热情，却又转而退缩于灯红酒绿、及时行乐，并且劝说她"趁着年轻找个好丈夫，快快乐乐享几年福"的白莉苹，有过这样一问："莉苹，你的好意倒挺叫人感激。不过我看，倚靠丈夫来享福，真能够很舒服吗？物质享受能够填补精神的空虚吗？"（第二部第十五章）这无疑也是切中痛点、振聋发聩的时代之问。

对于物质享受的认识和对于精神空虚矛盾的解决，是任何时代的青年都必须面对、必须给出答案的。这个问题，关乎人生价值、生命意义，也关乎对生活幸福的定义，因此也就成为十分关键的"青春之问"，它会让你明白一个人应当怎样活在世界上。

带着这"青春之问"的执着，林道静即便是在堕入了与余永泽的爱河时，内心也特别清醒："我又不是男人身上的附属品，离了他活不了。"（第一部第九章，下同）她始终坚持"要独立生活，要到社会上去做一个自由的人"。正因怀有这样的知识女性的理想以及追求理想的坚贞，林道静从被"甘美"表象掩盖着的庸俗爱情中出走，选择了对精神和价值的追求。

三、青春在何处分道扬镳

《青春之歌》在对林道静情感经历的表现中，蕴含了两种截然不同的人格以及价值观、奋斗观的比较，展开了对青春的深刻思考。在余永泽眼中，林道静有种摄人魂魄的美。他从"悒悒的愁闷的眼睛"感受到她是"含羞草一样的美妙少女"，同时也感受到她是"好一匹难驯服的小马"！（第一部第五章）所以，"能够把这么个不易驯服的女孩子征服了，能够得到这么一个年轻、漂亮的爱人，他是多么高兴啊。"（第一部第九章）然而，在他打造的利己主义的温情小窝里，最终暴露的是他"满嘴仁义道德"面具之下的虚伪，是对待贫困者悲惨遭遇的冷漠，是对于时代风雨的隔膜、逃避。林道静终于觉得，"他那骑士兼诗人的超人的风度在时间面前已渐渐全部消失。他原来是个自私的、平庸的、只注重琐碎生活的男子。"（第一部第十章）

与余永泽形成巨大反差、鲜明对照的是卢嘉川。他有热血，有理想，有智慧，有信仰。他这样回答了林道静关于"出路"的追问——

> 对，咱们大家都在找出路——整个中国也都在找出路。那么出路在哪儿？我想出路就在反抗，出路就在斗

争，出路也就在把咱们个人的命运和国家、人民的命运结合在一起。半封建、半殖民地的中国知识分子能有什么出路？今天，我们首先就要求得中华民族的解放，然后才有我们个人的出路和解放……

(第一部第十一章)

杨沫笔下的卢嘉川这个形象，是富有人格魅力、理智与情感相得益彰的人物，焕发着经受锻造后成熟青春的异样光彩。"仿佛这青年身上带着一股魅力，他可以毫不费力地把人吸在他身边"(第一部第六章)。林道静心里赞叹："多么热情地关心别人，多么活泼洒脱，多么富于打开人的心灵的机智的谈话呵……"(第一部第十二章)如此富有感染力、才华横溢的青年，如果乐于经营爱情，他的甜蜜的收获是不言而喻的。然而，既然担负了信仰与使命，选择了勇于牺牲的人生意义，那么他对林道静的感情才会深藏于心，他是将慷慨赴死摆在了个人爱情之上的。正因如此，他有过这样的内心流露："爱情——只不过是爱情嘛。"(第一部第十九章)对此，不同的读者会有不同的评判。然而对于这样勇于为时代、为崇高的事业而舍弃个人幸福的铁血男儿，青年读者当然会心生敬佩——他们的爱情火花，映照出时代的电光；他们的生命迅如闪电，诠释出最壮美的青春。

林道静正是在这样的青春之光照耀下完成了青春的启蒙，

找到了"青春之问"的答案,最终走出了青春的苦闷,并且在与卢嘉川、林红、江华等人的并肩战斗中完成了灵魂的洗礼,她的性格和气质中注入了新的魅力光彩——丢掉了以往的矜持和沉默,心胸开阔地走进"狂风暴雨的时代"。她拥有了先进知识分子对于所处时代的豪迈情怀,正如卢嘉川希望的那样,"从个人的小圈子走出来,看看这广大的世界——这世界是多么悲惨,可是又是多么美好……"(第一部第十二章,下同)她完全读懂了高尔基的《母亲》,"时时被那里面澎湃着的、对于未来幸福世界的无限热情激荡着、震撼着,她感到了从未有过的快乐与满足","她的精神飞扬到广阔的世界里去了"。

《青春之歌》所描写的那样一个风起云涌、民族危亡的时代,最能大浪淘沙般地考验人。在对青春严峻的拷问中,林道静最终成为高尔基《母亲》里所描写的那般坚强的女性。"我想,中国怎么也不会亡国的!国家兴亡匹夫有责,我们能叫它亡吗?……"(第一部第六章)这是林道静青春之歌之所以动人的基调,唱出了一个时代的青春无悔!

《青春万岁》的"五条金线"

所有的日子,所有的日子都来吧,
让我编织你们,用青春的金线,
和幸福的璎珞,编织你们。
……

读罢王蒙的长篇小说《青春万岁》,这些句子是必定会留存于心里的。好一个"编织"啊!这是对那激动人心的时代最有力的呼应——生逢其时,青春就要蓬勃绽放。

作品描写的是中华人民共和国成立不久,1952年至1953年北京女七中高三毕业班同学的成长故事,而这部小说的创作就开始于1953年。当时作者王蒙十九岁,他已经感觉到"胜利的高潮，红旗与秧歌、腰鼓的高潮不可能成为日常与永远"，于是觉得"自己有一个使命，把这一段历史时期、这一段历史时期的少年——青年的心史记录下来"[1]。可以说，小说中讲述的，便是在中学生活中陪伴了王蒙的那些人，甚至包括他自己。因此，他当然是把所有情感都鲜明地放入其中了。1956年，王蒙发表小说《组织部来了个年轻人》，引起热烈反响，这时，《青春万岁》改完交稿。年方二十二岁的他，以天才般的写作实践着打造经典的理想。这部小说后来被改编为电影作品搬上银幕，产生了非常广泛的影响。

这部作品贯穿着对青春的阐释与思考，进行着异彩纷呈的刻画与表达。你不由得为这青春形象及内涵淋漓尽致的显现而赞叹：青春啊青春！你究竟能附着多少美妙的语言啊！究竟几多描摹，才能将你的奇幻说出啊！

小说从始至终，都是王蒙诗意盎然的讲述。细细体味，可以从中找到他编织这部青春历史的五条金线，分别对应关于青春的五个命题。

一、青春的"坐标"——一代人的底色

作家王蒙对青春生命的描写有个扎实的基础，这就是对时

---

[1] 王蒙：《〈青春万岁〉六十年》，载王蒙著《青春万岁》，人民文学出版社，1979。本篇引文均据此版本。

代特征的精准把握。作品中的女主人公们是在1947年下半年进入初中，中华人民共和国成立的第三个年头升入高三的。"她们的中学时期，开始于解放前最黑暗的年代，也是人民的斗争最英勇，最伟大，和终于获得胜利的年代。那时，她们虽然幼小无知，但是，残酷的生活和激烈的斗争，整个旧社会崩溃前夕的动荡与革命风暴的雄威，远远胜过童年的欢乐和漫不经心，在她们的心上刻下了严峻的痕迹"（第二章，下同）。这种社会更迭的巨大反差，深刻影响了这一代中学生的心理基调。

"一九五〇年，学校生活刚刚开始正常，人们瞻望和平幸福的明天，喘出了一口气。这时，朝鲜战争的炮火又惊动了她们……接着是'三反'运动……"而当"社会民主改革运动已经基本上完成，朝鲜战场上也取得了伟大的胜利，建设的任务日益提在首位"时，大规模的、有计划的、全面的经济建设与文化建设高潮即将到来。在这种快速前进的时代，"人们来不及去欢迎、吟味和欣赏生活的变化，就被卷到生活的变化中去了"。这火热的时代、浓缩的生活，锻造着别样的青春，构成经典人生。正如第三十三章中班主任袁先生所言："从来没有一班，像你们这一班这样幸福。在你们还是中学生的时候，在你们自己身心迅速成长的时候，也正是我们国家发生大风暴、大变革的时候……"

当"这一年，团中央在纪念五四的指示中号召中学毕业生积极准备考入高等学校"(第二章,下同)时,当"这一年的五一节,北京的女学生第一次普遍穿上花衣服、花裙子,打扮得漂漂亮亮"时,这些中学生们是无比幸运地站在新的历史时期的门槛上了。她们需要从这里迈出关键的一步,走入广阔的时代社会中。

如此特殊的社会背景和时代语境,赋予了她们这一代人专属的青春坐标。

对于这样的一代中学生,作家王蒙抓住了他们共同的精神特质,这种特质可以用一个关键词概括,那就是"我们"——"每一天都是青春的无价的节日。所有的一切,都是新发现,所有的一切,都归我们所有。蓝天是为了覆盖我们,云霞是为了炫惑我们,大地是为了给我们奔跑,湖河是为了容我们游水,昆虫雀鸟更是为了和我们共享生命的欢欣。……明天还不快来,时间过得真慢!"(第一章)这是获得解放的生命对他们共有的时代的抒情,他们是这个新的国家的主人翁。

正是这样一代人,当他们夜里看到天安门前为国庆阅兵而练习的大炮、坦克,会情不自禁地说:都是我们的!这样一句简单的话,会引起他们深深的共鸣,这是因为他们这"受尽苦难的贫弱的国家的新一代,想起自己祖国正渐渐富强起来,因而十分感动"(第四章)。这种归属感与自豪感,会成就一代青年的"大我"情怀,而这正是迈向崇高的起点。

二、青春的绽放——燃烧生命的激情

作家王蒙善于刻画不同人物的青春特质，写出青春的不同类型、不同状态，由此呈现了青春的绚丽绽放。

郑波的青春绽放于与黑暗的斗争中，"还在上小学的时候，她已经会唱《跌倒算什么，我们骨头硬》"（第二章，下同），当她升入女七中后，在十四岁的年纪便参加了北平地下党组织所领导的民主青年联盟，并经历了国民党抓捕学校自治会活动分子、学生中的地下党员被迫转移、进步同学被严密监视的考验。"有一个短时期，能和北平地下党取得联系的只剩下了初一的盟员郑波……"北平解放，生活沸腾了。郑波加入了党组织，狂热地激动地工作着，并且，她"似乎没想到自己要按部就班地读下书去，而是'时刻准备着'听候组织的调动，当干部，参军，下江南或者去朝鲜"。

李春的青春曾经那么绚烂地绽放。她是升高一年级时，从天津考入北京女七中，加入郑波、杨蔷云中间的。她的"帅"劲使杨蔷云欢喜，她在新生联欢会上"唱了一个维吾尔文歌、一段京韵大鼓、一首民谣，这一切使同学们——特别是杨蔷云欣赏得要命"（第三章）。当大家得知李春功课棒，1949年就入了团，当过团总支委员，在《天津日报》上发表过文章……便毫不犹豫地选她当学生会执委，李春在全校出了名。

杨蔷云身上体现着生命热情的自然流淌,可谓青春原生态的代言人。她热情、友善——"没有通常的所谓'美'……但是在她的脸上,目光里,却像是拥有照耀一切人的光亮"(第一章,下同);她单纯、快乐——"你尽情地享受生活,就像大小姐享受她家里无尽的财产似的……";她敏感、外向——"当我看着睡下了的帐篷,还有这清明的天空和满池的荷叶,我想起我们的暑假,想起你的已经过去了的,和我的正在其中的中学时代,幸福就好像从四面八方飞来,而我禁不住流泪……";她积极、乐观——"我觉得一切都近极了,生活就像缚在喷气式飞机上,一日万里。……明年就实行五年计划,说不定,不久,一觉醒来,周围已经是社会主义——乡村里的发电站也建立起来了。"在王蒙笔下,杨蔷云是一个被描写得非常丰满的形象,"她勇敢,所以容易正确,当然也容易错,但错了也容易改"(第六章)。与此同时,在全班五十二名同学中,她是最有朋友缘的人,她像自然舒展地绽放着的清香花朵,释放着感染力、亲和力。另一方面,她知无不言,爱憎分明。比如,在发现李春自私、骄傲、自高自大等缺点后,杨蔷云将对李春的批评记在日记本上:"我算认识李春的'真面目'了,她骗取了我的友谊!"(第三章)而那之后,她与郑波并肩担负起了纠正、帮助李春的责任。

在小说中,这三个人物的友谊和斗争形成了起伏,演绎着甜甜涩涩的青春故事。

三、青春的淬炼——踏过"痛点"与"拐点"

如前所指,残酷的生活和激烈的斗争,在这些女中学生的心上刻下了严峻的痕迹,小说中,郑波、李春、苏宁、呼玛丽都是受过精神伤痛的青年。

郑波十一岁时,她的小职员父亲被"盟军"的吉普车撞死在雪地里,"喝醉了酒驾车逆行的美国司机,转了个弯,喊了声'OK'跑掉了……"(第二章)母亲带着她寄人篱下,受气挨饿,苦苦挣扎,直到她结识了女七中高中学生黄丽程,开始接触进步活动,才在斗争中成长起来。在她身上,直接体现着时代和社会前进对青年生命的锻造。正是在参加反抗黑暗、建设光明的革命斗争中,郑波发现了生活的希望、生命的价值,她的目光超越了自我,超越了家庭局限,将热情的生命投入到为国家、为大众的事业中。

少年时代的伤痛刺激了郑波的成长,然而,一个新的矛盾出现了,成为她青春的"痛点"。因为在中华人民共和国成立之初,"在接连紧张的运动里,郑波和其他学生中的优秀分子习惯了一种非同寻常的生活:晚上不上自习而去听大报告,课外活动时间召开各种会议"(第二章),而当中学生们"站在新的历史时期的门槛上"时,郑波发现,正如校长所言,"今后的要求不同了,不学好功课,那么一切都谈不到……问题就是这样尖锐地摆着：或者大家赶上去，把政治工作和精通科学结合起来，或者落在后边，变成空头政治家……"（第三章，下同）为鼓励广大同学努力学习，校务委员会决定为上学期成绩优秀的同学颁发奖章，作为"功课差劲的'先进同学'"，郑波落榜了，她在反思——"这次，在平凡的和主要的学习任务面前，没有保持住光荣，没有尽到责任。作为一个团分支书记、共产党员，往后，她怎么'动员'别人努力学习呢？会不会被看作说空话的'先进分子'呢？"

面对青春的痛点，郑波的态度是迎难而上，主动克服。于是她经常成为教室里唯一的留守者，可以坚持九个钟头攻下一道难题……

与郑波形成鲜明反差的是李春。

李春出身于小地主家庭，但父亲早亡、随母亲寄人篱下的经历与郑波相似。在母亲也弃她而去后，只有四岁年纪的她，受着伯父怜爱与伯母虐待的双重待遇，然而，环境历练出她过人的生存能力。她悟出了讨好伯父和尽量躲开伯母的生存秘诀，靠着自己的聪明，在无父无母的困难情况下站住了脚。而这种经历造就了李春"什么都不怕，一切靠自己闯"（第九章，下同）的观念，于是她"在冷酷的命运面前，自小东冲西闯，一日不敢稍懈，受过别人没受过的苦，用过别人没用过的心机，居然，自己变成了个'出类拔萃'的学生。五年上学免费，三次得奖"。"解放了她特别高兴，她毫不犹豫地从解放头一天起就积极参加各种进步活动,很快就入了团,她相信像她这样聪明、积极,过去又是'受压迫者',现在前途真的'无限'了。"

然而,李春内心深处的自私和个人奋斗的想法,让她在已成为女七中风云人物的时候栽了跟头。原本在抗美援朝运动中成为积极分子的她,在1950年12月军事干部学校面向高中学生招生时,却反复斟酌着自己的前途,内心冲突起来,最终称病回避了。但是李春不报名真是太扎眼了,大家由此看到了真实的李春——"嚷嚷的时候比谁都积极,干真事就缩回去了"(第三章,下同)。李春的青春由此出现"拐点",她觉察到别人的冷淡,便离开了集体,并且将原本还有的羞耻心转成了一种怒意,甚至退出了学生会工作。这之后的李春将个人学习的"出类拔萃"当作了最高追求,"李春鼓起劲,埋头读书,她想,咱们赛吧,现在叽叽喳喳你们棒,总有一天,你们会羡慕我的!"

小说中,郑波、李春、杨蔷云,这三位主人公之间的故事,构成了"青春的金线",精妙地诠释着那个时代的青春状态。因为李春疏远集体,转入狭隘的"个人奋斗",她们三人的关系出现了大拐点。凭着成绩优秀拿到校务委员会颁发的奖章后,李春不仅得意,而且有意对郑波和杨蔷云挑衅、讥讽,以成功者姿态劝郑波"先自己念好书吧",劝杨蔷云"有工夫多制几个图好不好"!告诫全班"什么你选我我选你呀,谈谈思想情况呀，你批评我我批评你呀，申请入党呀——还远着呢，——往后搁一搁，不碍事"（第六章）。她甚至公开以一种个人功利主义的思想，议论人民英雄是幸运还是倒霉。直至有一次，她把同学吴长福打扮起来逗乐取笑，并大声宣布是"肥猪舞"，由此暴露了对同学的轻视与冷漠，再一次成为集体的对立面，遭到大家批评。在这场风波中，李春与郑波、杨蔷云形成尖锐对立，冲突达到最高级。

小说于冲突的发展中，完成了对李春青春问题的诊断，找到了她内心远离同学、远离集体的症结——"终日沉浸在冷静的计算和个人的进取中，……甚至于，她很少自己对自己讲讲知心话……"（第三十二章）经历了这样的"痛点"与"拐点"，李春开始走出小我，走向宽阔。而只有这时，她才与郑波、杨蔷云真正地相遇，真正地开始她们的友谊。

作家王蒙由此写出了青春的复杂，也写出了青春的伟大。

四、青春的秘语——编织你的心灵

青春像燃烧的一团火，也像飘忽的一片云。变幻不定的面容下，是一颗颗驿动的心。而正是在这种心绪的起伏波动中，完成着一丝一缕的沉淀，完成着青春的自省。

对于这驿动的心情状态，作家王蒙当年怀着燃烧着的青春之火，作了感同身受的探秘："新学年把升级的喜悦带给孩子们,她们高兴:仿佛不是由于长大而升了级,倒是由于升级而突然长大了,同时聪明和有力得多了。除了学生,谁能这样稳如泰山地意识到自己的上升,意识到自己正在逐年逐日地接近那光明闪耀的未来呢?"(第三章)

是的,享受着这黄金年华的青年们,他们不是从时间本身感受变化,而是在生活的前进变化中感知时间,他们对一切新鲜与陌生抱着迎接的期待,因为他们随着年龄而上升,实现着"聪明和有力"的过程,一切未知的都是光明闪耀的。这是多么稳如泰山般的富有啊!而正是在这种上升的过程中,甜酸苦辣,五味杂陈;欢乐与伤感,捉摸不定。这是对年轻的心灵的编织,也是对青春的经验的充实。

爱情是青春的助燃剂,最能激发心灵的感悟。小说中,当杨蔷云朦胧地感觉到张世群送来的感情的丝线时,内心翻出从未有过的复杂:"平常,她对周围的感受是那么多,那么奇妙,那么动人心弦,就像今夜飞跑时闪过的诸种景象,拂过的甜蜜的晚风,和不知从哪儿来的友情,像海水击打岩石一样,轻轻敲打着她的心房。但是,蔷云不知道这究竟是些什么,一切都难以述说和难以形容,当蔷云去努力捕捉那些曾经万分实在地激动了她的秘密的时候,一切却又像雾一样地温柔地飘走了。"(第十三章,下同)这些文字,将那种初次体验爱情时兴奋而又陌生的感觉完全展开了,明明是真实地触到了心弦,却又因未曾尝试而无从梳理。内心无法平息,而身体的剧烈动荡恰能冲淡对焦躁的品尝，正如作家王蒙对杨蔷云"青春之跑"的描摹——"她就觉得自己那小小的身躯，装不下那颗不安分的心、那股烧不完的火。于是她往往激动、焦灼，永远不满足。而现在的这种超乎寻常的拼命飞跑，却使她得到片刻的适意和平静了。"读着这样的文字，似乎还能感觉到天才作家王蒙身上散发的青春气息。关于"青春秘语"的体察，这短短几句话，胜过一万句隔靴搔痒的文字。

在这特殊的人生年龄，热情、友善、助人为乐的杨蔷云，开始发生少女情感需求带来的变化，"不知从哪儿来的一种寂寞的感觉压在蔷云的心上……她的难过，她的快活，她的热情比谁都高……她有时候觉得自己对别人的爱简直多得容不下。她总是瞎操心，穷受累。她整天帮助这个，帮助那个……但是，她告诉自己说：'我也需要抚爱，需要关切，我也是软弱的啊。'"（第二十二章）读到这里，我们与杨蔷云这个人物心灵相通了——她一定是意识到了，热情以及助人本身并不代表全部的自己，她开始从女性特有的细腻出发，进一步地思考自己人生的价值。

再如郑波，在中华人民共和国成立后，她入了党，她激动地工作着，"一边忙碌，一边还幻想自己被派到台湾做地下工作，年龄小好掩护"。然而，在这个花季少女身上，青春的甜蜜、浪漫和缤纷色彩似乎无所附着了，随着和平生活的展开，这种缺失感带来的烦恼便扰上了她的心头，她的少女世界需要多加几条彩线,好好地编织一下了。

在丰富了对生活的感受之后,郑波意识到了自己青春的不完整。"这些年,我亲近了一切人,却没有好好地亲近自己的妈妈。"(第十六章)她在日记里对自己说:"生活多么美呀,我好像最近才在女七中过活似的。许多东西,也许是小事情,过去从来没发现过,现在却特别引起我的兴趣。""白天匆匆地过去了,我觉得自己仿佛比前一天长得高大了些。又微微有些惧怕:难道这一天这样简简单单地过去了吗?"(第二十四章)

青春的秘语虽然无声,但是最深刻地烙上了成长的痕迹。

五、青春的灵魂——追问崇高与永恒

在郑波与同学们临近毕业之际,学姐黄丽程受邀返回母校参加活动,并与当年由她带入革命斗争中的郑波做了心灵共鸣,她指着花朵一样的少先队员说:"她们梦想着各种美好的事情,她们很幸福。可我也不羡慕,我们在她们这种年纪的时候,已经尝够了生活的苦味儿,已经经受了一些风霜。严酷的斗争使一个人精神上升得很高,虽然我们只做了一点点事情,但是它给我们许多考验和锻炼。……要永远记住我们最初走向革命的时候所受到的教育,使我们不仅是在战斗中,而且要在和平建设中,不仅在冲破宪兵包围的时候,而且在烫着头发的时候,(她撩一撩头发)都有一样的火热的斗志。"

（第二十九章）

在大学考试结束，人生抉择摆在眼前时，郑波告诉好友杨蔷云，因为新中国成立以后学生数量增长了好几倍，教员太少了，教育局决定留下少数高中毕业生做初中教师。为此，她放弃大学，同意留下。杨蔷云非常吃惊，也为她可惜："你报的志愿可是桥梁建筑呀！"这时，郑波给出了振聋发聩的答案："解放前，我失过学，我知道想念书而没能念书的孩子听到学校的钟声是什么滋味，我应该去建筑另一种桥梁，孩子们通过它走向文化、科学和觉悟……"（第三十六章）

而对于杨蔷云的人格成长，小说中同样有深入灵魂的笔触，她在爱情失败的同时，实现着精神的提升——"在张世群告诉她他爱着什么人之后，他们的友谊变得更无私，更纯洁，也更美丽了，虽然这种骄傲是以隐约的创痛做代价的；当人们收起了眼泪，灵魂就会变得崇高。"（第三十七章）

《青春万岁》中的女主人公们是楚楚动人的，她们都找到了青春的灵魂，这就是"大我"，就是崇高！而伴着这样的灵魂，友谊也自会地久天长——"如果幸运地邂逅的那个人恰恰和自己有着同样的心境、同样的爱，有着同样为朋友鞠躬尽瘁的愿望，那么这一切就会成为长久不灭的纪念。"

在故事末尾，郑波找回了缺失的青春色彩，第一次把留长了的头发梳成短短的两个小辫，她的由蓝、黄、赭石三种颜色构成的小碎花图案的衬衫，看来也非常悦目。而杨蔷云则宣

布:"誓言不改变,实现誓言的人却要变,她将不再依赖一时的热情了""最主要的是实际干!"(第三十八章)

她们的青春日渐丰满起来,向着崇高,向着永恒。

一缕清香《荷花淀》

经典之作《荷花淀》创作于抗日战争后期,当时作者孙犁正在延安鲁艺工作和学习。虽然旷日持久的战争令山河失色、生灵涂炭,但是一个伟大民族不屈不挠的精神和风骨,在烽火的锤炼中更加光彩焕发。经历了艰苦战斗岁月的作家,他的内心许是铁流奔涌的,许是浩气充盈的,许是刚毅自信的,许是慷慨悲壮的,许是明朗豪迈的,许是冷静深沉的……在众多的革命历史题材的小说作品中,作家们的叙述风格多种多样、各显其妙,而在追求情节的扎实、绵密方面,则几乎如出一辙。但孙犁的小说显然是个例外。诗意、空灵的抒情格调,构成了他文学世界最鲜明的特质,情节和人物沉浸在淡定的、明净的情境中,仿佛峥嵘岁月也因此淬去火气。从接受美学的角度说,许多时候,其故事的质感在"退隐",而面向读者的,是作者对审美情境的创造。

短篇小说《荷花淀》,就是这种风格最典型的代表。

一、不走寻常路的叙事风格

一个短篇的体量,又具有浓厚的抒情意味,使得《荷花淀》读来浑似散文。它的诗味和意境具有强大吸附力,令人产生共情效应。它的叙述线条不显山露水,仿佛隐于幕后,这有如中国画的"没骨画"法,气韵泅染,浑然天成。但这并不意味着叙事功能的弱化。它是不走寻常路的叙事,是一种颇见功力的叙事。

《荷花淀》的"没骨画"特征,体现在它对于许多情节的"藏"与"略",着意突出呈现的,是同一情境、情绪之下的那些人物、声音和画面。但细加分析,这篇富有诗味的小说尽管显得另类,但其叙事不仅是起伏、转折的,而且未因诗化意味而缺少了戏剧性,还善于在不经意间埋下伏笔,在意想不到处推向高潮。小说的故事情节并不复杂,但它的精致与微妙令人叹赏。

小说讲的是冀中平原白洋淀百姓的抗日岁月,整篇小说,出现的人物名字只有一个:水生。作为小苇庄的游击队组长、党的负责人,这个人物如同情节线索的指示灯。他带领村里的游击队员们到大部队上去战斗,由于不堪离别匆忙,他的女人和其他年轻媳妇们情不自禁,偷偷划小船到对面的马庄找丈夫们会面,不料战士们已在半夜开拔。此处心情一落、情节转折,同时为水生等人的行踪埋下伏笔。就在女人们失望地摇船返回、渐渐又开始有说有笑时,情节又一大转——水面上一只日寇的大船正追过来!最紧急的关头,一笔挥来,点睛又点题:"往荷花淀里摇!那里水浅,大船过不去。"就在她们耳边响起一排枪声、以为必死的关口上,伏下的一笔跃然而出——荷叶下面,隐蔽着水生和战士们的脸,他们在这里正等着伏击日寇呢!随着水生和队员们的行踪在此交代,小说的戏剧性凸显,故事由此转向高潮。战士们投出手榴弹,冲出荷花淀,击沉了敌人的大船;而女人们这边呢,想着、念着,又怨着、骂着的男人们,居然是这样见着了!在这个高潮处,又有"二妙":一是女人们绝处逢生,柳暗花明;二是女人们无意间诱敌深入,引狼入瓮。这后一条,是借区小队队长开玩笑说出来的——"你们也没有白来,不是你们,我们的伏击不会这么彻底……"[①]领会这样的叙事脉络,便知孙犁先生讲故事的功力如何了得。

[①] 孙犁:《荷花淀》,人民文学出版社,1959。本篇引文均据此版本。

二、抒情载体——小苇庄女人的内心世界

孙犁先生讲故事的方式确是与众不同。

这个短篇中,故事起于敌情变化。这个消息由水生和女人的对话中传递:"假若敌人再在同口安上据点,那和端村就成了一条线,淀里的斗争形势就变了。会上决定成立一个地区队。我第一个举手报了名的。"一般地讲,因为这是一篇反映对日斗争的小说,县委开会研究这个变化时的种种情形,是要作些展开叙述的,而水生带领小苇庄游击组参加这个会议的情节,也不妨就作为这个短篇小说的开头。然而没有。故事对此一笔带过。接下来的焦点,放在水生和她的女人之间。明天就要到大部队上去了,别的队员怕家里的人"拖尾巴",公推水生回来和家里的人们说一说,因为大家觉得水生的女人"还开明一些"。水生的女人究竟是如何"开明"的,小说写得细极了。水生是如何到别的队员家里说的,是如何和父亲谈话做工作的,小说却不叙其详,直接以第二天父亲拉着儿子小华送他出门、全庄男女老少也送他出来作了交代。此外又一个叙述焦点,是队员们离村后几个青年妇女集中在水生家里商量去找男人们见面,因为"女人们到底有些藕断丝连",由此引出她们划船寻夫直至结尾的情节。这表面上看是一种详略取舍处理,实质却是一种叙述角度的选择。

通篇来看,故事的主干线索是水生等游击队战士对日寇的斗争,最重要的看点是"寻夫"与"伏击"两条线的汇合,这其中,核心的叙述角度却在小苇庄几个女人身上。作家不仅是将女人作为故事主体,而且自己的心灵和情感也完全融入其中了,小说中的女人,成为作家寄寓情感的载体。

三、神来之笔"夸编席"

《荷花淀》对女性美的描写堪称神来之笔。

从始至终,小说写到外貌的人物,只有水生,通篇虽以女人形象与活动为视角,但未对一位女性外貌稍加描摹,却笔笔写出了风韵。

开头就写:"月亮升起来,院子里凉爽得很,干净得很,白天破好的苇眉子潮润润的,正好编席。"这是简单朴实的句子,却一字一字都融入人的感官,连破好的苇眉子都有了灵性——"女人坐在小院当中,手指上缠绞着柔滑修长的苇眉子。苇眉子又薄又细,在她怀里跳跃着。"在这惜墨如金的精致短篇中,作家孙犁却在一小段话里连续三次描写苇眉子,它"潮润润的",它"柔滑修长",它"又薄又细"……这样一种有了形象和生命的东西,带给人一种亲切和愉悦,但最终,它是用来表现女人此时情态的,它之所以如此柔媚、活泼,是因为它缠绕在女人的手指上,是因为它"在她怀里跳跃着"。只一个小小的苇眉子,就将女人的敏、慧、秀、巧写得直入人心。接下来不写女人长什么样,而是写起了女人手里编织的席子。"每年芦花飘飞苇叶黄的时候,全淀的芦苇收割,垛起垛来,在白洋淀周围的广场上,就成了一条苇子的长城";"六月里,淀水涨满,有无数的船只,运输银白雪亮的席子出口,不久,各地的城市村庄,就全有了花纹又密、又精致的席子用了。大家争着买:'好席子,白洋淀席!'"这是在夸席,当然也是在夸白洋淀,但放在小说具体的语境里,难道不是在夸编席的女人吗!

孙犁不写女人的眉眼,却写出了白洋淀女人的姣好,还有意通过夸席子,夸出她们骨子里的自信与骄傲。他的笔触由席子回到女人,情感溢于笔端:"这女人编着席。不久在她的身子下面,就编成了一大片。她像坐在一片洁白的雪地上,也像坐在一片洁白的云彩上。她有时望望淀里,淀里也是一片银白世界。水面笼起一层薄薄透明的雾,风吹过来,带着新鲜的荷叶荷花香。"

深入小说这处肌理,无论诗意抒情,还是田园牧歌,都有了形状和质地。当然,若只从"画面美"的角度来品评这些文字,则便是隔靴搔痒了。细品此处,女性美与乡土美相融相映,共同在三个"洁白"意象的排比中,化入诗境。段末"风吹过来,带着新鲜的荷叶荷花香",非但点题,而且是对乡土与女性品质的象征,联系后面情节高潮处的描写:"她们奔着那不知有几亩大小的荷花淀去,那一望无边际的密密层层的大荷叶,迎着阳光舒展开,就像铜墙铁壁一样。粉色荷花箭高高地挺出来,是监视白洋淀的哨兵吧!"这前后点题处的象征,浑为一气,意蕴中有娇媚,有清气,更有傲骨。有了这样一种既明丽又深沉的叙述基调,小说全篇对于女性细腻的描写和赞美都是引人共鸣的,青年女性们对自家男人热烈缠绵的那股劲儿,也是令人叹赏的。

四、最柔软的刚烈——白洋淀爱情的极致

小说《荷花淀》写女性之美,深入了内心,写出了情态、性格、人格,不仅细致入微,而且惊艳动人。

水生从县上开会回来,心里装着明天要离家战斗的消息,需要让女人拿出她的"开明"来面对。在他还没想好怎么开口时,女人已"看出他的脸有些红胀",于是开始提问侦察:"他们几个哩?"尽管水生岔开了话,但女人很快又问:"他们几个为什么还不回来?"水生没说话,只笑了一下的时候,"女人看出他笑得不像平常"……一段简短的对话,精准地传达了女人月下编席时蓄积的担忧和敏感。在她的追问下,答案终于从水生口中道出,而这时,"女人的手指震动了一下,想是叫苇眉子划破了手,她把一个手指放在嘴里吮了一下"。生怕听到的消息,当真的听到时,真的是难免心惊!这是一个聪慧、爽利

的女人,还是把柔软、多情装在心底的女人。

离家,是为投入更险的战斗,何尝不是生离死别。水生希望女人兑现"开明",可女人的"开明"需要牺牲和勇气,而她可是个心底柔软、多情的女人!她先是低着头说:"你总是很积极的。"又在沉默后才说,"你走,我不拦你,家里怎么办?"最终,她收回了柔软,恢复了"开明",但话里仍装满了潮湿,"你明白家里的难处就好了。"水生的女人是质朴的、鲜明的、柔韧的。她的人格因自然、真纯而美好。

不止如此,作家孙犁对她的刻画有更高的追求。当水生到别的游击组成员家中做通工作回来,已是鸡叫的时候,"女人还是呆呆地坐在院子里等他"。呆呆地等,是因为害怕天亮时离别吗?其实,她不光是等人,而且在等话——"你有什么话嘱咐我吧!"于是水生嘱咐她识字、生产、不落人后,可她还在等:"嗯,还有什么?""不要叫敌人汉奸捉活的。捉住了要和他拼命。"小说写到这里,出现了作者情感介入式的叙述:"这才是那最重要的一句,女人流着眼泪答应了他。"女人等来的,是"要命"的一句,却正是她想听到的那一句,因为这意味着生死相许!水生给出这一句,说明他懂她的心,她没有白等一夜;女人流着眼泪答应了他,是给了他最后的答案,临别之时,没有比这更重要的了。作家孙犁的笔触探到了女人心灵的深处,将她的形象推向了人格的高点。白洋淀女人美得刚烈,美得坚贞!

五、叙事激情所在——照见人格光彩

写出水生女人的光彩,也便写出了白洋淀女人的风骨。小说随后对几个年轻女性性格、人格的塑造,让白洋淀女人的形象更加鲜活、丰满起来。

同样不为她们画模样,但一句话出口,你便好像听懂了她——

"听说他们还在这里没走。我不拖尾巴,可是忘下了一件衣裳。"

"我有句要紧的话得和他说说。"

"我本来不想去,可是俺婆婆非叫我再去看看他,有什么看头啊!"

……

话不在多,只一人一句,可你会懂——她们是不甘心就这样与丈夫告别的年轻媳妇,讲的都是些藏不住心思的借口,都有一张惦记得心里发烫的面孔。谁都知道彼此心里想啥、嘴上说啥,但她们就这样心有默契地互相鼓动着,直到偷偷划船驶向马庄,直到寻夫未得却被告知"不用惦记他们"……于是羞

红着脸告辞,于是"有点失望,也有些伤心,各人在心里骂着自己的狠心贼",于是内心敞亮的她们重又说笑起来,可满口还是放不下的惦记——

"你看说走就走了。"
"可慌(高兴的意思)哩,比什么也慌,比过新年,娶新——也没见他这么慌过!"
"拴马桩也不顶事了。"
"不行了,脱了缰了!"
……

没有姓名,没有画像,可她们你有你的活泼,我有我的泼辣,恰是放下了扭捏、轰轰烈烈的好年华。

当发现敌船追来,情况紧急,她们后悔不该冒失,但还不忘分出心来,怨恨一下那些走远了的丈夫们,"但是立刻就想,什么也别想了,快摇,大船紧紧追过来了"。这一笔,写出了多么鲜明的性情!这个紧张的关口上,白洋淀女人多么飒爽——"小船活像离开了水皮的一条打跳的梭鱼";她们又是多么不失荷花品质般冷艳清雅——"这几个青年妇女咬紧牙制止住心跳,摇橹的手并没有慌"。叙述进入高潮时,叙述者与这些女人们的情感、呼吸完全融合了:"假如敌人追上了,就跳到水里去死吧!"

她们会坦荡地爱,也会无怨无悔地死,这是女人们的人格光彩,也是叙述的激情所在。

当戏剧性的荷花淀伏击战结束,女人和她们的英雄丈夫们匆匆见面、匆匆又别,女人们的对话里带着多少意外的满足,同时也就露着多少相逢太短的幽怨——

"你看他们那个横样子,见了我们爱搭理不搭理的!"
……
"水生嫂,回去我们也成立队伍,不然以后还能出门吗!"
"刚当上兵就小看我们,过二年,更把我们看得一钱不值了,谁比谁落后多少呢!"

又是一人一句。可这是她们遇敌情急、跳水求死,却终于大难不死之后说出的话。这些冒死来见男人一面的女人们,她们不是来"拴马"的,也不是要"拖尾巴",她们就是要把心死死地贴住出生入死的男人们!

"这一年秋季,她们学会了射击……"结尾一小段,不再抒情,完全是叙述语气,可这个故事已然激荡起我们心底的赞语——战争夺不去她们内心的阳光,她们怀着与男人们同仇敌忾的自信与爽朗,去战斗!去射击!

《荷花淀》的画面、情境是美的，乡土、风物是美的。白洋淀女性与乡土、与爱情、与战争乃至民族大义之间，贯通了作家孙犁的审美观照，构建出流动宛转的审美意境，即便是在最要命的节骨眼上，她们的情态、性格更见洋溢，人格、精神更见光华。

　　一缕清香，意味绵长。这样"美"的追求和营造，可视为《荷花淀》叙事的圆心。这是独开面目的叙事，是作家孙犁的艺术创造。

玉洁冰清《百合花》

在众多革命历史题材小说中,女作家茹志鹃的《百合花》风韵独具。作家茅盾曾在发表于1958年的《谈最近的短篇小说》中由衷称赞:"我以为这是我最近读过的几十个短篇中间最使我满意,也最使我感动的一篇。"①

多年后重读《百合花》,如同啜饮清洌的老酒,绵长隽永,回甘深沉,其强烈的艺术感染力,涤荡肺腑,穿透灵魂,给人以提纯精神、升华情感的深刻体验。

---

① 茅盾:《谈最近的短篇小说》,载茹志鹃等著短篇小说集《百合花》,人民文学出版社,1958。本篇引文均据此版本。

一、小处着眼，写出令人叹服的深度

《百合花》的故事背景是解放战争初期一次攻打海岸的总攻战斗，叙事跨度只在一昼夜。特别之处首先在于，小说并未正面描写紧张激烈的战斗，故事和人物集中在战场外的三个场景之中，写了"我"、护送"我"的通讯员，以及将自己陪嫁的花被子借给伤员使用的新媳妇，刻画了三人之间的真情交往。

谈到这部小说时，茹志鹃曾评价自己：记忆的筛子"把大东西漏了，小东西却剩下了，这本身就注定我成不了写史诗的大作家"[①]。然而，茹志鹃的厉害，恰在于从小处着眼，写出了令人叹服的深度。细品这部作品，她的视角专注于战争环境下人物情感交织、碰撞的细节，最终呈现出人性的耀亮、生命的光芒。尽管与宏大场面描写相比，茹志鹃的小说如同撷取了一朵浪花、一段插曲，但这无疑是她自觉的选择与开拓，这种独有的叙述角度、风格背后，是她找到了属于自己的艺术维度，并且开掘出令人叹赏的艺术境界，而这也恰恰反映着她对那段特殊岁月独到的观察和发现。

沉浸于这些文字中，泪水涌出的一刹那，心中升起的是玉

---

① 茹志鹃：《我写〈百合花〉的经过》，《青春》1980年第11期。

洁冰清的百合花。它是一朵不曾凋谢的百合花。

二、战争环境下有趣而难忘的生命体验

《百合花》引人入胜之处，首先在于对通讯员这个平凡而又特别之形象的发现。

小说第一部分，笔墨聚焦任务途中。大战在即，团长派通讯员护送"我"到前沿包扎所工作。一路上，"我"这个文工团创作室的女同志，还毛孔大开地接收着天地间固有的色香味，景象格调明朗、开阔。显然，"我"是一位革命队伍中"每临大事有静气"的成熟女性，此刻保持着内心的镇静、松弛。而唯有是这样的一个"我"，在遇到通讯员这位貌似很难相处的人物时，才会碰撞出有趣的火花，引出特殊的缘分。

"我"发现这位通讯员有些"怪"，又有些"神"。途中，他撒开大步把"我"摞下几丈远，全然不顾"我"的脚烂了、路又滑。说来也怪，他背后好像长了眼睛似的——当"我"落得太远时，他倒自动在路边站住了，而"等我紧走慢赶地快要走近他时，他又噔噔地自个向前走了"。神乎的是，"从没见他回头看我一次"，却能和"我"不远不近地保持距离……因此，他起初令"我"生气，接着又让"我"好奇，而据经验丰富的"我"猜测，他刻意背对着"我"、离开"我"，这"一定又因为我是个女同志的缘故"。而依"我"的性格，是要主动去探

索一下这个悬念的。

小说从"我"的女性心理角度展开叙述,可"我"毫无疑问是位有些泼辣的女性,执意要以他最"过敏"的方式去揭开谜底。在制造了一个歇脚机会后,"我"走过去面对着他坐下来,看到了"他那张十分年轻稚气的圆脸"。这时,他在"我"这位女性面前的张皇与逃避,显出了一个乡村小伙原始的质朴。这是人性中最单纯、透明、稚嫩的部分,竟如此完满地保留于他年轻的生命中。泼辣的"我"俘获了腼腆的他,他的表现令"我"由"恼"而变得"拼命忍住笑"。

一问才知是同乡。这让"我"对他生出亲切的感觉。泼辣的"我"忍不住想打问他的身世,却好似在"审讯"这位腼腆的同乡。战争环境下,这富有戏剧性的一幕,是难以忘却的生命体验,在"我"的"逼问"下,他的羞涩、稚嫩难以藏匿。他对"我""憨憨地笑了一下",表明"我"与他之间消除了陌生,有了默契。

这一部分,短小紧凑,妙趣横生,"我"与通讯员的形象跃然而出,生动而鲜活。

三、"借被子"——回味不尽的"对手戏"

小说第二部分写"借被子"。这是小说的主体事件,是"我"与通讯员、新媳妇三个主要人物的相交点,是人物间性格相互碰撞、情感彼此嵌入的纽结点。

伤员流血后身体怕冷,包扎所需要的被子一时运不来,于是"我"和通讯员进村分头去借。后来"我"之所以带通讯员返回他去过的新媳妇门上,是因为"我"抱满被子往回走时,却见他仍是两手空空,且抱怨这里的老百姓"死封建"。新媳妇的出场,话语几近于无,笔墨尽在情态。三人会面,新媳妇的那个"笑"呀,简直令人好奇——

> 她听着,脸扭向里面,尽咬着嘴唇笑。我说完了,她也不作声,还是低头咬着嘴唇,好像忍了一肚子的笑料没笑完。

通讯员独自来借被子时,与新媳妇如何"过招",小说没有交代。可新媳妇何来这般夸张的笑呢?细细品味,"我"之前与通讯员面对面挨近坐时,也有被他惹得"忍住笑"的经验,因此,新媳妇这情不自禁的笑,倒是把"我"与她这两个女性的视角和感觉联系在一起了。从"我"先前一路上与他打交道的情景,亦可推想他俩的见面。

小说写到"我"再次提出借被子时,"她不笑了",犹豫半晌之后,"她转身进去抱被子"。仍然没有开口,但她先犹豫、后坚决的情态,自然、真实。这种情态与随后的情景相对照,让她的形象一下子舒展起来——新媳妇取来的"是一条里外全新的新花被子,被面是假洋缎的,枣红底,上面撒满白色百合花"。于是"我方才明白她刚才为什么不肯借的道理了"……她虽然含蓄,但显然大气。这时,通讯员与我的心情大相径庭,我高兴,他窝心:"我刚才也是说的这几句话,她就是不借,你看怪吧!……"

小说传神地描写了新媳妇与通讯员这一刻的对手戏。明明看"我"手里已捧满了被子,新媳妇却偏偏不与通讯员搭茬儿,"她好像是在故意气通讯员,把被子朝我面前一送,说:'抱去吧!'"看似摩擦,实为逗趣。这位不多说话、"含羞带露"的农家媳妇,内心又有着开朗、爽直的一面,她看准了通讯员的性子,故意引他耍出孩子气。而通讯员果然落入"圈套"。当"我"示意他接过被子时,他"扬起脸,装作没看见",经"我"开口叫他,"他这才绷了脸,垂着眼皮,上去接过被子,慌慌张张地转身就走"。

仔细解读这段文本,新媳妇咬着嘴唇笑他、故意装作气他的表现之中,似乎还藏着"我"和通讯员都无从体会的情绪。她是刚过门三天的新娘子,这条被子是她唯一的陪嫁,可以断定,起初没答应借给,只为真心不舍,与通讯员是否腼腆、执拗并无关系;当她见"我"领着通讯员二次上门时,怎能不被他碰了钉子却摸不着头脑的无辜样子逗笑呢!当然,那种忍不住的笑里,也含着对通讯员的好感与善意,甚至还略带些歉意吧。这时,新媳妇之所以做出故意气他的样子,其实是以"活

155

泼"的姿态，想将他从绷了脸、垂着眼皮的憨态中引逗出来。这种"活泼"，就和"我"在半路上要强行坐他对面，逼他张皇的"泼辣"劲儿差不离。然而，新媳妇此刻对他怀有的那种歉意，"我"无从觉察。细读便知，新媳妇的这种歉意，在后续情节中确有交代——在通讯员已返回前沿、新媳妇来到包扎所工作时，新媳妇进门先找通讯员，继而向"我"表白："刚才借被子，他可受我的气了！"

二人这一回合中，孩子气的小同乡在接过被子转身就走时"忙中出错"——

不想他一步还没走出去，就听见"嘶"的一声，衣服挂住了门钩，在肩膀处，挂下一片布来，口子撕得不小。那媳妇一面笑着，一面赶忙找针拿线，要给他缝上。通讯员却高低不肯，挟了被子就走。

新媳妇的微妙感情，通讯员更是无从知晓。他"夹了被子就走"，给新媳妇留下的，是他生命中最后的背影。

四、"我"的爱，让他拥有了另一种生命

"我"和通讯员出了新媳妇的家门，便听说她过门才三天、被子是陪嫁。可惜新媳妇没法知道，这之后，通讯员对她是怎

样一番过意不去。而感受到他这份天真憨厚之情的"我",与他的交情瞬间加深——"我看他那副认真、为难的样子,又好笑,又觉得可爱。不知怎么的,我已从心底爱上了这个傻乎乎的小同乡。"

通讯员终于要与"我"这个"女同志"告别,回到他作为战士的使命中去了。而此时,他和"我"已经是共过事、交过心、能够彼此打开话匣子的人了。他特意留下两个干硬的馒头给"我"开饭。这说明,在"我"从心底爱上这个傻乎乎的小同乡之际,他对"我"也产生了同样美好的感情。

这次分手是印象深刻的,而这的确就是"我"与他的永别——

> 我走过去拿起那两个干硬的馒头,看见他背的枪筒里不知什么时候又多了一枝野菊花,跟那些树枝一起,在他耳边抖抖地颤动着。
>
> 他已走远了,但还见他肩上撕挂下来的布片,在风里一飘一飘。我真后悔没给他缝上再走。现在,至少他要裸露一晚上的肩膀了。

细品之,在这个部分,随着借被子情节的展开,三个人物的形象得以塑造,他们之间的情感完成"咬合"。其中,"我"和新媳妇对于通讯员的感觉,彼此补充,互相映照,两位女性的心理和表情既有默契的重合，又有微妙的区分，在女性视角的捕捉和情感的烘托之下，通讯员的性格更加丰满。"我"对通讯员的感觉由"亲"到"爱"，完成了升级，这种发自心底的爱，让他拥有了另一种生命；另一方面，尽管新媳妇也对他存有美好的感觉，但从他们的关系、位置来看，他们之间似乎是擦肩而过、难有交集了吧？

不过，笔至此处，小说的戏剧性尚未展开。

五、小说的"精致"美不胜收

茅盾先生认为，《百合花》是结构谨严、没有闲笔的短篇小说。信哉，斯言！

这篇小说出现了第四个人物——乡干部，似乎无足轻重，却对情节结构起关键作用。这个人物统共出现三次，都是在包扎所里。第一次，他引出了为伤员预备被子的话题，于是有了"我"与通讯员借被子一事；第二次，他动员几个妇女到包扎所打水、烧锅、做零碎活，来的妇女中，就有终极主角——新媳妇，这才伏下一笔，有了她与通讯员的后续剧情；第三次，战斗打响前，他送来了家做的干菜月饼，让"我"知道今天是中秋节，并且在如此严峻的夜晚回忆了家乡，想到了通讯员——那位曾在家乡过着帮人拖毛竹生活的小同乡，我对小同乡的牵挂愈加强烈起来，于是，向着高潮演进的"情感蓄势"

正式启动……

不止如此,这位乡干部形象本身别有意蕴。他是一位来自百姓、鞠躬尽瘁的干部,三次出现,都在倾力奔忙。他与慷慨奉献的新媳妇等人,都在无声地谱写军民之间的血肉联系、鱼水深情,而"我"、通讯员、新媳妇之间的交往和情谊,正是涵养在这样的意蕴之中。

小说还以不经意的笔墨,浑然写出"我"与通讯员的战士品质,这同样构建了小说的意蕴层面:战争环境中,生命之上负载神圣使命,这种神圣感可以瞬间融化和提纯感情。

这部小说,细节描写占有很大比重。这些细节描写,使人物关系更丰满、人物形象更生动,同时也成就着小说的精致结构。

如,通讯员特意留给"我"的两个干硬馒头,他衣肩上的破洞和撕挂下来的布片,这些细节记录了故事,投射着感情;而他枪筒里的野菊花,与新媳妇被面上的百合花一样,都是内在活泼生命的热烈表达,它们是人物灵魂的写照,营造了超越语言的意象,强化了小说的诗意特质。

通讯员枪筒里插树枝或野菊花的两个镜头,前后呼应;新媳妇被子上的百合花画面,反复呈现;分手之时通讯员为"我"留下的干硬馒头,在他牺牲后再度被"我"摸到;他衣肩上的破洞和撕挂下来的布片四次出镜,串联起反差巨大的情境……这些细节,对人物形成强调、渲染与烘托,也最是情感的浓墨重彩之处,同时,令结构拉紧,线索清晰,甚至直接成就了小说的戏剧性。

还有诸如借被子—铺被子—盖被子的前呼后应,直接编织了小说富有戏剧性的情节结构。

六、结尾奇峰崛起——超越语言的至真表达

小说第三部分,写通讯员的牺牲。其间,"我"的情感层层铺垫、层层蓄积,最终,所有伏笔呼应而出,所有戏剧性收拢聚合,所有灯光打在判若两人的新媳妇身上,所有敬意都献给那位腼腆可爱的通讯员战士。

中秋之夜,恰是战斗之夜,对小同乡的牵挂,是一层深切的情感蓄积。战斗打响,有伤员从前线运下来,"我"对小同乡的牵挂转为担心,其间经历了"惊心"时刻,甚至生出些莫名其妙的发问,这种担心令情感蓄积更深一层。随之,小说的内在节奏也由松弛转向紧张。

这时的新媳妇,需要由"我"带着,给那些无法转移至后方医院的重伤员擦洗身子,换上干净的衣服。新媳妇红了脸,答应做"我"的下手,她要和"我"一同面对这残酷的战争。随着新媳妇毅然抛开羞涩,小说的情感蓄势已足。

终于,"我"最担心的事、新媳妇未曾想象的事,突如其来地发生了!身负重伤的通讯员被抬回包扎所时,明月相照,

痛何以堪！他恰是被抬到了新媳妇先前铺上那条花被子的地方，正是由新媳妇"啊"的一声发现了是他！这一瞬之后，那个"低着头咬着嘴唇笑""笑眯眯地抿着嘴"的新媳妇，一下子自灵魂深处涌出巨大能量。

当听说通讯员是为救同志而扑在了冒烟的手榴弹上，新媳妇又一次发出短促的"啊"。是的，年轻而腼腆的通讯员，以这样的生死选择，回答了两位女性的喜爱与牵挂，回到了那由他亲手抱回、又由新媳妇亲手铺好的"撒满白色百合花"的被子上。这一刻，这位花被子的主人——年轻貌美却又朴实无华的农家媳妇，她的情感荡起多大的波澜，她的灵魂受到多大的震撼，一切语言都难以表达。她不再有半点儿忸怩羞涩，庄严而又虔诚地给通讯员擦拭着身子……

此间，下笔处奇峰崛起，写出了此时她与"我"的强烈反差——

她低着头，正一针一针地在缝他衣肩上那个破洞。医生听了听通讯员的心脏，默默地站起身……新媳妇却像什么也没看见，什么也没听到，依然拿着针，细细地、密密地缝着那个破洞。我实在看不下去了，低声地说："不要缝了。"她却对我异样地瞟了一眼，低下头，还是一针一针地缝。

在她面前，"我"理性的劝阻显得有些"虚弱"。而她则回归于一种不可冒犯的镇静。这一刻，新媳妇释放出的纯真感情，居然胜过了对小同乡有着由"亲"到"爱"交情的

"我",甚至让"我"相形见绌。她判若两人的表现,将故事推向高潮。

结尾处写到棺材抬来,有人要揭掉小同乡身上的被子,且看——

> 新媳妇这时脸发白,劈手夺过被子,狠狠地瞪了他们一眼。自己动手把半条被子平展展地铺在棺材底,半条盖在他身上。卫生员为难地说:"被子……是借老百姓的。"
> "是我的——"她气凶凶地嚷了半句,就扭过脸去。

一问、一答,所有的故事、所有的情感都在其中。战争环境下,两个年轻、淳朴生命的这种相遇,可在瞬间完成爱的升华,可以"荡空"一切阻碍,显现出至纯至善的光芒。这种圣洁的情感,不仅是出于面对共同的战斗,更是因为他们之间有着天然相通的人性之美、生命之根,而有着如此美好情感与生命的人们,必然能承担起共同解放的伟大战斗!

曾记否,那位笑眯眯抿着嘴的新媳妇,内心开着清新、活泼、向往幸福的花。小说通过这个形象,最终完成了灵魂深处"真"与"纯"的升华——玉洁冰清百合花。

新起点上的《创业史》

柳青原名刘蕴华,抗日战争时期曾在陕西米脂农村深入生活,中华人民共和国成立后,又带领全家落户陕西省长安县皇甫村,在此生活、写作长达十四年。这种作家体验生活的模式,本身也成了文学史上的经典。对此,作家路遥曾指出:"这位严肃的现实主义作家,在其一生的文学活动中,即使创作巴掌大一片东西,他也尽力用他独特的艺术雕刀精心镂刻,尽可能避免一种工匠式的制造。"①

实际上,以《平凡的世界》创造了当代长篇小说普及阅读纪录的路遥,以及其他一大批中国作家,正是在柳青式的深入

---

① 路遥:《柳青的遗产》,载《路遥文集》,陕西人民出版社,1993。

生活、扎根人民的作风影响下，完成了深厚积累，实现了独特创造。柳青的积累、创造，最集中地体现于他的长篇小说《创业史》（第一部）。

《创业史》（第一部）以中华人民共和国成立后实行社会主义改造这一段历史进程为背景，形象地描绘了社会主义力量在农村社会破旧立新的过程。小说的主线是梁生宝领导互助组艰难起步，克服重重障碍终于取得了密植新种稻增产计划的成功，进而创办全区首个农业生产合作社，走上了集体化道路。

在对这一历史前进过程的把握中，柳青的视野是宏阔的，笔力是雄健的，他挥笔写向历史和生活的纵深处："几千年分散的中国农村社会，在一九五三年冬天，从根基上开始动荡起来……"①凭借柳青对农村生活的深刻体验和传神描绘，梁生宝这个对新社会充满坚定理想的青年形象，连同他带头在下堡乡第五行政村（蛤蟆滩）创业的故事，鲜活地展现在读者面前，而那样一个时代特有的美好质素，也蕴含、跳荡在文字间。

一、新的历史起点上复杂纠缠的生活现场

《创业史》的成功，是柳青现实主义创作的成功。

---

① 柳青：《创业史·第一部的结局》，中国青年出版社，1960。本篇引文均据此版本。

描写农村社会主义革命的过程，必然是关乎历史、政治、社会的宏大叙述。在小说《创业史》所反映的那个时代，正是社会主义建设第一个五年计划拉开大幕之际，城市工业化建设热潮影响着乡村，抗美援朝的激情口号更是鼓舞着新中国的全体人民……对此，柳青借由作品发出了由衷的赞叹："一九五三年春天——历史的另一个新起点啊！"（第二十四章）

然而，柳青并没有顺着这一历史新起点的要求去设定满足高歌猛进式宏大叙述的人物和情节，而是回到农村社会生活的现实场景中，对这一历史新起点面临的艰巨性、复杂性作了充分的描述，并在此间找到了那些生活中的人物，用他们的"生活故事"完成对历史的讲述。这正是对现实主义创作深刻性、艺术性的追求。

小说中，实现互助组增产、增收计划，用现实成绩教育群众走集体化道路，是梁生宝带领大家打开创业局面的关键所在。为了实现粮食增产计划，他的互助组要改变秋天割了稻子种青稞的老法子，变种青稞为种小麦。这并非头脑发热——因为不远处的郭县有一种"急稻子"，秋天割倒稻子后还来得及种麦，夏天割倒麦后又能赶上泡地插秧，只要有相应充足的肥料，可以实现一年稻麦两熟。

对于互助组的这一重要决定，小说写道："今年秋后不种青稞！那算什么粮食？富农姚士杰，富裕中农郭世富、郭庆喜、梁生禄和中农冯有义他们，只拿青稞喂牲口；一般中农，除非不得已,夹带着吃几顿青稞;只有可怜的贫雇农种得稻子,吃不上大米,把青稞和小米、玉米一样当主粮,往肚里塞哩……"(第五章)

在小说正文部分,梁生宝恰是从赴郭县买稻种的第五章出场亮相的,而在此之前的一至四章,密集地写到由他引起的议论和反响,这种描写,是通过展示乡村各色人物的言行、性格、心理实现的,无不生动传神。

首先是不知儿子梁生宝一大早就出发奔了郭县的梁三老汉,他怀着对梁生宝种公家地、荒自家田的满腔怨气,朝着生宝住的草棚屋,做出准备大吵大闹的挑战:"日头照到你屁股上了!还不起来吗?梁伟人!""预备往天黑睡吗?"(第一章,下同)生宝娘见状,忍不住发笑,告诉他生宝已出门去郭县买稻种了。老汉听了马上大嚷大叫起来,他决定趁生宝不在家大闹一场,并认为"再没有这样好的机会了"!他吼道:"谁见过汤河上割毕稻子种麦来?听说过吗?……""他为人民服务,谁为我服务?啊?"

恰是这时节,蛤蟆滩又一座新瓦房架梁了,是官渠岸街上的富裕中农郭世富在"三合头"瓦房院前面盖楼房了。众人来到发家创业的成功者门前捧场,甚至连村里的代表主任郭振山也等着坐第二轮席呢。这不能不勾起了梁三老汉对发家旧梦的怀念。而让梁三老汉难堪的是,对梁生宝互助组定下高产计划、不种青稞改种麦子的议论,已经发表在这个众人云集的重要场合。外号"水嘴"的孙志明,恶作剧地戏弄着梁三老汉,"他像这个闲人会议的主持人一样,严肃地宣布:'咱们大伙都甭乱嚷嚷哩。只有人家这老汉,'孙志明很不恭敬地用手指头指着梁三老汉,'恐怕很快就要盖楼房啦!'"在煽动众人对梁三老汉和梁生宝互助组的"稀罕事"进行一番嘲笑、调侃后,"水嘴"依旧嘴不饶人:"你愁啥?一亩地顶几亩地打粮食哩,你不盖瓦房,谁倒盖瓦房?"就连梁三老汉最心服、最敬仰的郭二老汉听到这样离奇的生产计划,也忍不住发了声:"呀呀!我的天!时兴人真个胆子大!"这种强烈的反响,叫梁三老汉"气得鼓鼓,脸色苍白了,快要倒下去的样子"。

关于梁生宝互助组的"稀罕事",人们几乎有着一致的看法,那就是认为梁生宝不自量力。就连与梁生宝萌生爱情火花的徐改霞,也对此事充满担心。小说通过改霞与村代表主任郭振山面对面的交流及她事后的揣测,表达了蛤蟆滩公认最权威的共产党员的态度。改霞恍然大悟:"唉唉!原来代表主任也不重视生宝的互助组。""代表主任对互助合作的看法根本不同。"(第二章)

在梁生宝到郭县买稻种期间,还发生了"活跃借贷"遭遇冷场的事。所谓活跃借贷,就是土地改革以后在农村实行的一种互济方式,发动有余粮的农户低利借给困难户粮食,防止高利贷剥削,每年春借秋还。这项工作,照例是由蛤蟆滩最强有力的农民共产党员郭振山做动员,可这一次却意外遭遇富农姚士杰、富裕中农郭世富等人的强硬抵制,这令生活尚未站稳脚跟的任老四、高增福度过春荒的希望变得渺茫,甚至"一下子撒了气"。代表主任郭振山也终于醒悟,看穿了郭世富:"这阵土地证到你手里了!政府宣布土改时期结束了!你那套虚情假意就用不着了!你眼里就没我郭振山了!"(第三章)尽管郭振山对不服从济困安排,不再把他当回事的郭世富、姚士杰恨得睡不着觉,但是面对穿着袖子上掉棉絮的开花破棉袄的高增福时,这位代表主任却又"一片好心"地劝说:"人们都该打自个人过光景的主意了。兄弟!共产党对穷庄稼人好是好,不能年年土改嘛!"(第四章)

  新中国已经建立,但新的生产关系的建立是一个复杂的过程,在短时期内,农民旧式单干的心理是顽固的,走上互助合作集体化道路面临重重阻隔。土地改革结束后,拿到土地证,把心放回肚子里的富农、富裕中农又变得骄傲而任性,他们居高临下,看不起贫困户。而除了那些迫切地需要得到帮助的贫困户外,大多数草棚院的主人怀着创立大庄稼院、住进砖瓦房的梦想,学着中农、富裕中农的榜样潜心发家,对于集体主义发展前途和意义毫不关心。突出的矛盾在于,任老四等个别特殊困难的农户,通过"活跃借贷"借了粮食却无力偿还,并且需要在新一年的"活跃借贷"中继续得到周济,这就让抵制继续借出粮食的富农、富裕中农振振有词。于是,一些春荒时节无路可走的贫困户不免会将刚刚分得的土地卖到余粮户手中,这些余粮户也乐得借此在扩大田亩的发家路上更进一步。在这样的心理氛围之下，作为社会主义萌芽的互助组事业，显然会受到中农阶层的抵制、排斥、轻视甚至嘲讽，不仅富裕中农、中农们不愿受互助组牵制、连累，即便最需要在互助合作中抱团取暖的贫雇农们，也常常不明就里，摇摆不定。具体到下堡乡第五村的蛤蟆滩社会，就连村代表主任郭振山，也对梁生宝互助组的创业不冷不热。正如第二十九章中黄堡区委书记王佐民的感叹："农民离开几千年的老路，走上一条新路，可不容易哪！"

在作家柳青集中笔力展开的终南山下汤河流域稻产区蛤蟆滩的农村社会里，各式人物怀着不同的动机和心态，在社会主义改造过程中复杂地纠缠着，斗争着。"日头照你互助组的庄稼，可也照我单干户的庄稼哩。你互助组地里下雨？我单干户地里也下雨哩！共产党偏向你，日月星辰、雨露风霜不偏向你。天照应人！……"（第二十五章）富裕中农郭世富自有一套老谋深算的人生哲学。而梁生宝父亲梁三老汉虽然为人善良，但内心羡慕的居然也是"自私自利是精明，弄虚作假是能人，大公无私却是愚蠢"（第七章）的处世信条。

这种对特定时期中国农村社会、农民心理和意识的形象记录，是《创业史》作为现实主义经典的重要贡献。在那样一个新的历史起点上，与社会主义改造同步进行的，便是深层次的社会主义思想和道德的建树，以梁生宝为代表的时代新人，正是因为这样一种新的精神品格而更显美好耀亮。

二、在创业中改造农民性，打败旧魂灵

在梁生宝赴郭县买稻种前，想多筹借些钱款，以便为互助组内外的乡亲们多捎回些稻种，然而难以得到响应。而当他历经艰辛、吃苦受累地把稻种带回村中，眼见生宝完成了这件大事，并且得知这"百日黄"稻种确切能与蛤蟆滩的地力相配时，村人们却又纷纷表达着想要分得一些稻种的迫切心情。小说中，类似这种反映农民自私、顽固、迂腐、狭隘特征的情节很多，而不同程度地带有这些弱点和根性的群体，就构成了梁生宝创业路上需要包容、争取或者改造乃至斗争的对象。对这些人物行为背后精神和心理的透视和洞察，让书写农村社会主义革命进程的《创业史》，凸显了超越事件本身的意义和价值。

新旧社会交替之际的农民心态，具有为其所处历史和时代决定的特殊性、复杂性。而接受了新时代精神熏陶和理想照耀的梁生宝，无可选择地创业于这暂时顽固地存在着的落后、愚昧，甚至阴险、恶意的心态包围之中。而这些从互助组内部或外部显现为各式阻力的因素，使得全书充满内在的悬念和张力，最终构成对梁生宝坚韧不拔、迎难而上创业道路的反衬和烘托。

纵观全书，这种旧根性、旧魂灵所附体的几位典型人物被

塑造得心理精准、性格鲜明，他们分别用自己顽固不化的迂腐或自以为是的挣扎，印证了历史前进必然之下的破旧立新。

1. 梁大、梁生禄父子的自私和狡诈——为谋自发演双簧

在《创业史》（第一部）中，梁大、梁生禄父子，与梁三、梁生宝父子构成鲜明对照。

在解放前的艰苦岁月中，梁大凭借他对世事人情的精明判断，为兄弟梁三张罗证婚场面、取得证婚文书，以这样严谨的约束，令逃荒而来、被梁三收入屋里的生宝妈别无二心，避免饥馑过后的反悔官司。从这一情节，已足见梁大远胜梁三之处：算盘打得勤，心眼稠。靠卖豆腐起家的梁大，在领导儿子梁生禄创下家业、步入富裕中农行列后，对放弃发家、一心为互助组奔忙的侄儿梁生宝越来越看不入眼。原本，共产党员梁生宝因看重生禄家地多、牲口强，推举生禄担任了下河沿互助组组长，对此，梁大老汉耿耿于怀，与儿子生禄关系一度紧张，甚至发生过把梁生禄领回的奖状撕得稀碎的极端事件。直到后来梁生禄终于又将互助组组长头衔还到梁生宝头上，开始专心发家，父子二人才又和谐地走上了一条路。自此，梁大、梁生禄父子默契地演着双簧，只顾自家利益，逃避对互助组的责任。

梁生宝起身去郭县买稻种前，想多收集些稻种钱，因为一些互助组外的庄稼人要劳驾他捎些稻种，临了却弄不到钱。生宝曾向生禄提出借三块钱，结果，生禄交够自己的稻种钱后，连一角也没多给。明明是生禄管着家里的钱，他却躲在一旁不声不响，而让父亲梁大唱黑脸，毫不客气地拒绝了生宝。可当买回稻种，生禄已分得自家的一份后，他爹梁大又提着粮袋来到分配现场，要求给嫁在章村的大女儿也分上五升，语气中的理直气壮，与拒绝借给生宝三块钱时如出一辙。这时，为帮陷入为难和发呆的互助组组长梁生宝打破僵局，组员任欢喜用一种聪明的方式，暗中讥刺梁大钱一分不借，却又要额外多分稻种的厚脸皮，不料，反被梁大一通盛气凌人的教训吓得再没张声——

"怎?"老头的秃顶脑袋一拐，垂着软囊囊的眼皮，盯住欢喜稚气的脸，挺厉害地问，"怎? 起身的时光，俺家没给钱吗? 这阵有富余的，旁人能分，门中人和亲戚倒不能分? 俺拿多少稻种给多少钱，分文不欠人的! 俺姓梁的和姓梁的说话，你姓任的插啥嘴?"

（第七章）

这一回合间，生宝曾想到了梁大欺人太甚的理由："他仗着他家的马在全互助组最强，又只他一家有车，互助组离不得他家。"（第七章）但为避免惹恼老汉提出退组，生宝还是额外分给了他三斗。后来，生宝听说自己去郭县买稻种期间，生禄家买下了河对岸瘸子李三的一亩多地,才明白这父子俩不肯把钱借给他买稻种,却早已暗暗地使着买地的劲儿,于是提醒父亲梁三不要与生禄家比:"人家地多,牲畜、农具齐全,已经是另外一个阶层的庄稼人了。虽然赶不上郭世富,却快赶上了郭庆喜。这时,发家的心正狠着呢。"(第八章)而另一方面,决定与兄弟梁三家各走各路的梁大老汉,不再掩饰他由自私而来的冷漠。例如第一章中,当梁三恼恨生宝不辞而别去买稻种,破天荒地向生宝妈说出"你娘母子的良心叫狗吃哩"的狠话时,生宝妈委屈得痛哭不止。这时,邻居任老四等"纷纷丢帽落鞋地向梁三老汉的草棚院奔来劝架",而梁大却将两个前往劝架的儿媳妇在半路上叫住,严厉地训导着:"那草棚院往后吵嘴干仗的日子多哩!你们见天往那里跑呀?你三叔是把白铁刀,样子凶,其实一碰就卷刃了。他要是真残刻,管不下个生宝?!甭去哩!回来!"这一刻,梁大没有讲"门中人"的亲情,也不再论"俺姓梁的和姓梁的",而是鄙视兄弟梁三不够"残刻"。的确,梁大为了自家利益,任性而蛮横,舍得"残刻",他分明已在复制地主的心肠和逻辑。显然,梁生禄也在继承着父亲梁大的心肠和逻辑。在生宝为筹集稻地肥料款和实施增收计划而带人进山割竹子、运扫帚后,无钱款之虑的梁生禄与等待农技员到来的欢喜留在村中。按照生宝嘱咐,欢喜请求生禄一起将组内各家用于铺秧子地的三合粪担到秧子地边,这时,"生禄以一种富裕中农对贫农,加上成年人对少年的双

— 173

重优越感，冰冷地说：'噢！我的粪担完，有空哩，再说。'"（第二十章）但是直到十七岁少年欢喜独自担完其余七户三百担粪，肩膀都快压肿时，梁生禄始终也没"空儿"——"今日走黄堡，明日串亲戚，后日去峪口镇看戏去了。"

因为组织上派给生宝互助组的农技员要迟到几日，下堡乡卢支书捎过话来叫甭着急——三合粪准备好，甭铺。生宝互助组合用生禄家的秧子地，是生禄当时应承下的，须在农技员来后统一操作，而这时，担心误过农时而吃亏的梁大、梁生禄父子又布置了一场双簧。第二十章中，先是由梁大老汉在黄昏时分凶狠狠地走进任家草棚院，给欢喜下了通知："告诉你！俺明日铺粪、下种啦！"待欢喜追出来问为啥时，梁大转身说："哼！为啥！俺庄稼大，要早动手！就是这！"欢喜想到那是一块共用的秧子地，如果生禄家先铺了粪、下了种，接着就要灌水了，一块地里头，一旦灌了水，互助组便没法下种。情急之下，他不服软地向梁大强调不能灌水的道理，可梁大面目狰狞、出语蛮横——"俺不灌水，撒了种做啥？喂鸟吗？""俺给互助组借秧子地，要俺跟互助组转？""咦！咦！看你凶成啥样子！你把我老汉打一顿好了。唔，唔，打嘛！打！打！……"此时，被梁大明目张胆欺负的欢喜心如明镜："欢喜恨的是生禄自己不露面，总是让这个棺材瓢子出头。"果然，当他愤怒地提着灯笼走在去找卢支书的路上，另一个双簧演员梁生禄惊惶失措地追上来阻拦：

"欢娃!"生禄气喘吁吁地说,"你甭到乡政府去。你寻哥嘛!哥没好话,你兄弟再奔政府,也不迟嘛!"

"哼!"欢喜铁板着稚气的脸,"你父子红脸黑脸耍得妙!"

"哎!兄弟!你可把哥的心亏煞哩!哥从外头回来,听说俺爸和你闹翻了,就跑来朝你兄弟回话嘛。唉唉!没法子把心掏出来,给你兄弟看看……"生禄说着,显着非常着急的样子。

而当欢喜再次强调秧子地须等农技员来了一齐下时,生禄还是抬出了他爹梁大,以那年他爹"用镢头把锅台挖了"的坏脾气作为借口,提出了折中套路:"这样吧!我自己的老人,不能叫组里为难。他是一定不等农技员来,我就费点工夫,担些土,在秧子地中间加一道垄,多开一个水口,咱分开下稻秧子。这该不害组里的事吧?"当欢喜机灵地点出他这是预备退组的态势时,生禄巧言辩说另下稻秧子只是他爸老脑筋一时转不过弯儿,并信誓旦旦地表态:"他要退组,我就不听他了。我是决意跟你们走大伙富裕的路,走定了,绝不走自发的老路。"这位出色的演员还抬出了他的弟弟——现役解放军军官、共产党员梁生荣,说他爸若是再闹退组,他就给老二写信……

于是,互助组共用的秧子地里,同时出现了农技员示范的"新式秧田"模式和梁生禄家单独操作的旧式"满天星"模式。

而这表现出单干农民自私与落后的"满天星",正好被农技员作为新旧对照的反面教材。

这种与互助组离心的状况,引起了农技员韩培生的注意,第二十六章写到他专程上门,试图向梁大老汉解释"互助组是社会主义萌芽"的道理,希望大伙齐心协力,把生宝互助组弄好,结果,"梁大老汉摸着花白胡子冷笑着,说:'唔!你说得对着哩!不光有社会主义的门牙,还有边牙哩!光想着啃俺中农的骨头哩……'"颇有耐心的农技员并不气馁,试图做通梁生禄的工作。当他帮助生禄改进"满天星"秧床时,生禄不好意思地接受了;当他帮助生禄拔除秧床上的杂草时,生禄态度友好地回应着农技员出于策略的攀谈。而当话题触及对互助组的态度、表现时,被碰到"薄弱点"的生禄"脸唰地红了",但他还是故伎重演:"唉!——有啥法子呢?遭逢啥样的老人,能由自己挑吗?该是不能吧?我自家,哪个鬼子孙要不喜愿走互助合作的路,叫名字骂,咱不脸红……"不过,生禄没想到,农技员韩培生戳破了他的借口,步步紧逼:"老年人就是差池咯。生宝他爹也扯腿!""这新社会,主要看谁对。父子也讲理嘛。照你的说法,生宝应该不搞互助组,听他爹的话,埋头发家吗?"终于,一时没词儿可搬的梁生禄又一次信誓旦旦,"非常诚恳却非常笼统地保证说:'老韩,你放心!咱一心不二!……'"

然而,农技员终于还是尝到了梁大、梁生禄父子默契演双簧的厉害。当王瞎子被富农姚士杰利用，并且借儿子拴拴进山受伤而宣布退出生宝互助组时，梁大也果断提出退组要求，"他非常愉快地对所有他碰见的人说：'你站住，我说给你听。拴拴退组哩，组里缺下劳力了嘛。俺拿畜力换劳力哩，你当俺在互助组里做啥哩？嗯？……'"这时，农技员去找"一心不二"的梁生禄，而双簧演员当然不会令他失望——"生禄两手捧着脑袋，低下头去，假装难受地叹气：'唉！好老韩哩！俺爸的那脾气，我不敢惹！社会主义不是今日明日之事嘛，为国事，闹得家内鸡犬不宁，在外头的共产党员（指现役解放军军官梁生荣），怕也不赞成吧？……'"这场戏，直看得农技员"气愤愤地歪着嘴，离开了这个阴阳人"。

2.王瞎子、任老四及"退组风波"

在蛤蟆滩下河沿的邻居中，王瞎子（王二）和儿子拴拴，王瞎子外甥任老四，以及相依为命的已故任老三的儿子欢喜和他妈，构成了梁生宝互助组的基本群众，也是需要生宝极力扶助的成员。在这样一个有着曲折迁居历史和亲戚关系的群落中，遗留着旧社会农民劣根性中顽固的成分，为生宝发展互助组带来沉重负担。

年轻时就在渭河边王家堡子当长工的王二，清朝光绪二十六年因偷了财东的庄稼挨了知县衙门的板子，羞愧难当的他带着结了硬疤的精神创伤一路流浪，最终在蛤蟆滩留下来当长工。抱着被打服了的心态,他恪守要对得起一切皇上、统治者和财东的立场,并以严厉的方式要求逃荒而投奔了他的两个外甥任老三、任老四照例执行,不允许对财东使奸心,必须拿最好的稻谷交租。解放后,这个仍附着清朝灵魂的老汉,对于穷庄稼人要在土改中一块儿分财东的土地感到突兀、惶恐,最终还是在生活问题和实际利益面前放弃了"不白拿财东的东西"的信条——"他王老二不领分给他的地,他拴拴上哪里租种地去呢?"这是一个由自古以来存续的奴性生成的变种,这古旧魂灵的顽劣之处在于,他坚持相信高门大户是高贵的、值得信任的,而把算计和耍泼的劲头用于和他一样贫穷的人们。"在他心目中,士杰是高不可攀的富人,梁生宝是他眼前长大的讨饭娃子,出身贫贱。"(第十八章)

在生宝互助组内,王瞎子紧紧跟定梁大、梁生禄一家,他的态度是只要梁大退组,他便会坚决退组。而对于互助组的事,必定以是否有实际利益作为衡量标准。对此,梁生宝有着深切的体会:"可恨的王瞎子心太奸了,在互助组中,总觉得人家在捉弄他儿子。无论你怎样关照拴拴,王瞎子总怀疑他家吃了亏……"(第二十二章)生宝带领大伙进山割竹子、运扫帚,每人会有几十块的收入,王瞎子算定该让拴拴参加——"拴拴跟生宝进山,只是为了生活问题和实际利益。至于社会主义不社会主义,他听了笑笑,说:'娃子们爱怎说呢!我有我的主意:吃饱、体面!'。"(第十八章,下同)这样一个奴性变种,也自有其独到的"创造"生活的能力:解放前,刚刚因生病双目失明的王瞎子,机敏地为老实、听话却没有他十分之一机灵的儿子拴拴,抓住了难得的成亲机会,把受黄堡镇一个流氓引诱而失去名誉的十六岁的素芳娶进草棚院,并指导拴拴用顶门棍武力教训,直到确定"素芳的性气被屈过来"。为防止素芳不安心过日子,他动用家长的绝对权威,禁止素芳参加一切社会活动,即便串门,也只能到被他尊为上等人家的梁大院子里去,此外如果擅自与人来往,便难脱通奸的嫌疑了。这样一个蛮横无理的封建家长,在拴拴随生宝进山后,却放心地让素芳走进富农姚士杰的大院,给素芳堂姑、姚士杰的老婆伺候月子去了。虽说"解放前,姚士杰和李翠娥(白占魁老婆)有哩",这与他对素芳的独裁管束原则严重抵触,可让他很快又想通了的逻辑是:"姚士杰是有钱人,要脸!李翠娥和多少男人有,姚士杰光和李翠娥有,没听人家跟旁的妇道不清楚喀!这就只怪李翠娥烂脏喀!"于是,他满意地确认了素芳和富家亲戚来往的事——"这是只能沾光,不会受害的事情。"他要求素芳"行端立正"地干好这"省下一个人一个月的口粮,又挣得十二块钱"的好事,"甭叫人家笑咱没家教"!

可笑的是,直到姚士杰精心设计,已然与素芳睡上一个炕头,并且在为长期通奸作计议时,自诩心里亮堂、会算账的王瞎子,居然还在对好意回来探望他的素芳大加训斥:"你甭叫人家嫌!你回来做啥?胡来!老王家是要脸面的人!"结果,

"这时可恨的瞎眼公公使素芳,更加靠近她的堂姑父了"。(第二十一章)另一方面,在听说拴拴进山受伤的消息后,王瞎子对拴拴受到梁生宝的精心照顾毫不感恩,反而冲到梁三老汉草棚院内大耍无赖,大声哭叫:"听上宝娃的话倒了霉呀!就得你们养活我呀!"直到把梁三老汉唬得当场晕倒,他还是抗拒着前来拖他离开的欢喜妈和欢喜,嘴上不依不饶,"不是他生宝煽,终南山里有个金娃娃,俺拴也不寻去呀!甭拉!我就往他炕上死呀!……"(第二十六章)不仅如此,他反认贼人为恩人,主动向姚士杰提出拴拴退出互助组、与姚士杰搭犋干活的请求,而岂知这正是姚士杰苦心思谋要达到的目标——因为这样一种劳动关系,恰好对姚士杰与素芳形成合乎情理的掩护。王瞎子以他人间少有的顽愚,亲手损害了儿子拴拴的婚姻,并且把为他和拴拴打造未来日子的互助组一脚踢开了。这样一个拙劣的灵魂,无可救药地落入了可悲的下场。王瞎子宣布拴拴退出互助组,恰恰为姚士杰破坏生宝互助组的计划立下功劳。一个古旧魂灵的作怪,是那个时代注定要有的代价。

相比之下,任老四中途想要退出互助组密植水稻计划,是出于一个穷怕了的农民无法挣脱的自私。

解放前靠进山出苦力、给人打零工糊口的任老四,土改分地后仍未摆脱生存问题困扰,一家大小和小黄牛犊挤在一个草棚屋里,甚至在"活跃借贷"中陷入只借不还、授人以柄的泥淖。一方面,任老四在穷困逼迫之下显得心态褊狭。例如,在睡在一条破被儿里头的一串娃们中间，他最亲最大的一个男娃，"因为这是最先接替他的劳动重负的一个"（第四章）；另一方面，由于底子薄、条件差、能力低，任老四对互助组形成很强的依赖。互助组实施改种"急稻子"、秋后不种青稞而种麦、一年稻麦两熟的增产计划，他家的稻种钱，由互助组组长梁生宝垫着，而任老四由此期待着命运的好转——

"生宝！"任老四曾经弯着水蛇腰，嘴里溅着唾沫星子，感激地对他说，"宝娃子！你这回领着大伙试办成功了，可就把俺一亩变成二亩啰！说句心里话，我和你四婶念你一辈子好！怎说呢？娃们有馍吃了嘛！青稞，娃们吃了肚里难受，愣闹哄哩。……"

（第五章）

有了互助组这棵大树，任老四便有了奔日子的劲头，他对无私帮助他的生宝充满感激，更怀着信任。当他听欢喜说今年"活跃借贷"看来没指望时，并未沮丧，反而爽朗地笑着说："我眼不瞎也算见这一卦哩！我从根就没指望今年再借。"他进一步说，"咱再不靠他大户的周借粮哩！从今向后，咱靠咱互助组过！"（第四章）当"活跃借贷"的群众会开不起来，众人陷入失望时，任老四自豪地表示自己并不犯愁："不是咱有好大能耐，是咱傍着好邻居哩。人说'远亲不如近邻'，实话!要不是生宝肩膀宽,担起俺常年互助组这一摊子生活问题儿,你看我犯愁不犯愁?我比你们哪个都犯愁!实话!"(第九章)的确,早在生宝去郭县买稻种时,任老四就对下一步的生计心中有数了——"生宝买稻种回来,山路硬了,咱互助组进山呀。"(第四章)

任老四对生宝的依赖很深,也很讲实际。另一方面,对于生宝给予的精神方面的引导也逐渐有所领悟。进山前,生宝举漉河川大王村全村互助组集体进山,仅仅一个多月赚回五千块钱的例子,启发大家要看到贫雇农团结起来的力量。这令时而空泛议论的任老四陷入了沉思,最后,他终于动情地讲出了几句"正话":"生宝呀,还是你的脑瓜好使唤。要是贫雇农不组织到一块,让政府一个一个扶帮,怎么能扶得起呢?扶起这个,倒了那个。咱村里高增福就是样子——政府给他耕畜贷款来没?给来。可是他的牛卖了,头一回到期的贷款还没还,政府能给贷第二回款吗?组织起来!说啥也得组织起来!"(第十三章)可就是这样一个坚定跟随并依赖生宝的人,在随生宝进山割竹子、运扫帚挣得几十块钱时,竟然打起了自家过日子的小算盘,不顾互助组正经历拴拴家、生禄家退组风波考验的处境,提出为了保住这笔可贵的收入,要退出密植水稻计划,理由是万一密植水稻不能成功,用于追肥的钱就会打了水漂。第二十九章中,任老四诉苦道:"我穷怕了。订计划的那阵儿,我两手空空。你们说上天,咱就登云!这阵儿,唉,手里有了几块钱，我手软了，舍不得花。我心思：啊呀！万一穑稻子吃不美，这不是把几十块钱白塞到泥里头吗？……"他被"人家丢得起，你丢不起！"的念头捆绑着，拿出了利己主义的意见："我说：你三户先实行一年。好哩？明年，我再……"

思想有所觉悟，但仍旧难以绕过眼前利益的任老四，表现出一种"坦荡"的自私。这样的农民要走向进步，是需要恰如其分的鼓动和鞭策的。

3. 精致利己主义的蛤蟆滩领导人郭振山

对于农民党员郭振山与生俱来的弱点和需要长期改造的精神世界的揭示和批判，是《创业史》（第一部）现实主义品质的重要体现。

解放前，郭振山就以其敢于斗争的品性，在蛤蟆滩甚至更大范围内享有声誉。他被创下家业的郭世富选中，成为郭世富转租多余土地的佃户之一，却因不留情面、不依不饶地捅破郭世富暗里增加一斗米租子的猫腻，被郭世富怀恨在心，"但郭振山在稻地里却一下子有了威望，穷佃户们把他当被剥削者的领袖敬佩了"（第三章）。不仅如此，姚士杰在蛤蟆滩为王的年头，郭振山也不怕他。一年夏天，郭振山为抵制姚士杰蛮横地堵上穷佃户灌溉水口、独享"霸王渠"的做派，与姚士杰在渠岸草地上扭打，扭着对方领口去乡公所说理，"郭振山的这份大胆，把他变成穷佃户们崇拜的英雄，因为他满足了他们藏在内心不敢表达的愿望"(第四章)。1949年入党,被选为农会主席、代表主任、下堡乡两名县人民代表之一的郭振山,口才出众,组织能力突出,在土改运动和重要的斗争场合发挥了"轰炸机"的作用,威望越来越高,是蛤蟆滩上说一不二、最具影响力的人,也是领导下堡乡第五村两次获得缎子面锦旗的先进人物——1950年夏征红旗竞赛,本村获全黄堡区第一;1951年抗美援朝爱国运动,本村搞得最热烈。然而,这些重要的经历和荣誉,并不意味着这位农民干部已然在精神上和理想、信仰上实现了真正的自觉。土改分地时,一门心思恭维郭振山的"水嘴"孙志明提出,理应给功劳最大的郭主任分些好地,郭振山明里表示谦让,"但是当给他评下全部一等一级稻地的时候,他接受了,只说他感谢大伙知疼知热的深情"(第八章)。这种将功劳、威信与个人利益联系起来的事实,在与查田定产同时进行的整党支部大会上受到了严肃批评。但做过检讨的郭振山并不真正悔改,因为这位农民党员、蛤蟆滩的领导人,早已暗自定下了自己发家的两个"五年计划",不仅要扩大地亩规模,而且要盖起砖瓦房,瞄着赶超蛤蟆滩上两个四合院的主人(姚士杰、郭世富)。为此,他又曾两次违背组织上对党员的约束要求,一次是买下二亩桃林地,又一次是把部分粮食投资给私商韩万祥开设在黄堡北门外的砖瓦窑。

在他的思想意识中,既然社会主义尚且遥远,他的互助组只需应个名,"活跃借贷"也只是一项使下堡乡第五村保持先进荣誉的面子工程,而他创立家业的步子决不能落下。土改时给他分下全部一等一级稻地,满足了他的私心——"感谢土地改革,给了幸运的郭振山这创家立业的坚实基础,他和他兄弟振海两个气死牛地劳动,不愁压不倒他郭世富!"(第十二章,下同)这样的精神状态,让郭振山回到了农民单干户的立场,而他比一般讲求实际的农民更有缘自地位和影响的优势,更善于争取利益和机会。在他党员和代表主任的光环下,藏着精致利己主义的灵魂。在城市向农村第一次要人的时候,他就把老三振江安排到西安电厂里去当徒工,期望升了技工就能往家捎钱。另外,郭振山不能让老二振海因他办工作误工太多而和他闹分家,因为他自己娃多,振海娃少,他也不如振海强壮,"分开以后,他家人的生活要受紧!一块过,底子厚,力量大"!在扩大自家土地规模方面,他原本设想"按人口平均,土地面积赶上郭世富。以此为限,绝不超过。他绝不使自己的家业接近仇人姚士杰,那和他的'政治性儿'水火不相容"。为了神不知鬼不觉地实施盖四合院砖瓦房计划,他一根椽一根檩地备料,正房、东西厢房、前楼分步实施,"不能太急,太急了不像个共产党员"!在办互助组方面,郭振山与老金家哥儿俩合为一组,那哥儿俩都是有牲畜户,而他吸收既无男劳力又无牲畜的改霞妈入组,除了对坚决信任、拥护自己的母女俩进行私人关照,还考虑到"互助组里头没捎带一家没牲畜户,也是咱的短缺"。这显然是在做精致的表面文章。

郭振山的自发户行动产生不良影响,也令他威信大大降低。梁生宝曾痛心地感到:"郭振山对互助合作消极,使得官渠岸的基本群众失去领导。""他和土改时自己所依靠的穷庄稼人,感情越来越淡漠了。他把心思和感情,专注在自己的草棚院、大黄牛和土地上去了。"(第八章)不仅如此,郭振山对蛤蟆滩的领导,还带着以自我为中心的个人主义倾向,已经偏离了事业所要求的原则和立场。一方面,他批评梁生宝为互助组奔忙是埋头生产、不问政治,全然不顾互助合作工作已然是当下最大政治的事实;另一方面,他因买下二亩桃林地受到组织批评后并不真正认错——"这地在王跛子手里……真正可惜……到我郭振山名下,嘿,俺弟兄俩兵强马壮,可能把这块地播弄好哩。虽说共产党员买地,影响是不大好,可响应了政府增产的号召呀……"(第十四章)按照他的逻辑,政府号召的不是互助合作,而是个人的"兵强马壮",这显然已到了强词夺理的地步。

领导新一轮"活跃借贷"工作遭遇失败,是郭振山人生经历和思想、灵魂的一道分水岭,让他从膨胀式的威望自信,转入失去底气的精神危机。土改时见了他胆战心惊的郭世富、姚士杰,曾在前两年"活跃借贷"中表现积极,而随着土改运动结束、土地证到手,他们带头抵制了这次"活跃借贷",使蛤蟆滩贫困户陷入春粮无着的忧愁。这种突然而来的"变脸",让自以为有绝对领导力的郭振山下不来台,他不得不反思:

"离开了惊心动魄的社会革命运动,他个人并不是那么强大!……他在蛤蟆滩威望的提高,只不过是他按党的政策办事的结果。"(第三章)这让郭振山感到沮丧、失落,但并不甘心,习惯了借助轰轰烈烈的运动展现领导能力的郭振山,对"活跃借贷"掉了链子有着自己的解释,第九章中,他对下堡乡卢支书很难堪地说:"明昌,只要他们(姚士杰、郭世富)上了会场,我就有办法!我有群众,他们没群众!就凭我这两片嘴,三说两说,他们总得拿出些粮食!不是吹!谁知道:这两个顽固脑袋,比水渠里的泥鳅还滑,根本不上场来嘛……"对于工作失败时还在侈谈个人作用的郭振山,卢支书批评他事先没有扎实准备,更没进行个别谈话,"你总相信你那套'轰'的办法。振山,不行哩!今后要做艰苦、细致的工作哩"!然而,这种批评没有说服郭振山,反而更激发了他的"运动型人格",小说写道:"郭振山竟用一种忧国的调子说:'我总觉着咱国家宣布结束土改,好不对呀?'……一自宣布结束土改起,姚士杰和郭世富就抬起头来哩……啥工作也不好推动哩……"而事实上,郭振山这种"运动型人格"和夸大个人功劳建立起来的威信,已然随着他表现出单干自发户的行为和态度而大大减弱,这个怀着富裕中农灵魂的农民党员,已然征服不了他明里要斗争、暗地里要效仿和追赶的对象——姚士杰、郭世富。正因如此,姚士杰不仅不再怕郭振山,而且总是觉得自己比郭振山优越得多——"正是这样!前两年'活跃借贷'时,困难户在春荒中吃着姚士杰和郭世富的粮食，却记着郭振山的人情；现在不行了，土地证到了掌握粮食的人手里头啰！"（第十章）在卢支书对郭振山的批评谈话中，不仅指出了他的落后，更犀利地询问他是否又一次犯了党员的忌讳，暗中投资私商韩万祥开设在黄堡北门外的砖瓦窑。郭振山终于慌乱起来……

在"活跃借贷"工作中栽的跟头、受到的批评，令郭振山情绪一落千丈，倒在炕上大病一场。这时小说切入了他的灵魂深处，展开了党员郭振山与富裕中农郭振山的激烈辩论——"他脑袋一想热，就想豁出来不创家立业了，创国家大业吧。叫你生宝看看谁把互助组闹得更欢腾。但他在被窝一翻身，又改变了主意：不能拿过光景的事赌气……"（第十二章，下同）最终，郭振山坚定地回到了小农心态的圈圈里，拿定主意：给自己当家，不给贫雇农当家了；当个普普通通的党员，闷倒头过日子；在党，但不再争先。"至于互助组，他只有忍受卢支书的批评和王书记的冷淡了。他只有等待看生宝最后能弄成什么样子，再说话。他不能拿十几口人的光景孤注一掷嘛。"小说将郭振山的精神之累写得深入、透彻。喜欢夸大个人功劳的他，终于不求像土改时那样受人表扬了。他留住了"给自己当家"的底牌，而把"给贫雇农当家"的大舞台让位于自己并不服气的梁生宝。"他已经被自己的自发行为，拉出了蛤蟆滩的斗争行列。他已经变成革命的局外人了"。

一直乐于享受争先荣耀的郭振山，选择了退后一步获取实际利益。而这个在精致利己主义绑架下不断失落的灵魂,对一心为集体主义事业担当作为的梁生宝,必然不能赞赏,他不仅发布消极看法,而且居高临下故意发难,甚至发泄私愤、冷嘲热讽。最过分的一次,发生在生宝带领众人取得进山创收任务的好成绩回来,又在为互助组成员退组风波操心之际。二人见面,郭振山话里明显带着蛮横的贬损和敲打——"这回在山里头,捞了不少款吧?""你自己一点也没捞得啥吗?嘿嘿!全是为贫雇农吗?嘿嘿!……""甭把自己说成全是为贫雇农!那么,旁人全是为自己吗?""生宝,你寻我做啥?是不是互助组烂包了?""生宝同志啊!你要学稳当一点啰。站稳了一步,再跨一步。你想当劳动模范,要慢慢来嘛。甭太急!你想上省、进京,和毛主席见面吗?太年轻哩!准备上十几年。太急了办不到,还要栽跟头!……"(第二十九章)一通教训和讽刺,充满了个人主义的蛮横,而这并不能改变梁生宝带着克服一难又一难的业绩,成为蛤蟆滩舞台上最重要的人物。郭振山利己主义面目的日益显露,让曾经为他的能力和光彩折服、对他无条件予以尊重和信任的徐改霞,终于明白了这位代表主任为什么对生宝互助组缺乏热情,明白了他一再鼓励自己报考工厂、离开农村,也都出于让她争取个人利益的自私考虑。

在《创业史》(第一部)结尾,当互助组增产目标实现,下堡乡、蛤蟆滩响应统购粮要求,掀起动员、督促缴粮运动时,聪明的郭振山,在避重就轻地检查了自己此前对互助合作认识不清的问题后,终于获得了重新上阵的机会,"当运动下到村里的时候,白铁皮做的传话筒,别人就再也摸不到了。郭振山整天在胳膊底下挟着传话筒,好像这是他身体的一部分"("第一部的结局",下同)。显然,他的"运动型人格"重新激活了。当郭振山获知蛤蟆滩将试办全区第一个农业生产合作社、主任就是梁生宝时,那种退在次要位置的失落,让他顾不得言过其实的突兀,说出了裸露灵魂的话语:"在五村建社,我不领导,我不放心!我怕他们弄不好!"那个勇于夸大个人功劳的灵魂复活了。

郭振山是怀着输给梁生宝的委屈,憋着眼泪谢幕的,"他嫉妒梁生宝的成功,羡慕小伙子'幸运'"("第一部的结局")。他的灵魂尚在个人主义、机会主义的小路上颠簸。作为一个贯穿全书的人物,他灵魂深处的种种顽固,是对梁生宝创业史必然曲折的注释。

4. 机关算尽的"能人"郭世富、"强人"姚士杰

从新旧社会变化的重大转折点上观察,郭世富、姚士杰这两个旧的灵魂经历了惊心动魄的震荡,而在土改结束后,他们又耍起了大庄稼院的派头,与互助合作事业明里暗里地较量。

土改中,与农会主席郭振山结有宿怨的郭世富,担心遭到报复划成地主成分,一下子魂不附体、病入膏肓。小说用夸张而传神的文字,画出了他来见郭振山时自陷穷途末路、无以自持的恐惧——

　　……郭世富脸孔三分像人，七分像鬼，眼珠子从两个深坑里朝外探望，如同刚才从棺材里爬出来的一样，把郭振山吓了一跳。

　　"叔叔给老侄回话来了……"郭世富低着戴毡帽的头请罪。

　　郭振山不明白。

　　"叔叔的性命在老侄手里。你老侄叫活，我就能活……"

（第三章）

　　当郭振山宣布了郭世富被定为富裕中农的成分时，郭世富终于活了命，还了魂，专程提着酒、点心和挂面登门感谢，并从此对承担帮助贫雇农的任务非常卖力，把"天下农民一家人"挂在嘴边。郭振山倡议在官渠岸修一所普小，让稻地的贫雇农子弟在文化上翻身，郭世富主动自报捐两棵白杨树，表白"中、贫农的团结性儿"。往后，经郭振山提名，郭世富在普选中被举为官渠岸东头的乡人民代表，并在头一年、第二年的"活跃借贷"中分别给困难户借出六石和五石粮食，使郭振山在下堡乡政府开会时感到光荣。这样的背景交代，简直让人觉得：这二人形成了体现蛤蟆滩社会进步性的默契合作。

然而，当土改宣布结束，解除了对地主和富农的财产冻结，土地证也发到郭世富手里的时候，在新一轮"活跃借贷"中，郭世富使出闷招，将毫无戒备地等待他继续积极表现的郭振山重重击败。第三章中，在布置"活跃借贷"的会议上，一选区代表郭世富不再领头表态，而是随众人沉默，用烟锅在脚底画着什么。中间还把表示要等他先说话的三选区代表"铁人"郭庆喜一句戗着："你说你的！你长着嘴嘛！你和我伙一个嘴吗？"这时，郭振山和往年一样，对这个大庄稼院的家长还抱着很大希望，免不了要来一出"礼贤下士"的表演——

"你在脚地画啥？"郭振山有兴趣地问，嘴里噙着烟锅，手里端起石油灯壶，到跟前蹲下去一看，脚地画了许多横横直直的线条。他看了一阵，看不明白。"大叔，你这是画啥？你给咱讲解讲解……"

"嘿嘿，也没啥喀。"郭世富轻淡地笑笑，郑重其事地认真说，"就是我新盖的楼房底下的马房嘛。马房和草房开一个门，那牲口槽，就得南北盘，牲口头朝东，尻子朝西。马房和草房开两个门，那牲口槽，就得东西盘，牲口头朝北，尻子朝南……因此上，我一时还捉不定主意。就是这！"郭世富用烟锅指着脚地的两种图样。

一通东南西北、又是头又是尻的论证，貌似一本正经，实则是公然的挑战和戏弄。这时的郭振山胸口升起怒火，鬓角青筋暴跳，咬着牙气得站不起来，提灯的大手也在颤抖。但他只能忍了再忍。然而郭世富的口气实在气人："唔！大伙拿眼睛能看见，我今年盖了三间楼房……实在说哩，我自家也把两条腿伸进一条裤脚里去了。……"这时，郭振山仍期望以勉强的大度，换得郭世富周济三石两石粮食的态度，然而，郭世富很坚决地说出了更多"一斗也不行啦"的理由。代表主任郭振山引用郭世富以往挂在嘴边的名言，既讽刺，又警告——"'天下农民一家人'的口号用不着啦？""你考虑考虑！中贫农的团结性儿要紧啊！"然而，郭世富时而"既不露一丝笑容，又不显慌"地表示话已说尽；时而揭起毡帽搔头，重新戴上毡帽后擤着鼻涕。就在大伙以为他擤完鼻涕会说些什么时，这个"拿板弄势"的富裕中农却好歹不再吭声。这还不算完。散会后，他还要引诱欢喜发作："欢喜！欢娃子！你四爹（任老四）前年吃了我七斗'活跃借贷'，秋后还了二斗；去年吃了五斗，一颗也没还。统共欠我一石。"当欢喜果然冲动地说出"你要在春荒时节讨陈账，你比地主还要可恶喀"！郭世富使出了出奇制胜的一招：

"主任，你听！"郭世富转身痛苦地朝着郭振山，带着不平的口吻说，"这是你主任经手借去的粮食啊。说了当年春上吃了秋后还。没还也罢哩。没粮食有话也好。问一声,连一句顺气的话也没。你说这中贫农的团结性儿怎着?"

郭世富反戈一击,将郭振山警告他"团结性儿"的话还了回去,同时,死死堵住了再次向他"活跃借贷"的嘴。果然是一剑封喉——"好像照脑袋被抡了一棍,郭振山有一霎时麻木了……在一霎时内,他还找不到他变得这样无用的原因。"

尽管郭世富的人生哲学中有"'面善'一辈子""永辈子也不张狂"的信条,但从他大胜郭振山的这场戏中,足见他内在的张狂。在第二十五章,从对黄堡镇粮市、牲口市的买卖算计中,集中表现了"蛤蟆滩不识字的经济专家"郭世富超人的精明。他的超人之处,在于外善内奸、从容做鬼,在于要让任何人也注意不到世富老大还会算计,在于不把厉害摆在外貌上。"老实说:蛤蟆滩三大能人——郭振山、姚士杰和郭世富,你说谁最'能'呢?世富老大从心眼里不服气那个富农和那个贫农!他们样子看起来比他厉害,其实心眼并不如他活动。"

相比之下,姚士杰的演技和运气都差郭世富几分。土改时,他并没有吓得瘫软,而是小心翼翼地去找昔日长工、已然身为官渠岸西头农会小组长、他四合院西头的草棚屋邻居高增福:"哥就是想讨你兄弟的高教,看哥怎样才能和大伙在一块堆。土地改革法不许献地,真把人着急死。你兄弟怎么也得给哥出个主意……""哥就是怕'孤立'。"(第十一章,下同)当高增福被请求去邻居家"计议计议"时，姚士杰早已在摆好了宴席的四合院布下盛大场面——

> 我的天！富农全家老少从房里出来，在砖铺的院里迎接贵宾一般，迎接他们从前的长工……那个年轻漂亮的三妹子，浓眉大眼，相当动人，竟然跑来用戴戒指的手，拂去落在高增福棉袄上的雪花，身子贴身子紧挨高增福走着。她的一个有弹性的胖奶头，在黑市布棉袄里头跳动，一步一碰高增福的穿破棉袄的臂膀……

但姚士杰一家露骨的演出并不成功，高增福套出了他想将成分下成中农的意图后，借受到了污辱的愤怒向郭振山作了报告。于是，姚士杰投机不成，反被解放前与他结过仇的郭振山组织了专门的批斗，落得个灰头土脸、丢人败兴。

新社会破灭了姚士杰的地主梦，土改时孤立富农的政策又将他翻到全村人的最底层，因此，他比郭世富怀有更多敌意和仇恨。当土地改革宣告结束，重新找到优越感和安全感的姚士杰，又要做蛤蟆滩上的厉害人了。这时，解放后一度疏远了他，拼命地巴结他仇人郭振山的郭世富，也结束了对村代表主任的虚情假意，重新向他靠拢，并且"在对待'活跃借贷'的事情上，公然和他一致行动"（第十章，下同）。尽管都对土改中受到惊吓怀有报复心理，但富农姚士杰和富裕中农郭世富要当"能人"的动机并不完全相同。土改中,姚士杰把自己定位为"蹲下的老汉"——"忍住点吧!能站着,也能蹲下,才算好汉哩……"如今,姚士杰不仅要站起来,而且内心里要称"王"——"谁手里有粮,谁是村里的王!"姚士杰是带着内心的仇恨暗中叫阵的——"郭大(指郭振山)!你的咒儿念完啦!""郭大!你光剩下互助合作一个法儿啦!这个是软法儿,我不怕你的。只要公家讲自愿,你治不住我。我看你也不指望着拿这个法儿整我!"貌似与郭振山对着干,实则是与击碎他旧梦的新社会结着仇,他要让自己重新得势,压倒新社会正在迅速发展的社会主义萌芽。正因如此,他那日渐恢复起来的竞争心,最终对准了蛤蟆滩上新的主角——"他眼睛现在盯着梁生宝。他不能让这个愣小伙子,顺顺当当在蛤蟆滩得势!进山的人走后,他感到这是他新的劲敌!现时梁生宝对他的威胁,比郭振山还大!"(第十八章)。姚士杰内心驻着疯狂的自信——"他自信他是不会被互助合作整住的。他一定要保住他在下堡乡第五村首富的地位,等待'世事变化……'"(第二十八章)。正因怀着疯狂的期待,他不失时机地对"劲敌"的阵营实施破坏行动。他不但善于钻政策空子,而且讲求策略,把郭世富推在前台与互助组比拼,自己则在暗里拿点子,鼓劲儿——"他知道最厉害的是那种人:别人明知道是他使坏,却没有办法对付他。他的理想就是做这种别人没法治的强人。"(第十八章)于是,当确知梁生宝买回的"百日黄"稻种果真好时,姚士杰心头燃起报复的烈火,他猖狂地鼓动郭世富:"干!你给咱到郭县跑一回,路费咱按稻种摊!咱两家的稻地合起来,有他梁生宝破烂互助组稻地多。甭叫这小子独独成功了……"(第十章)当郭世富买回稻种,姚士杰再次鼓动,说梁生宝带人进山割竹子要挣出稻地买肥料的钱,并且"夸下海口,指名道姓,产量要压倒你大叔哩!"(第十八章,下同)又说,"咱种大庄稼的人嘛,还能输给这伙穷鬼吗?"还进一步咬住牙说,"上!狠住心往地里头上!卖了粮食买肥料,给稻地里头愣上!不是说这稻种肥料大了,也长不滥吗?"

与此同时,姚士杰自己着手暗中破坏。他先是抓住高增福哥哥高增荣等人要借粮度春荒的心理,以粮作饵,略施心机,致使高增福互助组解散;还利用王瞎子顾忌儿媳素芳与生宝有染的心理,设套让这位糊涂家长做出令儿子拴拴与他一块儿搭犋种地的决定,引发拴拴家、生禄家退出生宝互助组的风波……尽管姚士杰也讲"老汉厉害,不在脸上,在心里头哩"(第十章),但他那富农的狰狞面目还是印在了人们心头,就连郭振山也说"姚士杰是条恶狗,不好惹"(第四章)。而他将给他老婆伺候月子的拴拴媳妇素芳占有、玩弄的手段和过程,更让素芳觉得他是一条可怕的毒蛇:"堂姑父可怕!太可怕了!"(第二十一章)姚士杰将拴拴和他搭犋种地,作为他与素芳关系的掩护,意欲长期玩弄,岂管素芳这一生的悲剧前途。

比较而言,富裕中农郭世富做"能人"的目的,既有要强的动机,也有深谋的用心。一方面,他的狡猾和世故,多出于大庄稼院主人的争强好胜。作为毕生跟土地打交道的富裕中农,"他曾经把稻地里复种麦子当作一种美妙的梦想,在脑子里装了几十年"(第十章),因此,他不甘心让生宝这个年轻小伙子走在他前头。另一方面,他要与生宝互助组稻麦两熟的增产计划竞争,不仅买回数量多出一倍的稻种,而且不分贫雇农和中农,都给分,这种行动,有着在"不贫困的庄稼人里头,引起好感、尊敬和感激,建立起威望"(第十八章,下同)的动机,甚至想做庄稼人的"中心"或"首领"。而这不是为了好大喜功,而是有着更深一层的考虑——"他之所以这样,完全是因为时势逼使他做这号人。他害怕梁生宝搞的互助合作大发展。"由此可见,郭世富在极力保持自己作为实力派单干户的地位和影响,为此,就必须求得与互助合作阵营势均力敌。他的见识与谋略远超一般的富裕中农。为了实施他的竞争,他并不像其他庄稼人那样,对听来复杂得让人脑仁疼的"新式秧床法"予以嘲讽,而是暗中记下,认真效仿。为了达到自己的目标,他要做"心中有数的稳当人","他不接受姚士杰过于厉害的主意,不搞明显的敌对活动"。于是,他不免被姚士杰的"恨"与"狠"惊得落荒而逃。在从郭世富口中得知生宝互助组完成进山任务,却又面临散伙危机时,姚士杰紧追着打听谁们散伙心切,"恨不得把郭世富的话,用手从那说话慢吞吞的胡子嘴里掏出来"(第二十八章,下同)。当说到"活跃借贷"

中欠了郭世富账的任老四因穷怕了，舍不得将山里挣得的几十块钱往稻地里头塞时，郭、姚二人间戏剧性的一幕上演了——

……突然间，姚士杰的脸上出现了凶狠的表情。

"老叔，趁这个机会，你……"他咬牙切齿地发狠说，"你朝任老四要账！你敢吗？"

"唵？"郭世富惊骇地尖叫起来。

……

"咱不敢！咱不敢！"郭世富连连丧胆地说，"咱不敢把事做绝了。你思量：这是啥世事嘛！人家一追问，我说啥哩？"

二人分手前，"郭世富用警惕的眼光盯了姚士杰一眼，谨慎地提防自己被愚弄"。而姚士杰"连忙改口说他是说笑的，并不是认真的"，心里却怀着对这个伙伴的轻视。

要卖余粮购买肥料、紧跟梁生宝密植试种节奏的郭世富，最终被纷纷储存和惜售粮食的现象惊到，获知由于国家火热的工业建设，粮食需求增大将是长期趋势时，他陷入了对草率卖出粮食的后悔。这时的郭世富，便又陷入了一个"精明"农民的短视：不跟生宝互助组较量了，不能任性地卖粮买肥料了，叫他梁生宝小伙子奔上一年再说！

在时代的必然前进中，姚士杰、郭世富只是反衬了梁生宝艰难而光明的创业，以其徒劳的自负和张狂，完成了作为蛤蟆滩"能人""强人"的谢幕。

三、同一个屋檐下的"新人"与"旧梦"

集中体现《创业史》现实主义创作艺术水平的，是其第一部的内容。其中最具时代光彩、最有感染力的典型人物，是梁生宝；而生活情态最饱满，且与梁生宝共处于天然矛盾体内，彼此在强烈反差中发生日常摩擦的，是其继父梁三老汉。这一对人物关系的对立统一贯通全篇，梁三老汉由"旧"转"新"。其间，又关联、交叉着形形色色的人和事，也在这父子关系对立统一的过程中开开合合、纠纠缠缠。这便构成《创业史》（第一部）故事的基本结构。

在小说开始第一章的讲述前，是长长一段"题叙"文字，那是梁三和梁生宝（宝娃）的家史。这其中，有着对他们出身、遭遇、心理、性格、意识的探源和钩沉。为了能让这两个形象鲜活地走出来、立起来，作家柳青拿出了他对关中平原社会历史、地域风情最深厚的认知和感悟，起笔就把我们带回了陕西饥饿史上有名的民国十八年："阴历十月间，下了第一场雪。这时，从渭北高原漫下来拖儿带女的饥民，已经充满了下堡村的街道……"然后，作家将广角转为长镜头，指引我们来到这个稻区蛤蟆滩住户、命运不济的前佃户梁三跟前。因接连死了两回牛,媳妇死于产后风,他将父亲创下的家业败光,就连三间瓦房也拆得卖了木料和砖瓦,重又住回爷爷留下的草棚屋里。此时,面对涌来的饥民,年届四旬、本已心灰意冷的梁三,不吭不哈地为自己设计了人生的转机,通过暗中打量挑选,将四岁的宝娃和他的寡母领回家来,重新燃起了创家立业的热情……

这一段历史,让我们看到了梁三生命中焕发的光亮。然而,十年过去了,五十出头的梁三累弯了腰,还得了咳嗽气喘病,却并没有完成创家立业的心愿,那个"倔强得脖子铁硬,不肯在艰难中服软"的梁三渐行渐远。而与此同时,长到十三岁的梁生宝开始熬长工,接受了"要得不受人家气,就得创家立业,自家喂牛,种自家地"的教育。十六岁那年,生宝显现了少年生命的光彩,他自作主张,赊付了五块工钱,将财东家失去母牛、担心养不活的小黄牛犊牵回草棚院。继父梁三被这事打击得脸都灰白了,直呼"傻娃"!亲妈也痛心地训他"心眼儿太大"。当梁三"向前跑了两步,向儿子伸出两手,以按捺不住的激动,计算着五块银洋的价值"时,宝娃却不慌,说出了自己的算账方法——"爹!你那是个没出息的过法""照你的样子,今辈子也创不起业来。熬长工的人嘛,要攒多少年,才有买一条大牛的钱呢?这牛犊几块钱,叫俺妈用稀米汤喂上。大了点,你就从渠岸上割草喂它。几年以后,咱就有大牛了"。当老汉惶恐地质问"活得了吗"时,宝娃一语道破:

"死了拉倒。这才几个钱。你年轻时,不是说大牛也死过两条吗?"

这些笔墨,将年少时期主意大、目光远的梁生宝写活了。宝娃十九岁那年,小黄牛长成了大黄牛,而梁生宝创家立业的锐气比他继父大百倍,他们父子租地借米买肥料,破命(方言,意为拼尽全力)干了一年,那叫咋个苦来?作家柳青对此也用情地泼下了浓浓笔墨:

> 在最紧忙的夏天,生宝从地里回来,要蹲在铺着被儿的炕上吃饭,要不然吃饭中间一瞌睡,碗就掉在地上打碎了。梁三老汉从稻地里泥脚泥手爬出来,躺在渠岸的青草上,没力气回家,生宝回到家里叫他妈提饭去给老汉吃。可怜的梁三老汉啊,他担心有人夜里扒开水口,偷放走他稻地里的水,通夜就在渠岸的青草上睡觉哩。无情的蚊子把老汉的脸、胳膊和腿都叮肿了。但是老汉经常是一声不吭地干活,有时候脸上还露出幸福的快乐的笑容,在人们中间以自己重新变成一个庄稼人为无上光荣。为了少拉些账债,这家人狠住心一年没吃盐、没点灯……

这是父子二人创家立业心志与行动的高潮。然而结果却是,还没等扎起装稻谷的席囤子,稻谷已然被盘剥得颗粒不剩了。等交过地租,还过肥料欠债,剩下的稻谷却被下堡村大庙里头的保公所打发保丁来装走了……生宝一时间心中苦楚,这样的苦,今天的人们能够想象吗?

生宝他妈趴在街门外土场上的碌碡上,放声大哭。生宝的妹子和童养媳妇见她哭,也跟着大声嚎叫,好像送葬一样,送走了剩余的稻谷。生宝拧着浓黑眉,噘着嘴,多少日子一句话也没有。任谁也问不响他一句。他变成哑巴了。

二十一岁时,梁生宝被国民党拉了壮丁,梁三只好卖了大黄牛赎他回来,并打发他钻进了终南山,避免再一次被拉走。至此,梁三彻底认命了,变得"平静而心服","再也不提创家立业的事了"。而伴随着这苦难经历一同增长的,是这草棚院内相濡以沫的亲情——"再也听不见牛叫的草棚院里,老汉、老婆、闺女和童养媳妇,靠着梁生宝不定期地从终南山里捎回来的钱,过着饥寒光景。老两口头上都增添了些白头发,他们显得更加和善、更加亲密了。他们没有什么指望,也没有什么争执,好像土拨鼠一样静悄悄地活着……人们赞美这对老夫妻,灾难把他们撮合起来,灾难使他们更和美。"

梁三老汉没有想到他的梦想还有复活的那一天。解放后,梁三老汉在土改中分到了十来亩稻地,这让他像在梦里一般。小说放开笔墨去写他的时而惊喜、时而怀疑,最终"竟竭力把弯了多年的腰杆,挺直起来了",他对生宝说的"世事成咱们的啦"很难通晓,但他对富裕庄稼院自足的印象复活了,他梦见住在瓦房院里了——"就是他早年拆掉的那三间房,现在重新盖起来了。那一东一西的稻草棚棚,现在也换成瓦顶的东西厢房了。啊啊!这是一座三合院嘛!"这位梦里的三合头瓦房院的长者,穿着很厚实的棉衣裳,行动起来有些笨手笨脚,心里想着"你们有孝心,我有疼心"!这种梦中景象关联的自然就是梁三最深的情结,我们从他梦中的大庄稼院交响曲中,感受到了他创家立业的又一次心理高潮:"后院里是猪、鸡和鸭的世界。前院,马和牛吃草的声音很响……猪、鸡、鸭、马、牛,加上孩子们的吵闹声,这是庄稼院最令人陶醉的音乐……"有了土地,就不愁创家立业了,梁三对生宝妈吐露心声:"我说,拿咱宝娃种吕老二那十八亩稻地的那股劲头,你看吧,有咱老两口的好日子过呀!"然而,梁三老汉没想到,这一回他面对的是更大的失望,梁生宝当民兵队长,入党,却对这回预期"必定办到"的创家立业没那么热心。生宝"种租地立庄稼时的那个心,好像被什么人挖去了,给他换上一个热衷于工作的心"。当梁三提醒儿子"有空儿把自家的牲口侍弄肥壮,把农具拾掇齐备,才是正事啊。赶紧退党去吧,傻瓜",却不料生宝用十几年前买吕老二的牛犊时同样的话回答他:"你那是个没出息的过法!"并且口气比那时更大、更傲。(以上引文据"题叙")

"你那是个没出息的过法!"——同样的一句话,隔着十几年时间,还是由儿子生宝说出,中间的"世事"之变,不是沉浸于旧梦的梁三老汉能够一下子通晓的。儿子不能与继父一同重拾旧梦的原因在于,儿子已经不是原来的那个宝娃。从一个在饥荒生死线上侥幸存活的"光屁股",到敢于破命创家的果决少年,直至不信命而信"世事成咱们的啦"的新农民、新青年,梁生宝这个人物形象没有离开他性格中的"大"与精神中的"远",而他之所以换上一个热衷于工作的心,是因为他的生命获得了新的意义,"从直接为自己间接为社会的人,变成直接为社会间接为自己的人了"(第十六章)。这种精神之变,让梁三老汉从前那个所谓孝顺的生宝一去不返了。

梁三老汉创家立业的心愿再度幻灭。早年拆掉三间瓦房的地上长起来的那棵榆树已长到碗口粗,成为小说中梁三内心对抗生宝的意象。

现实中的人和事还在戳痛梁三老汉的旧梦。富裕中农郭世富是梁三老汉顶羡慕的人,如今终于将三合头瓦房院添建为四合头大院了。梁三最心服、最敬仰的郭二老汉,与他那贪活不知疲劳、外号"铁人"的儿子郭庆喜终于创立了家业,而且庆喜是个记住自己五岁离娘苦处的孝子,"见天给老爹保证二两烧酒,报答当年抚养的恩情"(第一章,下同)。在这对父子关系的对照之下,梁三老汉"冤得简直要落下泪来了"。他比一般发家心切的人更多出一层心结:人家心好命也好,养子生宝则对自己不孝。

作为草棚院内"旧梦"的怀有者,"心好"是梁三突出的特征,他和生宝妈经营的草棚院是充满爱和包容的。与生宝妈溢于言表的爱相比,梁三以他日常勤快劳作的身影作为陪衬,沉默中蕴藏着温情。甚而至于,他对体弱多病而早逝的生宝的童养媳,也怀有父女一般的追念。当然,这种别人看来显得过分了的追念,一如他对女儿自幼许婚于人所持不容更改的态度一样,反映了他对旧式家庭、婚姻道德和人与人之间义利准则的看重,并且在这个方面毫不掩饰他作为家长的强硬。虽然徐改霞喜欢生宝,但因她在接受新的婚姻法宣传后解除了旧式婚约,梁三便对这位见天上门找女儿秀兰一块上学的女子充满嫌恶,因为在他看来,"只有坏了心术的人,才能做出这等没良心的事来"(第一章,下同),他曾凶神恶煞地警告,让女儿秀兰少跟改霞拉扯。另一方面,梁三对外表现出一种人善被人欺的卑微特征,他在受到轻视甚至戏弄时并不生气,原因在于他抱定了"顺从"原则——"只有像他哥梁大、郭二老汉他们一样创起业来,才能被人尊重。"可见,创家立业与受到尊重,在梁三心中高不可攀、价值千金。归根结底,在梁三懦弱、顺从又时而倔强、执拗的性格之下,有着守旧模式的克己向善造就的"心好"之"善"。这种"善",决定了他的创家立业,必定是踏实吃苦、毫无机巧与贪念的耕耘,这样的创家立业在旧社会的盘剥压榨之下最难达成;这种"善",决定了他因未能创下家业而在人前低眉顺眼、自惭形秽,即便有所抱怨,也多在私下里默念;这种"善",决定了他对生宝撇下草棚院只顾世事之"不孝"发出的气恼,也只限于口头唠叨而无实际阻挠。

应该说,梁生宝是脱离了只看眼前事实之局限的新型农民,他了解蛤蟆滩农民的这种局限。他曾对县委杨副书记表达了自己的认识:"庄稼人都是务实的人嘛!不保险可不干。嘿!耳听为虚,眼见为实——这是庄稼人眼见过小家小户光景,没见过社会主义嘛!就拿俺爹说吧!俺父子在一口锅里舀饭吃,我做梦,梦互助组!俺妈说,俺爹做梦,梦他当上富裕中农哩!""富裕中农的光景,在他眼里再美没有哩嘛。社会主义他没见过,咱不能强迫他相信。咱只能做出样子给他看。"(第十六章)一次,他坐在矮凳子上开导继父认清自发道路:如果不走互助合作道路,爷俩像租种吕老二那十八亩稻地那样使足劲儿做,也许能年年粮食有余头,有力量买地;而像任老四一样的贫困户离开互助组,搞不好生产,就可能年年卖地,"十年八年以后,老任家又和没土改一样,地全到咱爷俩名下了。咱成了财东,他们得给咱做活!是不是?"(第七章,下同)梁三老汉对于自己当财东的话题表现出浓厚兴趣,拿出了自以为能够保持"心善"的避免剥削的意见:"咱不雇长工,也不放粮。咱光图个富足,给子孙们创业哩!叫后人甭像咱一样受可怜。……"生宝继续向他宣传:"图富足,给子孙们创业的话,咱

207

就得走大伙富足的道路……将来,全中国的庄稼人们,都不受可怜。现时搞互助组,日后搞合作社,再后用机器种地,用汽车拉粪、拉庄稼……"继父梁三原本被此前一番话中关于批判剥削的道理说动了心,可一听这些便又觉得是不着边际的空谈了——"老汉轻蔑而嘲笑地眯起皱纹眼皮,问:'要几年?用机器种地要几年?明年?后年?'"这种情况下,"生宝说不上要几年",并且"生宝是个诚实人,他不能胡诌"。对于继父梁三,生宝是有着深刻理解与体谅的,他曾对下堡乡卢支书评价继父的"自发性儿":"你给他说些进步话,他就好了;他看见人家过光景,又生我的气了。"(第十七章)但生宝对继父有信心,"只要不决裂,他相信,他将来能改变继父的想法"(第七章)。

  梁生宝对于身在解放后、心在解放前的继父没有抱怨,更没有表现出直接对立。他深知跻身于蛤蟆滩小农中间的继父梁三固执、迂腐之外的可爱。当这位不通世事的继父向他发出牢骚、指责时,他多数情况下是笑着面对。

  当初,梁三为生宝不辞而别去买新稻种气愤到半癫狂状态,前所未有地冲着生宝妈大闹一场:"你母子两个串通了灭我老汉啦?""谁见过汤河上割毕稻子种麦来?听说过吗?……"(第一章)当因为生宝这"时兴人真个胆子大"的增产计划遭遇众人嘲弄时,梁三对生宝的怨气无法比拟。而当生宝买回稻种引得众人都想来分,最终分得自家不够了时,梁三又禁不住灰心地盯着生宝表达怨恨:"你呀!你太能了!能上天!你给互助组买稻种嘛,你给大伙夸稻种这好那好做啥?这阵弄得自家也不够了!好!好!精明人!"(第七章,下同)面对这种为小农利益受到损失而急眼的表现,"生宝反而嗬嗬地大笑了",而心怀不满的继父心有不甘,他抛出了生宝要把卖荸荠的钱给互助组进山割竹子做底垫的话题,设计了与生宝的"软对抗"。

这是全书最生动活泼而又画龙点睛的一场戏。第七章中,一向节俭而少有花费的老汉提出,卖荸荠的钱,他要使唤十块,因为他的汗褡穿成马笼头了。而当生宝妈说已预备拿鸡蛋卖钱,给父子俩一人扯一个汗褡时,老汉明着闹别扭说:"鸡蛋甭卖!""我要吃。"这时,家人们已经开始为他笑场,生宝妈忍住笑问他吃得了五个母鸡下的蛋吗,老汉的回答简直是在卖萌:"我早起冲得喝,晌午炒得吃,黑间煮得吃……"这时,闺女秀兰急忙端着饭碗奔出院子,以免当场笑喷,而生宝呵呵笑着,"并不觉得事态有一点严肃",问:"你老人家舍得那样浪吃吗?"这时老汉向生宝露出了锋芒:"我怎么舍不得?光你舍得(指为了互助组舍了自家)?"当生宝妈助战儿子反问"你舍得,扯个汗褡也用不了十块钱呀"!老汉以他幽默的孩子气,出人意料地抖出了包袱:"你甭和我寻气!我给人家十块钱做啥?我那么傻?我在黄堡镇下馆子哩。……"就在全家哈哈大笑的气氛中,梁三给出了水落石出的答案:"我不吃做啥?还

209

想发家吗？发不成家啰！我也帮着你踢蹬吧！"

梁三的这种"软对抗"还有更让生宝失笑的时候。第八章中，父子俩一同去挖荸荠。对于这块地要用于给互助组下稻秧子，老汉没意见，因为"大伙铺秧子粪的结果，会把这块地弄得很肥壮，秋后多打些稻子"。但是对于要拿卖荸荠的钱给全组进山做底垫，老汉有自己的一番掂量，他不放心大伙能及时还上，说出了令生宝吃惊的计谋："我看，不如取他们几个利息。自古常理：庄稼人们嫌背利，吃不上也尽着还账哩……"一番话，惹得生宝发出了他在《创业史》中尺度最大的一笑——

    "哈哈哈！"生宝手捉着铁锹把，脚踩着铁锹片，包头巾的脑袋，仰面朝着西边本县峪口区的蓝天大笑了。

    "你笑啥？"老汉解释说，"咱不是为得利，咱是为叫他们快还！"

    "爹，你的脑筋太好使了。黑夜间，你还说不剥削人，今前晌就变卦哩？咱互助组走社会主义的路线，你给咱定资本主义的老计！你还不如干脆直说：任老四！你活不成！我要拔你的锅！就是这话，实际就是这话。你好意思吗？爹！"

梁三老汉被生宝问得没话可说，可他紧接着用实际例子发动了第二个回合:"生禄家种一亩荸荠,为啥不给互助组底垫?(却是)拿卖荸荠的钱买地!"当生宝以自己是党员、"怎么拿我和他比"来反驳时,梁三老汉硬生生又抛出了一个例子:"郭振山也是党员!""只有你傻瓜!""人家当党员有利,你当党员尽吃亏!"(以上引文据第八章)这一回合,老汉加劲儿追击,生宝因不便评论另一位党员,肚子里一时没了词儿。而在上一次讨论中,老汉就曾借郭振山的实际例子占了上风:"你看人家也在党着哩!人家为啥不和你一样往前扑呢?人家土改毕了,人家退后一步,人家闷住头过人家的光景哩!⋯⋯"(第七章)

无可避免,在互助组的成绩还未成为事实之前,梁三对生宝不服气的态度时而升级,语气由软变硬,甚至锋芒犀利。不止如此,梁三老汉对蛤蟆滩的现状看在眼上,明在心里。他向下堡乡卢支书批评生宝互助组:"对是对,互助组你们办不成功。不是我梁三老汉一个人挡事,旁的庄稼人都不实心⋯⋯"(第十七章,下同)于是老汉一口气把富裕中农梁大、生禄父子,贫农王瞎子、拴拴父子和郭锁儿,以及中农冯有义的"不实心"讲得明明白白,点出"光光有万、欢喜、老四⋯⋯他们几个和生宝一心。旁的都含含糊糊⋯⋯"

而从另一角度看,梁三老汉的这种犀利,恰表明他在密切关注生宝全力以赴的工作,并且这种关注的出发点在于:他已开始从道理上认可办互助组是对的。一方面,他赞同消灭剥削,实行互助合作;另一方面,他又认为机器种地是空吹,互助组人心不实办不成。在这种矛盾心理之下,他对生宝为给互助组谋生计,担着风险带领人马进山割竹子忧心忡忡。他觉得"自古以来,个人只为个人担凶险,不为旁人担凶险","当老人的不应当坐等出了事再说话"(第十七章,下同)。但对于现在的生宝,老汉已然刮目相看,"在买稻种去的时候,老汉还料不到,生宝是这样一个吃铁化钢的家伙",以至"现在他在生宝面前也感到自卑了。他几乎没有一点信心,开口说服生宝不要闹得太大"。显然,梁三对生宝和他的工作不断有新的感知和判断,他觉得生宝"大大"超出他的想象——"只有少数心大性强的人,才敢这样大闹乾坤。一旦爆发出来危险,会到不可收拾的地步。"而正是在这个觉得再也不能无动于衷的关口上,梁三老汉迎来了打开心结的机缘。面对内心焦虑、主动找上门来的梁三,下堡乡卢支书指出日子有不一样的过法:"他(生宝)是过大日子的神气。你老人家要过小日子。我知道,你父子俩,就为这个矛盾着哩!"谈论间,卢支书找准话茬儿,把过大日子的生宝与过小日子的老汉联系起来:"你老人家甭拉生宝的腿,俺工作得就快。河这岸,下堡村的人都说:'看人家稻地里梁三老汉指教出来的子弟吧!生宝骨血是渭北人,心术是梁三老汉的心术,真是好样!'人家这样高看你老人家,你千万不要做低了,叫人家笑!"听到下堡村的人竟这样抬举生宝,梁三意识到自己已然用"庄稼人的小气"妨碍了生宝"叱咤风云的气魄"。这时,卢支书又在老汉最在意的实际问题上给出了定心丸:"出了事情,也是俺共产党的事情,怎么能叫生宝一个人坐班房呢?"

生宝进山前,梁三老汉不仅把心放平了,而且把对生宝的抱怨和挑剔扔开了。恰如秀兰向哥哥生宝报告的那样:"爹从乡上回来,和气得很了。说你是干大事的人,他愿意老天保佑你,甭栽跤最好。"(第十七章,下同)这时,妈妈阻挡生宝去见心情复杂的继父:"他难受。你要离家一个月,他替你担一份心。他嘱咐俺:等你回来告诉你,甭惊动他。他说:他独独在马棚里睡到天明,你已经不在家了。他说:他看见你要走,心里说不出的滋味……"与生宝去郭县买稻种时梁三的剑拔弩张相比,此刻继父裸露的是内心最深处的那一片柔软。父子感情升华,草棚院的故事出现重要转折。

生宝进山后,县上派来指导互助组密植水稻的农技员韩培生,住进了生宝的草棚屋,而梁三老汉是亲眼看到密植水稻、丰产计划付诸实施的人。小说借农技员的观察,写出了这时梁三对生宝的态度。这时,老汉嘴里念叨"梁伟人"的语气里虽仍含着讽刺,但更多意味在于牵挂。小说写道:"有几次,黄昏的时候,农技员发现生宝的继父不在草棚院。他出街门去看,老汉独自一个人,秘密去看互助组的'扁蒲秧'。生宝他妈告诉农技员:土改的时候,对分得的土地,也是这神气。"(第二十六章,下同)这印证了欢喜的说法:"老汉心里在关心互助组的事情。"显然,这不是普通的关心,而是对土地上诞生新的希望的刻骨而动情的关切!梁三老汉已经融入了互助组的计划。

生宝进山期间,梁三老汉经历了王瞎子听闻拴拴在山里受伤后上门问罪,以及王瞎子、梁大前后脚宣布退组等一系列糟心事。待生宝带着人马凯旋后,他与名声大振却又不断遇到新的烦恼的儿子之间,更是一种同呼吸、共命运的关系——

> 经过了买稻种的事实,进山割扫帚的事实,面对着两户退组而不动摇的事实,他对儿子从心底里服气了。"在党"可以把一个庄稼人小伙子变得这样强大,窝囊受气一辈子的梁三老汉,有什么话说呢?梁三老汉给人夸口说:宝宝有这个气魄,把十亩地和一个草棚院一脚踢了,肚里也顺气。要干,干吧!
>
> (第二十九章)

《创业史》(第一部)中,梁生宝带领互助组创业成功的经历,便是互助合作优越性被证实的过程。《创业史》"第一部的结局"中,对梁三老汉形、神的描摹,以及对其心理的刻画,渗透着新旧两种创业史的对照,映射出梁三老汉在全新社会形态下精神的升华。这是草棚院故事的灵魂。

供销合作社门市部前的排队者中间,站着"穿着笨手笨脚的新棉袄新棉裤"的梁三老汉。人们正在议论蛤蟆滩灯塔农业社年轻的主任:"咹!他爹没名!听说跑了一辈子南山,官名叫啥,人都不知道喀!你看吧!这社会,就要在咱穷庄稼人里头出人物哩!"其中后一句话,该是对湮没无闻的梁三老汉最大的奖励吧。结尾处的文字十分醒目:"人活在世上最贵重的是什么呢?还不是人的尊严吗?……梁三老汉提了一斤豆油,庄严地走过庄稼人群。一辈子生活的奴隶,现在终于带着生活主人的神气了。"

对于认为只有创起业来才能被人尊重的梁三而言,这个最新到来的时代,是最好的礼物。一个好的时代,必定是让人找回尊严的时代,一定是将精神向上托举的时代。《创业史》由此指向了现实主义创作令人信服的深度。

四、"时代之美"荡气回肠——梁生宝与徐改霞

一部文学经典,最耐人回味的,是它的审美价值。

在《创业史》(第一部)中,梁生宝、徐改霞、梁秀兰等是具有了新时代价值观念和精神气质的新青年,他们的灵魂中散发着人性之美、时代之美的光辉。如果说时代新人梁生宝体现了集体主义的精神高度,那么,时代新人徐改霞则体现了个体生命意识的觉醒。

1. 梁生宝形象的精神特质

首先,时代新人梁生宝的形象是美的。

小说前四章写足了各色人物对梁生宝的怨怒、议论、惦念后,梁生宝的心性、做事已由不同色彩层层勾勒,这位主要人物的气场蓄势已足,于是,大幕徐徐拉开——第五章中,穿越八百里秦川的列车载着买稻种的梁生宝出场了。

对于梁生宝这样一个心怀理想激情、做事胆大心细、为人踏实老成的形象,作家柳青是如何介绍给我们的呢?暮色四合时分,梁生宝被列车甩在茫茫春雨笼罩下的小站上,他成了整条小街上最奇怪的一个人:

你为什么不进旅馆去呢?难道所有的旅馆都客满了吗?

不!从渭河下游坐了几百里火车,来到这里买稻种的梁生宝,现在碰到一个小小的难题。蛤蟆滩的小伙子问过几家旅馆,住一宿都要几角钱——有的要五角,有的要四角,睡大炕也要两角。他舍不得花这两角钱!他从汤河上的家乡起身的时候,根本没预备住客店的钱。他想:走到哪里黑了,随便什么地方不能滚一夜呢?没想到天时地势,就把他搁在这个车站上了。他站在破席棚底下,并不十分着急地思量着:

"把它的!这到哪里过一夜呢……"

回忆着收集买稻种的钱是多么不易,掂量着买稻种使命中所含的信赖与希望，梁生宝主意便拿定了：

现在离家几百里的生宝，心里明白：他带来了多少钱，要买多少稻种，还要运费和他自己来回的车票。他怎能贪图睡得舒服，多花一角钱呢？
……
"不！我哪怕就在房檐底下蹲一夜哩，也要省下这两角钱！"

接着，几句心理描写把这个形象灵魂深处闪耀的时代特质写活了——

做出这个决定，生宝心里一高兴，连煤气味也就不是那么使他发呕了。……而当他想起上火车的时候，看见有人在票房的脚地睡觉的印象，他更高兴了——他这一夜要享福了，不需要在房檐底下蹲了。嘻嘻……

从这些文字中，能够读出作家柳青笔下是多么用情啊！寒酸吗？不！苦情吗？不！一个人，对于物质的欲念淡泊到这样的地步时，他内心留下的是什么呢？跟着这些经典的文字，我们真切地看到了那个时代最高贵的精神之光——

他头上顶着一条麻袋，背上披着一条麻袋，抱着被窝卷儿,高兴得满脸笑容,走进一家小饭铺里。他要了五分钱的一碗汤面,喝了两碗面汤,吃了他妈给他烙的馍。他打着饱嗝,取开棉袄口袋上的锁针用嘴唇夹住,掏出一个红布小包来。他在饭桌上很仔细地打开红布小包,又打开他妹子秀兰写过大字的一层纸,才取出那些七凑八凑起来的,用指头捅鸡屁股、锥鞋底子挣来的人民币来,拣出最破的一张五分票,付了汤面钱。这五分票再装下去,就要烂在他手里了。……

尽管饭铺的堂倌和管账先生一直嘲笑地盯他,他毫不局促地用不花钱的面汤,把风干的馍送进肚里去了。他更不因为人家笑他庄稼人带钱的方式,显得匆忙……

对别人的嘲笑毫不在意,却独自享受由衷的高兴。他按照事先想好的计划来到小站票房,头枕着过行李的磅秤底盘,上面衬着麻袋和他的包头巾,和衣睡下了,"独自一个人笑眯眯地说:'这好地场嘛!又雅静,又宽敞……'"

明明是"苦",怎么就笑得出来?读不懂梁生宝这一路上的"笑",便难以领会《创业史》记录的时代之美。

"题叙"部分所述梁生宝的苦难史,印证着一个事实:没有一个好世道,豁出命干也无济于事。中华人民共和国成立后,要建立一个让所有人都不"命苦"的好社会,这让梁生宝心里一下敞亮了:不管有啥苦,心里也是甜;不管有多忙,心里也不累。对于梁生宝,作家柳青这样写道:"度过了讨饭的童年生活,在财东马房里睡觉的少年,青年时代又在秦岭荒山里混日子,他不知道世界上有什么可以叫作'困难'!他觉得:照党的指示给群众办事,'受苦'就是享乐。只有那些时刻盼望领赏的人,才念念不忘自己为群众吃过苦。"(第五章)

当年,从《创业史》(第一部)中抽出的文字——《梁生宝买稻种》,因进入语文课本而伴随了一代又一代人的心灵。如今细细品味,这个深深植根于生活的人物,具有四种经典的精神之美。

(1)心中有光,气度超常

在梁生宝一切言行的背后,有着美好而炽热的理想之光,这是他作为时代新人最醒目的底色,也是他忍辱负重、一往无前的力量之源。

梁生宝与继父梁三创立家业的理想在旧社会破灭了,而投身于新社会的"世事"后,他心中所有的迷茫都被一种崭新的理想和信念驱散。让剥削、压迫消失,为所有的人不再贫困而创业,将分散、独立的劳动在社会主义原则下组织起来,建设人民共同当家做主的新生活。梁生宝之所以对创立家业不再热心了,是因为他懂得,这份家业已经必然地与互助合作的家业合为一体了,这是新社会现阶段创业的选择,而草棚院内的养父梁三,最终要享受这共同创业带来的幸福。小说多次写到梁生宝与县委、区委领导探讨社会主义原则和互助合作的前途,也多次插入他对蛤蟆滩形势、问题的思考，充分显现了他的理想和信念是建立在清晰、透彻的认识和判断的基础上。

梁生宝的理想和信念，得到了身边现实榜样的支撑和激励。在全县互助组组长代表大会上，全省著名劳模、窦堡区大王村互助组组长王宗济介绍的经验，令他深受鼓舞。大王村最初只有王宗济互助组是认真互助，其余都是"应名"，过了两年，全村被带动起十四个互助组，并且都认真了，直至形成两个组联起一个生产合作社的局面。这漉河川稻地村取得的成绩，令汤河川稻地村的梁生宝看得更清楚了："百姓从前是一样的可怜，只要有人出头，大伙就能跟上来！"（第五章，下同）面对台上四十多岁的王宗济，台下二十多岁的梁生宝为村代表主任郭振山不热心互助组事业而感到可惜，在王宗济的挑战演讲结束后，在三千听众的会场里，"穿黑棉袄、包头巾的小伙子，在人群中站了起来，举起一只胳膊，大声向主席台喊：'黄堡区下堡乡第五村梁生宝，要求讲话！'"当他下定决心走下来时，他已经是一个肩起更大责任和使命的公众人物了。

这种为集体主义理想和道路奋斗的热情，化为明朗、乐观、坚定、自信的气质与风度，渗透于梁生宝质朴、坦荡的做派中。在他提出割了稻子，不种青稞种麦子的增产计划时，蛤蟆滩众人议论纷纷，有人说他"人年轻，做事没底底"，有人说"县里夸奖他几句，他就脚跟离地了"，更有人不客气地指出"梁生宝不自量,等碰破了脑袋以后,他才知道铁是铁,石头是石头"(第一章)。而胆大心细的梁生宝却想方设法筹集了钱款,毫不动摇地踏上了买稻种的旅途。当梁生宝买回稻种,那些曾因种种怀疑和担心没有接受他"可以给大伙捎办"建议的人,却都围在草棚院里表示想分稻种。这时的梁生宝没有为小农的自私而反感,却是心中一片豁朗:"现在,这些庄稼人尽管有前进和落后、聪明和鲁笨、诚实和奸猾之分,但愿意多打粮食、愿意增加收入,是他们的共同点。这就使得互助合作有办法,有希望了。"(第七章)这充分体现了他的胸怀、境界和格局。随着思考的深入、经历的增加,梁生宝逐渐加深了对大部分庄稼人要看事实这个普遍情形的理解,掌握了主要依靠贫农的原则,明确了勉强拉扯中农反而易把互助组弄成形式的判断,这令他变得更加沉稳大度、敢做敢当。对于梁生宝的格局和气魄,作为对立面的富裕中农郭世富也深为叹服:"可不敢小视他。他没俺振山老大(郭振山)咋呼得厉害,心里可有钢!他把咱滩里困难户的生活问题儿,担在他肩膀上哩!"(第十章)而当听说郭世富也要去买"百日黄"稻种与互助组一比高下时,"年轻的生宝把世富老大的挑战,根本没放在眼里头。他更重视窦堡区大王村的新发展。至于苍头发老汉(郭世富)的活跃,是暂时的。右眼上眼皮有一块疤痕的姚士杰恶狠,也是暂时的。他们要重新服软的。生宝感觉到:蛤蟆滩真正有势力的人,被一个新的目标吸引着,换了以他的互助组为中心,都聚集在这里"(第十三章)。

即便在蛤蟆滩最有威望的党员、代表主任郭振山对他心怀芥蒂、袖手旁观,甚至制造负面舆论或当面贬低、打压的处境下,梁生宝从不对外表现任何对工作不利的辩解与委屈。他忍辱负重,把越来越复杂的形势消化在心里,把令人望而生畏的责任扛在肩上,"他决心以互助合作的成功,促使郭振山认识自己的错误"(第二十九章)。在梁生宝的精神深处,有着一种通天的光明:有党和政府做靠山,他心中有底;依靠互助组内的基本群众,咬住牙实现增产目标,就会赢得支持,打开出路。这样一种一以贯之、勇往直前的韧性,成就了这位时代新人最强的能量和气度。小说中,这位主人公表现出的本色与坦荡的人格魅力,正是这种气度的外露。

(2) 舍我其谁,当仁不让

当土改结束、土地证发放,蛤蟆滩各式人物多在精神惯性中沿袭着旧社会单干发家的生活梦想。不情不愿地纳入互助组的富裕中农,只从自身利益出发,兴趣在于以大庄稼院的牲畜、车驾换取草棚院的劳力。只有分地后仍缓不过劲儿来,并且面临再次出卖土地处境的贫雇农,才一心指望着互助组寻找活路。决心当好常年互助组组长、干出一番明堂的梁生宝,为了带领成员们实现增产计划,就必须把穷人养家糊口的担子揽在自己肩上。村代表主任郭振山对互助组工作态度消极,甚至在行动上表现出个人发家的倾向,这种情况下,梁生宝更是拿出了全力以赴、舍我其谁的担当。

梁生宝只身从郭县买回"百日黄"稻种,实施新式秧田、密植水稻、稻麦两熟以提高产量,这不仅让贫雇农们看到了改变生活的希望,而且令全蛤蟆滩包括富农、富裕中农们都觉得机会不容错过。梁生宝带领他的常年互助组,走向了蛤蟆滩舞台的中央。

密植"百日黄"稻种需要大量追肥,可富裕中农卖些余粮就可轻松得到的肥料款,对于靠借粮度饥荒的贫雇农们可是个难题。为此,梁生宝拿出了办法,决定清明后带领互助组进山割竹子、运扫帚换钱,这让顾老四等贫困户对生宝和互助组更加充满依赖、信任。这个集体进山计划,再次令梁生宝互助组成为蛤蟆滩人谈论的焦点。而火烧眉毛的问题又摆在眼前:"活跃借贷"受到富农姚士杰、富裕中农郭世富等的强硬抵制,借不到粮食的穷困户无法度过春荒。活跃借贷群众会现场,等不到结果而忧心忡忡的人们不愿离开,他们终于打消了指望郭振山会有办法的念头,围住了他们越来越看重的梁生宝。这些组外的穷户们分散在别的季节性的临时互助组,实际上并无依靠,其中"有几个人,突如其来,提出扩大梁生宝互助组的要求"(第九章)。这时的一番对话,显现了人心所向——

"乡党们,"他(生宝)作难地说,"我这互助组才整顿好嘛。我又是头一年当组长嘛。明年,叫我锻炼上一年,明年,大伙看我办事还差不多,再来。我年轻,没能耐,害怕闪得大伙过不好光景。"

"我们长眼着哩,你买稻种的事,办得不赖。"李聚才说。

"你甭光看见你的几家邻居亲近!"瘦高个子王生茂笑说。

"草棚屋虽远点,稻地可相连着哩!"严肃的杨大海说。

(第九章)

对于这一情形之下梁生宝再次当仁不让的担当,小说写得细致、充分,写出了梁生宝向灵魂人物角色转变的能力和气场。望着这些在临时互助组内被用畜力换取劳力后便别无生计,因而年年有春荒的困难户们,梁生宝心里难受。然而,他想到了如果他的互助组新收几户没牲口的组员,畜力成了大问题,反而弄不好,"他不能冒冒失失,办出没底底的事"(第九章,下同)。但梁生宝就是梁生宝,"他觉得从这群穿破烂衣裳的人中间悄悄地溜掉,是可耻的"。其实,见会还开不起来的时候,生宝就已开始实施帮助组外更多穷户的计划,他在角落里做通了上河沿唯一富裕中农——"铁人"郭庆喜的工作,要他借粮给他自己选区的困难户,并让这些接续上口粮的人,配合生宝互助组从山里往山口运扫帚,以此获得收入。而当更多组外穷汉寻求帮助时,生宝调整了这一计划,让原计划运扫帚的上河沿困难户和生宝互助组一同割竹子,而让此前未纳入进山计划的别的穷户们担当运扫帚的任务。这意味着,生宝将帮助范围扩大至全村的困难户。说到后纳入运扫帚计划的这些困难户度春荒的口粮问题,生宝迎刃而解:"想办法!一交开扫帚,他供销社就要给开脚钱……这样,暂时缺的口粮就少了,就好想办法了。"

在郭振山对组织领导"活跃借贷"显得无能为力之际,梁生宝借由重新归纳进山计划,将互助合作的信号送达蛤蟆滩所有困难户。按照他的办法,蛤蟆滩困难户们在参加进山割竹子、捐扫帚任务后,基本上没春荒,连上稻地的肥料也有着落了。这让他焕发出承担蛤蟆滩前途命运的勇力。这个胆大心细的互助组组长,迎着困难乘风破浪,焕发出众望所归、力拔山兮气盖世的人格魅力。

(3) 指挥若定,处变不惊

少年时代就从做事上显露"心大"特质的梁生宝,在成为蛤蟆滩焦点人物的过程中,日益表现出令人信服的组织领导才能,特别是带领众人实施进山计划,令他经受披荆斩棘的考验,领袖气质和相应的人格特征充分展露。

这次进山计划因客观因素增加了难度。老爷岭这头封山育林,生宝的队伍需多走四十里,翻过山岭,在苦菜滩一带割竹子。而那四十里山路被喻为"猴路"——"直上直下,岭两面像走梯子一样"(第十七章,下同)。不过,这难不倒胆大心细

225

的生宝——"害病、受伤,俺带着药哩。老虎、豹子,有万带着快枪哩"。而小说的着重点在于,更深一层地表现他有勇有谋的主帅风度。

首先是为众人提供物质、精神双重激励。

生宝在黄堡镇以集体名义与区供销社订立扫帚合同时,预支到三分之一的扫帚款二百五十块,计算后发放给进山的人们,"让大伙买安家的粮食,买换季的布匹,买进山用的弯镰、麻鞋、毛裹脚……"(第十三章,下同)然后,向这些队员们讲了他订合同时听到的例子:漉河川大王村以王宗济农业合作社为骨干,全村的互助组都参加,订了一万把扫帚的合同,中农、贫农齐上阵,解决了全村口粮、换季布匹和稻地肥料问题。生宝是想借此让大伙不要目光短浅地只看到这预先分到的十几块钱,而是要看到贫雇农团结起来的力量,看到互助组未来的前途,不要因目前的生活困难而在中农面前感到自卑——"只要贫雇农拧成一股绳,走互助合作的路,中农就得跟着来!"生宝的领导艺术显而易见。进山之前鼓足士气,给大伙生活上解忧、精神上加油,组织了一支有雄心、有气魄的战斗队伍。第二十二章集中交代了生宝率队进山的情形:他们进入汤河口溯河而上,一路历险"过了一百二十四回汤河和两回铁索桥",经过"号称四十里的龙窝洞",然后攀上老爷岭,来到位于老爷岭与秦岭主峰大岭之间的目的地——苦菜滩。当他们在南碾盘沟茅棚店歇了一晚,被生宝大声喊着集合起来,准备向竹子较多的北磨石岔出发时,这十六个人的小小队伍,"已经是一个引人注目的集体了。人数虽少,看来精神力量相当强大"。

其次是分工协作间不忘活跃精神,让大山里的生活有了灵魂。

由南碾盘沟起身向北磨石岔行进时,生宝以搭建营地茅棚为目标做了分工,宣布兵分三路:一路先到北磨石岔盘锅头,一路在离北磨石岔五里的杨树林子里砍橼,一路去割缮棚的茅草。三路人马各自完成任务,到北磨石岔重新汇合并搭建起共同的家舍后,生宝又做出了割竹子的具体计划和分工,第二天早饭后便和队员们带着弯镰和麻绳爬坡上岭了。此处强调了割竹之难、割竹之苦,也突出了生宝作为领导人的胆大心细。他告诫大家:宁肯迟几天完成任务,也不能忽略安全第一。因为第一天爬岭割竹显得相当混乱,生宝第二天就把全体分成两组,并补充了注意事项:深山劳作,万不敢离群。从进山前的各项准备,到进山后行进、歇脚的安排,以及营盘的选定与分工建设、割竹子的细节布置,都体现了梁生宝的心思缜密、有条不紊。穿行在山林中时,他总是走在稍显笨拙的拴拴身后,以便及时检点。三天后,他们往南碾盘沟茅棚店送了第一批用竹子扎成的扫帚,由高增福率领掮扫帚的人马运回山口外的黄堡镇。而这既成规模又有效率的组织方式已然引人注目——"黄堡区三三两两结伴的进山人,都羡慕他们这种做法——扎

住营盘,死熬死战!"(第二十二章)

　　作为一位年轻的农民领导人,梁生宝胜人一筹之处在于,他很看重建设深山里的集体生活。不仅操心全队人马的安全与吃睡,而且想到了要在单调、艰苦的劳作中实施精神调节,鼓动有万唱曲儿、说笑搞气氛,建议任老四说三国故事、铁锁王三学动物叫,还特意托茅棚店老板给高增福捎话,让捎扫帚时捎副象棋来。于是,在大伙割竹子、绑扫帚忙累一天后,营地上的篝火象棋赛便开场了。

　　再次,统筹山里、山外两个阵地,机智而沉稳,乐观而坚毅。

　　进山行动的进展和反响,令梁生宝进一步设想互助组的一盘棋:"要是我互助组今年的丰产计划成功了,这些组外参加割竹子的贫雇农,明年就是我互助组的人了。至少也得学窦堡区大王村的办法,成立个互助联组吧?"(第二十二章,下同)而夜间众人鼾声响起时,生宝还常独自惦记着与进山计划并行的另一件大事,即山外欢喜和农技员下稻秧子的事。进山前,生宝就这件山外的大事做了安排,对年少的欢喜可能遇到的问题给予了提示,并授予"锦囊":一是无须迁就组内的富裕中农,甭害怕梁生禄;二是没办法了,就去下堡村寻乡里的卢支书。果然,正义却易冲动的欢喜按照这种态度和办法,让故意演双簧拆台的梁大、梁生禄父子有所收敛。其间,山里山外情况变化此起彼伏,令领导人梁生宝经受着考验。山里的意外骤然出现：在拉着割好的竹子下山途中，拴拴脚踩在竹茬上受伤。拴拴哭声好像尖刀子一样戳在人心窝，"生宝的心在扑簌簌地颤抖着"。眼见这怕啥来啥的意外打击令众人一下子变得灰溜溜的，而协助他用急救包处理伤口的冯有义甚至抹起了眼泪，梁生宝用坚定的口气安慰大家甭难受，"黄堡区卫生所的先生说来，破伤五六天就能好"！此时此刻，他意识到"他必须表现得十分坚强，用他的坚强来感染拴拴，使拴拴也坚强起来。他感到这是领导人的责任"。他用乐观的情绪带动拴拴，一方面表示，拴拴养伤不能上岭的这些日子，他割的竹子计在拴拴头上，去除了拴拴害怕父亲王瞎子计较利益而怨怒的担忧；另一方面，生宝授意茅棚店老板放出风去，就说大伙进山后割竹子已经割顺了手，连动作笨拙的拴拴，每天也从岭上往下坡拉十八把扫帚哩！意在封住拴拴受伤的消息，避免王瞎子因此闹事而影响进山计划推进。紧要时刻，梁生宝慷慨镇定，拿得稳，众人无不敬佩、感动。

祸不单行，山外的风波也接连荡进生宝心里。高增福对拴拴媳妇素芳被卷入富农姚士杰大院气愤不已，认为这是姚士杰拆散他的互助组后，又在对生宝互助组做着恶意打算，于是忍不住找进山里向生宝当面抒发忧愤。这时，"生宝的右手丢掉捏碎的枯树枝，像一把菜刀一样在空中截然一砍，十分肯定地大声喝道：'你放心！增福，你甭担心我。他姚士杰把我的互助组怎也不怎！好小子！太岁头上动土哩！'"（第二十三章）

一番话，说得高增福浑身是劲。

进山任务圆满完成，却伴随着令蛤蟆滩全体关注的负面事件的发生。梁生宝苦心呵护的拴拴、一笔写不出两个"梁"字的本家哥哥生禄，先后退出互助组，令生宝陷入被动。面对这发酵于拴拴受伤事件，背后却关联着王瞎子愚昧、姚士杰破坏、生禄两面人做派的变故，生宝照样没有输了气势、乱了阵脚。住在他的草棚屋内为他的互助组前途担忧的农技员韩培生，在与他见面的第一时间就忍不住发问："生宝，你为互助组受死受活，人家拴拴家和生禄家退出去了……"（第二十七章，下同）而生宝做出了令农技员意外的表态："我一起头就不想要这两户来，王书记硬叫收下。这阵，两个重包袱子暂时卸下，更好往前干吗！""要是我心里没底，那我慌！我心里有底，我慌啥？这回是他们自家退出去的，不是咱不要他们。好！下回他们要再回互助组来，可就好办事了……"在另一场合，生宝见有万和欢喜为退组事件气得鼓鼓的，便用乐观情绪影响这两个伙伴："你两个甭着气！……气把肚子撑破，还得我到黄堡去叫来皮匠，给你两个缝吧？"（第二十九章，下同）一方面，对于已经被父亲王瞎子强拉退组的拴拴，生宝表现出领导者大度的胸怀："入组自愿，出组自由。你告诉你爸：二回要回互助组来的时候，说话！你就说：不管他怎样不觉悟，俺们不计较他。好赖是咱贫雇农里头的人嘛。"另一方面，当任老四因"穷怕了"而不愿将割竹子挣到的几十块钱投入只是试验期的密植水稻计划时,梁生宝又以对小农自私性深入的了悟,拿出了领导者把控局面的气势:"实话说,要不是党和政府的话,我梁生宝和俺爸种上十来亩稻地,畅畅过日子,过几年狠狠地剥削你任老四!叫你给我家做活!何必为互助组跑来跑去呢?老四叔,甭老拿旧眼光看新事情吧!你还是和我们一块实行计划吧!有义和郭锁,都拿眼盯着你哩!一个人不走,事小;堵住后头的人了,事大哩!"结果,任老四"使着大劲把唾沫星子溅了几丈远,跳了一跳说:'好!是崖,任老四要跟你跳一回!'"

互助组创业一波三折,之所以最终扎稳了营盘,无疑决定于生宝的处变不惊、领导有方。胆大心细的梁生宝,散发着深谋远虑的成熟魅力。

(4)用情深挚,宽厚包容

透过蛤蟆滩互助合作事业领导人梁生宝的理想、才干、身份、角色,可感知其踏实厚道的基本品质完好如初,并且在新的精神境界下有所升华。

从小在苦水中长大的梁生宝,享受着与继父、生母和亲妹妹相濡以沫的亲情,他从一穷二白的草棚院内首先继承到的,便是堪称世间至宝的品质——讲宽厚,讲真情。小说颇有意味地设置了解放前贫病交加中的任老三,为等见生宝一面几次不甘咽下最后一口气的情节。终于一天夜里,躲抓壮丁的梁生宝从终南山潜回蛤蟆滩上任老三家的草棚屋,接受了任老三的临

231

终托孤:"宝娃,我把欢娃(欢喜)托付给你,你关照他。你教他,他,学你的……为人……"(第二十章)对于欢喜,梁生宝寄寓了这份带着责任的感情,他用情之深,在于不仅彼此互助于生活,而且关注着这位少年的成长。解放后,当欢喜妈决定儿子念完初小四年级是无论如何也不再念了时,邻居生宝坚决主张欢喜读到高小毕业:希望欢喜长大当干部不困难。在生宝的着意培养下,高小毕业生欢喜在互助组担任记工员,并且在互助组进山割竹子后,留下来协助农技员科学育苗,学习新技术,进一步为他担当骨干打基础。可以说,生宝对欢喜付出的真情中,既有手足亲情,更有精神哺育之情,寄托了他最诚恳、最高级的成长预期。

获得了精神解放的梁生宝,对于从旧社会沿袭而来的农民弱点有着深刻的体谅与包容。他曾透彻地反思旧社会之下庄稼人之间的感情:"不常常是反映人与人之间利害关系的庸俗人情吗?邻居间在利害一致的时候,相好得那么俗不堪言,一旦错收了一颗鸡蛋,拌几句嘴,就该别扭多少日子了。"(第十六章)他也记住了区委王书记说给他的话:"要把落后的农民领到社会主义的路上,可得有耐心呀!……你要知道,这对你是个磨炼啊……"(第二十二章)有了这样的认识,生宝对任老四、拴拴、郭锁儿等贫雇农的照顾、体谅与包容,并非简单出于互助组职责的安排,而是饱含真情、感同身受。另一方面,他对于轻视甚至愚弄这些贫困者的人,毫不含糊地给予鄙视和厌恶。如在分稻种现场，当富裕中农郭世富凑近生宝耳朵提出要高价购买一些时，忠厚的生宝却现出了讽刺的笑："我不是稻种贩子嘛！"爱憎分明，恰恰显现用情之真。他对改霞的感情之真，表现为含蓄而多虑。在独自买稻种途中对改霞的思念，发自情感深处，并且他喜欢改霞有着明晰的理由：聪明、有志气和爱劳动；她对公众事务的热心，和她身为大姑娘在小学生娃们中间上学求知识的落落大方，是闺女里头少有的！但正因他爱情中突出了无私的成分，担心改霞念书后或许心高了，自己主动表示爱慕会耽误想考工厂的改霞去支援国家建设……他的爱情便不太恰当地偏于理性。但他首先站在改霞立场上评判和考量，显然是厚道品性的表露，可谓情到真处反添愁。

《创业史》（第一部）中，梁生宝与继父梁三的矛盾引人注目，但同时并行的一条内在线索，恰是二人之间永远浓厚的父子深情。梁生宝曾以少有的激动态度向县委、区委领导强调"俺爹是好农民"。他说："民国十八年，没他收留的话，我的骨头这阵找也找不见了，还闹啥互助合作哩？我经常对俺爹态度好……"（第十六章）他深知继父身上有着只信眼前事实的农民的通病，更知继父的善心善念与自己是同一个方向，尽管他的事业心一度引发继父激烈的对抗，但他对继父的感情从未变淡。对于时发牢骚的继父梁三，生宝只是一边用笑回应那种特别的可爱，一边适时加以引导，给予无条件的耐心和包容。

在《创业史》(第一部)结局部分,叙述突出了梁三新棉袄、新棉裤的细节。获得丰收后,儿子操心的第一件事就是为继父圆了这个穿衣梦。互助合作事业取得成绩已是眼前事实,父子间默契的悬念终于兑现,过大日子的儿子与过小日子的继父,在圆梦新棉衣的细节处动情,他们进入了新的情感共鸣。梁生宝,这位随着时代潮流彰显风流的人物,最终回到了至情至性的观照中。

好一个众人仰仗、有情有义的梁生宝。

2. 徐改霞形象的审美内涵

在《创业史》(第一部)中,徐改霞是被置于舞台追光灯下重点作心理和情感塑造的人物。从小说结构和人物关系而言,这个人物的首要角色似乎是第一主人公梁生宝爱情生活的对象,而具体分析文本可知,就呈现生命状态和人性内涵的角度而言,这个女性形象完全可以独立、完满地占据特有的文学审美空间。

小说对活泼漂亮、向往新生活的徐改霞的描写极富时代气息,让我们真切地触摸到了那个时代:

> 她走上了大坡,进入了下堡村的北原。……从县城回家取馍的县中学生,一群一伙,三三两两,在马路上向南走来。他们唱着,谈着,笑着,热烈地争论着,到和改霞

相遇的时候,一下子静悄悄的,向她行"注目礼"了。有些在走过以后,还要扭头看一看。但是改霞目不斜视。她提着竹篮子走着,傲然昂着头,大眼睛平静地望着在她面前展开去的渭河平原,给人一种不容轻薄、不容嬉笑的凛然气概。漂亮对她来说,是一种外在的东西,与她的聪明、智慧、觉悟和能力,丝毫无关。她丝毫不觉得这是自己的所长,丝毫不因人注意而自满;相反,她讨厌人们贪婪的目光。

……

下了北原那边的坡道,她走到漉河桥头三五家饭馆、茶铺、小店和修理自行车铺所组成的小街上。她的心突突地跳起来,全身的血向她脸上涌来。她牙咬着嘴唇,准备着经过一个内心非常紧张的时刻。

梁生宝从桥上贪大步地走过来了!满脸的汗水反射着阳光,因为走热了,手里捏着头巾。看见改霞,生宝的脸刷地红了。

(第六章)

"一九四九年还是一个十七岁的黄毛丫头,改霞是在社会改革的风浪中长成大姑娘的"(第十四章)。作为汤河上有名的俊女子,改霞身上无疑释放着那个时代最美女性的气质,她内心的孤傲是脱俗的,是开始懂得精神生活的女性所特有的,她对女性"漂亮"的认知,也是那个时代"女神"们的真实独白。尽管时代已然变迁,对美的理解,人们的标准也各有不同,但这样的文字让我们回到了那个现场,彼情彼景,甚至比当今日常生活还更强烈、真切地吸引着我们,丰富了我们对时代之美、生活之美、人性之美的认知,这无疑是一种深刻的体验与陶冶。

以天真、骄傲而开放的性情,接受新社会的熏陶,向往更广大的天地,这是徐改霞作为时代新人的显著特征。父亲早亡、与寡母相依为命的徐改霞,即便受到小心谨慎、极力避免名誉受损的母亲的严格管束,即便从小已经许有旧式婚约,也终究迅速地投入了新社会的风气和运动之中。她不仅积极地参加群众活动,而且坚持要在大闺女的年龄上坐进小学生的课堂,因为即便将来要履行婚约嫁到周村,她也决不愿做普通的农家妇女,而是要继续参加周村的各项社会活动。终于,她抓住政府贯彻《新婚姻法》的时机完成了取消婚约的心愿。可以说,徐改霞是一位敏感于时代,并且对个人命运怀有想象和探索冲动的新女性。

对于这样一位生命意识已被唤醒的女性,小说从她精神的两个维度上做了延展和追踪。一个维度是对自由爱情、婚姻的追求,另一个维度是对自我生命空间、价值取向的选择。这两个维度交叉、消长于徐改霞与梁生宝几经曲折的感情交往中。

徐改霞与梁生宝爱情的起点,是新社会先进青年之间的彼此欣赏。他们曾一同在全县土改青年积极分子代表会上亮相，留下了在兴盛茶馆面对面交谈的美好印象。他们将默契带到了参加下堡乡政府会议的现场，并且在那个汤河涨潮、人们不得不蹚水过河的雨夜，改霞拒绝了别人伸手帮扶的好意，"却把一只柔软的闺女家的手，塞到生宝被农具磨硬的手掌里"（第五章），两颗年轻的心，明确地擦出了爱的火花。而当时改霞尚未取消婚约，生宝那天生羸弱的童养媳也还活在世上，在他们的交往受到关注和议论后，生宝变得拘谨，有意回避接触，而改霞保持了可贵的开朗与泼辣。尽管生宝继父对主动取消婚约的改霞冷脸相对，而改霞妈也对与女儿有不恰当来往的生宝怀有芥蒂，但改霞对蛤蟆滩上鹤立鸡群的先进青年梁生宝的爱慕却我行我素、一如既往。对于选择爱人，改霞有明确的倾向，"她想：既然新社会给了她挑选对象的自由，总要找一个思想前进的、生活有意义的青年，她才情愿把自己的命运和他的命运扭在一起"（第二章）。改霞的新式观念和舒展的个性，决定了她的爱情、婚姻要由自己做主，哪怕已到了二十一岁的年纪也不匆忙。而事实上，与生宝的几次约会和交谈也都是她主动为之。其间发生种种曲折，虽说也有生宝不主动体谅闺女家心思的因素，但总归还是因为改霞本人在选择爱情还是选择个人前途方面摇摆不定、此消彼长。除此而外，这段爱情之所以常有滞涩与反复，还因他们碍于旧习惯对男女交往的约束，彼此之间并未互至灵魂相识的程度。正因如此，在难得的约会中往往词不达意、南辕北辙。他们的关系就在这爱并隔膜甚而误会的状态下维持，读来令人如鲠在喉，心绪难平。

性格外向的改霞虽然掌握着爱情的主动权，但天真而缺乏判断能力的她，对自己的前程和生宝的"好"尚且是模糊的感知。一方面，"改霞念着小学三年级，却不知道自己将走一条什么样的生活道路"（第二章）。另一方面，尽管她感知了生宝的魅力——"他的心地善良，他的行为正直，他做事的勇敢，同他的声音、相貌和体魄结合成一个整体，引起改霞闺女的爱慕心"，甚至"她已经从他的说话、做事上看出：他是要干大事业的人……一个农村的贫苦青年，丝毫没有一点自私自利的想法；这一点，也紧紧地抓住了改霞的心"（第十五章），然而，她并不明了生宝理想抱负的内容，也不明了他追求的事业会怎样决定和影响他的爱情和生活。甚至，出于对代表主任郭振山天真的崇拜和绝对的信任，她曾深受郭振山态度的影响，觉得生宝也存在太过冒失、太过骄傲的缺点，认为没有代表主任支持，生宝全身心投入的互助组事业未必能成。这说明，她的认知与生宝的思想、见解和格局之间有较大距离。两个不同类型的时代新人，不能取得同一立场和视界，他们的爱，必然停留在互有好感的层面，他们怀有隔膜的见面导致彼此误会自然也不足为奇，而每当此时，郭振山指导改霞报考工厂、到大城市参加国家工业建设意见的影响便占据上风，改霞原本怀有的那种因想要远走高飞而放弃与生宝爱情的负疚感，也一时间荡然无存。一些偶然因素，往往能让改霞对生宝的热情骤然消减，这种表象之下，悸动着她对自我尊严和价值的强调，而正是这种潜意识的悸动，主宰着她心理和情感中的矛盾。

　　作家柳青在徐改霞这个人物身上，倾注了对一个新时代个体生命觉醒状态的真挚热忱。在改霞和生宝情感的离合之间，有着时代之问激起的耐人回味的反响。改霞希望生宝给她以放弃远走高飞的理由，但争取个人前途、摆脱生命平庸状态的愿望，又是那么强烈地鼓动着她的青春。于是，难以割舍爱情的苦闷，令她处于摇摆与叹息之中。作家于文本中渗透了充沛的情感，从女性的生命自觉和情感焦虑中，托举出一个在新时代唤醒了的命题，呈现了内心无解之美丽忧伤。

　　这一对男女的爱情波折伴随着一个重要因素，就是他们的精神、观念，在时代迅速前进、他们各自经历快速变化的过程中不断演进，于是，他们彼此之间也在获得新的感知和印象。一次决意离开生宝后的实际报考工厂的经历，让改霞对于自己这种行为的盲目性进行了反省，并体会到了代表主任郭振山鼓动自己借团支部委员身份争取前途之动机，存在着从利己主义出发的成分。当她更进一步联系了她曾无条件地理解和体谅代表主任出于个人利益考虑的种种做派后，终于看清了郭振山是一个自私的俗人。至此，改霞的精神和人格发生显著变化，她逐渐成为一个真正独立思考、判断的人，她的爱情和命运等待着她做出真正属于自己的决定。正是在这个精神分水岭处,改霞重新打量着和自己一样已然又发生了深刻变化的梁生宝,并且拿出了将爱进行到底的态度。她关注着那支带着挑战勇气进入终南山、历尽艰辛带回胜利战绩的互助组队伍,以火热的情怀,专注地等待着指挥若定、处变不惊地面对新的严峻考验的心上人。对于在艰难创业中焕发出披荆斩棘勇力和青年领袖气质的梁生宝,徐改霞彻底陶醉了。于是,小说情节到了最令人为爱情之美击节叹赏的火候。

作家以其对生活的深刻体验,精准地遵从着这两个人物的精神实质、命运走向。当改霞的这次爱情高潮到来时,他们之间的现实差异和精神距离并未消除。互助组进山前二人去黄堡镇赶集的那次见面,改霞用设计好的谈话试探生宝:"西安新修起国棉三厂,我想去参加工业化,你看怎样?"她很满意自己这种假意征求意见的巧妙,并且蛮有信心地等待生宝说出挽留自己的反对意见。可她并不知道,此前生宝对她的想念中,就曾加入了对于她念书以后是否变得心大、眼高了的疑惑;生宝所奉行的是不含任何勉强的感情原则。因此,生宝并未领会到改霞欲擒故纵式的撒娇,而是带着应验改霞果然变了的失望当即变脸,以带有讽刺意味的硬邦邦的话,表示了决不会为了得到喜欢的女子而扯人家后腿的倔强:"好嘛!进工厂去,好嘛!"(第十五章,下同)不等话音落下,就扯开大步追赶有万去了,他难受地告诉有万:"我估计对哩!人家思想变哩,不是咱的人哩。"改霞也并不知道,全心投入互助组事业的生宝,对于爱情和婚姻有着一个果断的分寸把握——"咱打定主意走这互助合作的道路,她和咱不合心,她是天仙女,请她上她的天!"(第八章)这个新女性,并不掌握新青年梁生宝的精神内涵与人格特质;而新青年梁生宝,也并未注意到新女性徐改霞特有的心理状态和情感需求。而在复活的思恋中等来了进山计划的完成、内心对生宝激起更加强烈爱慕的改霞,尽管对生宝有了新的认识,但终究仍带着雾里看花的成分:"她知道他是这号人——青年人的年龄,中年人的老诚!这号人的热情,常常比一般青年人容易表露出来的热情,还要宝贵。改霞不是从外貌上心爱生宝的,她爱他的'人'——对于这个'人'字,改霞还说不出全部的道理来。但有一点,对她是清楚的:他做事和普通人不一样。"(第三十章)

怀着这种雾里看花的激情,准备发起爱的冲刺的改霞,先是拿出了只有自己知道的无可阻拦的坚定,撇开妈妈的干涉,忽略生宝继父的阻挡——反正决定要当草棚院里生宝的媳妇了!接着她抛开闺女家的害羞,鼓励自己决不退缩地坚持约会的主动。于是夜幕之下,改霞将约会生宝的计划不屈不挠地付诸行动,连续五次主动在路间迎候。终于获得与生宝单独谈话的机会,她放下身架,甚至带有讨好成分地寻找话题,终于打破了生宝在上次误会影响下延续而来的平淡和客套,直至远近闻名的美丽而骄傲的闺女徐改霞,将最隐秘而火热的情怀了无遮拦地向心上人裸露。这一刻,就连生宝这个为了考虑工作上的威信而避免率性做事的人,也在内心涌动起阵阵春潮——

  改霞柔媚地把一只闺女的小手,放在生宝穿"雁塔牌"白布衫的袖子上,轻轻地、轻轻地说:
  "你还生我的气吗?那一回在黄堡桥头上,你太给人难堪了,我才不是……"
  她的两只长眼毛的大眼睛一闭,做出一种娇嗔的样子。好像改霞身体里有一种什么东西,通过她的热情的言辞、聪明的表情和那只秀气的手,传到了生宝身体里去了。生宝在这一霎时,似乎想伸开强有力的臂膀,把表示对自己倾心的闺女搂在怀中。改霞等待着,但他没有这样做。

(第三十章)

  这一段落中的徐改霞,作为新女性内在的生命自由完全释放了,爱情火焰的燃烧直到了不管不顾的状态,她的率意与感性紧紧抓住了我们的心。这一刻,她除了要与生宝厮守在草棚院里共同生活,别的什么都不去考虑了。这种极端的、酣畅淋漓的状态是真实的,也是富有感染力的。作家柳青借由这样一位新女性自主的、敢于完全交付的爱情状态,寄寓了对一个新的社会深刻的观察与发现。徐改霞的爱情之美中充溢着生命之美,折射着时代之美。

改霞的主动,果然打破了二人之间的生分,他们面对面地步入了因久已爱慕而铺垫出的热烈。但归根结底,生宝的爱情态度并未改变,他对可能远走高飞的改霞本能地喜爱着,却又理性地克制着。于是,改霞所期待的可以配合爱情高潮的那个感性的梁生宝并未出现,这个令她朝思暮想的心上人没有浪漫地将她拥抱。另一方面,沉浸于爱情梦幻中的徐改霞,此刻没有去想生活中那实实在在的平凡与庸碌,没有去想生宝对婚姻将是怎样一种规定和布置,没有去想激情过后心头是否还会泛起摆脱乡村小世界的梦想与冲动。而这些都决定了她的浪漫爱情只能悬于半空。当生宝提出要结束这次约会去忙互助组的事时,改霞紧追不舍,再次拿出趁热打铁的主动,表示要与生宝一块儿去开会,即使不方便进会场也要坚持在外等候。然而,生宝一句再次伤了改霞自尊的话,让这次爱如潮水的会面归于冷静:"甭等哩。改霞!你放平稳一点吧。再甭急急慌慌哩。我这阵没空儿思量咱俩的事。我要是真……那就等秋后我消停了再……好吗?改霞?就这样吧!"(第三十章)

如此陶醉地绽放了爱情花朵的改霞,对于生宝在激情时刻却将个人爱情置于次要位置的表现感到失望。不过,也正是这次遗憾的会面,让她完成了对自己与生宝的判断:"生宝肯定是属于人民的人了;而她自己呢?也不甘愿当个庄稼院的好媳妇。"("第一部的结局")是的,改霞并不能忍受作为创业者生宝的附属陪衬,一生陷入生儿育女和灶台、井边的劳碌。

其实,从生命个体的价值观念考察,改霞与生宝分道扬镳势在必行。作为《创业史》(第一部)的另一位时代新人,生宝的妹妹梁秀兰与徐改霞形成强烈对照。自幼由父亲梁三做主许配给杨村人家的秀兰,不但没有随着《新婚姻法》的宣传退出婚约,而且逐渐对从未谋面、参加了志愿军赴朝鲜作战的未婚夫用心牵挂,在未婚夫寄来的照片显示他面部受伤留下触目的疤痕时,秀兰撇开众人庸俗的惋惜和劝慰,甚至怒目相向,表示了截然相反的情感取向。她被战场上未婚夫的事迹深深感动,产生了与英雄精神融合的崇高情感,将这种超凡脱俗的爱情与婚姻作为生命中最大的荣耀。作家柳青以秀兰的爱情与婚姻,写出了浓烈的时代氛围对人精神的洗礼和塑造,画龙点睛地记录了那个以强调精神世界为第一特征的时代。而更为深刻的是,改霞借着对秀兰这份爱情的思考,表达了属于自己的价值选择——"改霞心中思量:一个闺女家,可以拿一切行动表现自己爱国和要求进步,就是不能拿一生只有一回的闺女爱,随便许人。在改霞思想上:不管他男方是什么英雄或者模范,还要自己从心里喜欢,待在一块心顺、快乐和满意。"(第十九章)保持着鲜明个性的徐改霞,并不简单地以道德原则代替自己的感情选择,而是充分地享受着新社会给予的体验生命价值的自由,带着探索和发现的欲望,汇入时代的风尚和潮流。回头看,尽管郭振山鼓动她报考工厂的动机主要出于追求个人利益，但客观地讲，那条路子，正适合泼辣地追求自身价值的改霞去走！只不过，她是否又一次向着外面的世界出发，取决于自己独立的选择，取决于选择生命空间的深思熟虑的决定。

细细推敲梁生宝的精神、人格特质，如果改霞真正是他所需要的"咱的人"，他是会付出专一无二、最为真挚的感情的。然而，改霞不是"谁的人"，她首先属于她的生命意志。这是《创业史》（第一部）对时代新人的重要观察与发现。

徐改霞和她回肠荡气的爱情，是作家柳青对那个时代女性生命、情感觉醒的重要记录。这个人物，富含着新女性最独立、最活跃的因子和成分，是全书中最具生命自然活力的形象，也是富含文学审美价值的形象。

通过对时代新人精神特质、审美内涵的精准把握，《创业史》（第一部）引领我们走入了一个深邃而丰满的世界。

赵树理的《三里湾》

赵树理是从革命根据地跨入新中国的作家。他自称是在从事农村宣传员工作后,"转业"成为职业写作者的[1]。他写小说,往往是因为"下乡工作时在工作中碰到的问题,感到那个问题不解决会妨碍我们工作的进展,应该把它提出来"[2],因而自称为"问题小说"。可见,赵树理的写作与社会问题联系紧密,"而且要求速效"(见赵树理《〈三里湾〉写作前后》)。然而,凭借对农村生活的深刻体验和杰出的提炼生活、讲故事才能,赵树理成为文学大师、晋土文学"山药蛋

---

[1] 赵树理:《〈三里湾〉写作前后》,载赵树理著《三里湾》,人民文学出版社,1959。本篇引文均据此版本。

[2] 赵树理:《当前创作中的几个问题》,《火花》1959年第6期。

派"的领军人物。

赵树理的文学创作，保持了深耕大地的姿态。他的长篇小说《三里湾》，是对中华人民共和国成立后社会主义革命初期农村社会现实的书写，是两次深入山西平顺县沟底村等地体验生活后的艺术创造，是作家文学建构才能全面、集中的显现。在这部作品中，他以如椽巨笔描绘点染，传达着对时代社会深刻的体验；特别值得注意的是，其间罕见地洋溢着他作为知识分子作家的诗意情怀。而正是这样的特质，成就了作家作品的经典意味。

一、"山药蛋派"大师作品的美学内涵与显著特征

赵树理曾在总结自己的创作时说："写作品的人在动手写每一个作品之前，就先得想到写给哪些人读，然后再确定写法。我写的东西，大部分是想写给农村中的识字人读，并且想通过他们介绍给不识字人听的，所以在写法上对传统的那一套照顾得多一些。但是照顾传统的目的仍是为了使我所希望的读者层乐于读我写的东西，并非要继承传统上哪一种形式。"（赵树理：《〈三里湾〉写作前后》）一言以蔽之，他的小说文本是写给有一定识字水平的基层群众看的，因此，他用的是农民听得懂的话语，写的是农民的吃饭下地、家长里短，讲的是农民一听就心领神会的人物类型和生活段子。他的作品，真正把

根扎在农民的土地里和心坎里了。

赵树理对农村社会的描写,对农民性格、心理的刻画,建立在他个性化的语言艺术之上,成功造就了"山药蛋派"生活的艺术感染力。这种赵树理式的语言艺术,在《三里湾》中同样有着突出运用。他并非简单借用农民的语言外壳展开叙事,而是从农民的具体角色中发声,从其性格、心理的角度说话,话语背后,饱含了对山西农村特殊地域情韵的抒写,细细体味,作品中还有着对乡村世界文化意象的提炼与解析,这些都反映了赵树理作为一个文学家的主体精神和创造意识,并且构成了独具特质的美学内涵。

大众文学、民间表达,是赵树理文学世界最突出的外在特征。为了让所写的故事为农民爱看、爱听,他对民间说书、唱戏的技巧进行了创造性转化运用,最突出的表现就是线索明了、情节连贯、表述直接,富有趣味和悬念。赵树理的文字中充溢着浓重的说书人气质,特别是将传统的"扣子"技法运用得出神入化。他在总结《三里湾》的写法问题时,曾专门谈到"用保留故事中的种种关节来吸引读者"。他说:"评书的作者和艺人,常用说到紧要关头停下来的办法来挽留他们的听众(如说到一个要自杀的人用衣衫遮了面望着大江一跳的时候便停下来之类),叫作'扣子',是根据听书人以听故事为主要目的的心理生出来的办法。这种办法不一定用在每章章末,而有许多是用在中间甚而用在开始的。……这种办法的作用很大,但有个毛病是容易破坏章节的完整。我在不破坏章节完整的条件下也往往利用这种办法,不过不一定用在章末。在《三里湾》中我也试用过一些——明显的如'刀把上'的一块地、一张分单、范登高问题、灵芝与有翼的关系等就是——不过远不如评书伏下的'扣子'那样有力。"(赵树理:《〈三里湾〉写作前后》)

除了参考赵树理先生对"扣子"的总结,我们更可直接地从《三里湾》等作品中予以体会。通过分析文本可知,这些"扣子"是故事中多种矛盾的纽结点,或是诸多事件的聚焦点,扣住了人物或事件的关节,因而便能扣住"听书人以听故事为主要目的的心理",并且使小说线索明晰,富有悬念,起伏有致,引人入胜。展开"扣子"的过程,便是完成背景交代、人物塑造、情节发展、冲突解决的过程,如同向读者"打开问号",带着读者曲径通幽。据此可以得出一种经验,即设置"扣子"—展开"扣子",是赵树理小说叙事结构最显著的特征,有时,围绕一个大"扣子"和几个小"扣子",便构成一部小说的面貌。例如《小二黑结婚》,小说题目本身就是一个大"扣子",其中又有"二诸葛""三仙姑""恩典恩典"等一系列小"扣子"。解"扣子"的同时,也画出了人物的内心与外貌,介绍了事件中的各种关系,解读了故事的由来,引导了情节的发展。又如短篇小说《登记》中,赵树理巧妙地使用了"罗汉钱"这个"扣子",不仅带出了"小飞蛾"母女两代人的故事,而且串联了情节,塑造了人物。这种讲故事的手法简洁、传神,体现了赵树理非凡的文学描写、概括才能,他因此堪称现当代文坛的短篇圣手。

在长篇小说《三里湾》中,赵树理独有的语言风格和高超的叙事技法一如既往,精彩纷呈。而与以往短篇写作不同的是,此中的文学世界变得宏大而厚重,叙述节奏慢了下来,笔触绵密起来,镜头深广开去,生活内涵与人物性格都更为丰满。并且,在说书人气质之外,表达了此前少有的抒情与浪漫。

二、厚重的创造——宏大命题下趣味横生的乡村世界

小说《三里湾》所描写的,是中华人民共和国成立后,完成土地改革的广大农村,由"互助组"模式向农业生产合作社迈进的崭新历史过程。在当时那样的历史阶段,推行农业生产合作化,不仅可以发挥土地集中和集体组织生产的优势,而且有利于对生产技术、生产条件进行统一改进,大大提升生产效能。对于这样一个必然的、社会阶段性进步的事件,小说家赵树理抓住了一个关键,即农民思想的跟进与改造,这反映了作家对社会的深刻洞察。虽然,作为社会现象的旧的剥削压迫已然消灭,但是,个人主义的发家梦,甚至追求富农式生活的旧思想,仍然存在于一些农民的意识中。因此,从深层次上讲,

以建立农业生产合作社等为内容的社会主义改造，首先是对旧思想的改造。尽管写的是这样一个严肃的事件，但作品描绘出的，是一个令人回味无穷的三里湾。

赵树理"说书人"的方式没有变，仍然采用清晰直白的分章节讲述形式。如小说章节之前"楔子"的题目就是"从旗杆院说起"，开篇就很抓人："三里湾的村东南角上，有前后相连的两院房子，叫'旗杆院'。'旗杆'这东西现在已经不多了，有些地方的年轻人，恐怕就没有赶上看见过……"；又如第四节题目是"'这日子不能过了'"，头一句就让你拿起书来放不下："想知道玉生为什么和他媳妇打起来，总得先知道这两个人是两个什么样的人……"这便是赵树理继承中国文学传统叙事方式的"故事体小说"的写法。这部作品严格按照时间关系，写出连贯、完整的情节，而其中不少题目具有吸引人阅读的"扣子"意味，如"奇怪的笔记""拆不拆""忌生人""有翼革命""还是分开好"等，此外更有诸多小的"扣子"包含在不同章节中。在这些看似与其短篇小说一脉相承的表现手法之下，呈现的是更为深广的生活内涵。

小说共分三十四节，时间范围只在一个月内，而前八节所讲的故事全在一夜之间。沉浸其中，你会带着品尝大餐的喜悦，细细感受赵树理描绘出的生活：什么是石匠用的"钻尖子"？为什么不用铁匠打而是石匠自己打？打"钻尖子"用的"锭铁"又是个啥材料？打粮食场上用的碌碡碐又叫"场碐"，

251

那么为啥要"洗场磙"？咋个"洗"法呢？第四节文中说到"玉生成了村里个小'能人'，模样儿长得又很漂亮……村里的年轻姑娘们，差不多都愿意得到像玉生这样的一个丈夫，袁小俊也是其中一个"，于是，小说便由袁小俊家里托人说媒，讲出了乡村里留下的旧风俗："只要女方愿意，男方的话比较好说，况且小俊长得还好看，在社会上也没有表现过什么缺点……"袁小俊的妈妈外号"能不够"，她把做媳妇的"经验"总结成一套理论讲给女儿听：对家里人要尖，对外边人要圆；使刁哭闹的时候也不要真哭，最好是在夜里吹了灯以后装着哭；要是过年过节存了一些干粮的话，也可以装成生气的样子隔几天不吃饭……

在赵树理笔下，人物、风俗、场景，甚至一个物件、一句土话，都关联着有趣的故事、特色的生活。在第三节里，支部书记王金生媳妇与小姑子玉梅发牢骚的一段话，便会让你看到三里湾村所有小院里的惯常生活：

"光这些零碎活儿就把人赶死了！三个孩子的鞋都透了，爹和你大哥的鞋也收不下秋来了！前几天整了两对大鞋底连一针也没有顾上纳，明天后天得上碾磨，要不然一割了谷社里的牲口就要犁地，碾磨就得使人推了。说话秋凉了，大大小小都要换衣裳。白天做做饭，跟妈俩人在院里搓一搓大麻，捶一捶豆角种，拣一拣棉花，晒一晒菜……晚上这些小东西们又不早睡,跟他们争着抢着做一针活儿抵不了什么事,等他们睡了还得熬夜!"

三、抓住"扣子"戏份儿足、发展变化的人物

《三里湾》不仅人物数量众多,而且人物思想精神类型多样。有以金生、玉生、玉梅、灵芝为代表的,张扬着集体主义精神和社会主义创业激情的奋斗者;有以范登高、马多寿为代表的利己主义的落后者;还有以袁天成、马有翼为代表的中间分子;等等。小说中,先进思想的引领创造与落后思想的消极抵制构成了对立冲突。

对于先进人物和落后分子,赵树理的写法和表现程度并不相同。小说中的几个先进人物,是社会进步意志的反映,是社会主义思想、道德的具体化和形象化,闪耀着理想之光;对于落后人物,作家从他们的身世、性格、心理和人际关系中解读其思想,将他们置于矛盾冲突中解剖、观察,细致地展开他们思想改造、转化的过程。正因如此,这些落后者的形象较先进者更为丰满、生动。赵树理曾就此分析说:"在'转业'之前我接触的社会面多,接触的时间也长,而在'转业'之后恰好正和这相反,因而对旧人旧事了解得深,对新人新事了解得浅,所以写旧人旧事容易生活化,而写新人新事有些免不了概念化……"(赵树理:《〈三里湾〉写作前后》)

赵树理对所谓旧式人物的描写可谓画龙点睛、形神兼备。他往往以形象、有趣、引人好奇的绰号暗示人物的"扣子"戏份。如第六节对"马家院"的描写："马多寿叫'糊涂涂',前边已经讲过了,他老婆叫'常有理',他的大儿子马有余叫'铁算盘',大儿媳叫'惹不起'。有些人把这四个外号连起来念,好像三字经——'糊涂涂,常有理,铁算盘,惹不起'。"因为是土地相对较多、又精于算计的殷实人家,马多寿、马有余父子抱着"又有财产又有人"的生活向往,对三里湾的农业合作化道路有着较强的"离心力"。在这个院子里,落后的势力还有蛮横、自私的婆婆"常有理"和大媳妇"惹不起"。不过,进步的人物也不少,二儿子马有福是县干部,三儿子马有喜是抗美援朝的志愿军战士,有着"中学生"光环的四儿子马有翼与三媳妇陈菊英都是共青团员。然而,现实中的马家院,落后势力显然更为强硬。马有翼因自身的软弱,一度屈从于父母落后思想的限制与支配,直至令他心目中最理想的恋爱对象灵芝感到失望,终于放弃与他结合。三媳妇陈菊英在支持丈夫参加志愿军的事上被婆婆记恨,于是正如她口中说出的那样,虽然婆婆和大媳妇"俩人似乎是一天不吵架也睡不着觉,可是欺负起我来,她们就又成一势了"(第十六节),这种冲突升级,导致菊英提出与这个落后的家庭分离另过。

"马家院"之外,另有一个典型的落后代表——范登高。在土地改革初期开展工作时,他曾担任支部书记,却凭借自己的身份和功劳，为自己分配了最好的土地，逐渐专心于谋利生财，因此也得了个"翻得高"的外号。他虽身为党员、村长，却内心抵制扩社、修渠，与合作化事业离心离德，而他装着发家梦的精神世界也变得矛盾而扭曲。

小说恰恰是在充分展开这些"扣子"戏份足、富于发展变化的人物的过程中，展现了异常丰富的农村社会生活内容。

四、从"刀把地"问题的解决，看高超的小说艺术

小说《三里湾》中，最大的"扣子"是"刀把地"问题。这是三里湾村位于外上滩的一块形如"刀把"的耕地，是合作社开渠引水线路的必经之地。在入社土地连成片之后，通过修渠引水，可以把三里湾的滩地完全变成水地，同时也能让更多人看到合作化带来的实际利益，从而对扩大合作社工作形成促进。然而，"刀把地"的主人马多寿抵制扩社，不肯将这"刀把地"置换、折价作偿，或是出租给合作社，以此对"扩社"形成阻力。这样一来，同样抵制入社的范登高等人心里有了"依靠"，嘴上有了理由，而一些愿意入社的人也开始观望起来。在"刀把地"问题这个大"扣子"之下，还有一个个小"扣子"相关联，如一张分家的单据、范登高问题，以及灵芝与有翼、有翼与玉梅的关系问题等。只有打开这些小"扣子"，才能最终破解大"扣子"。

扩社、修渠过程中先进思想对落后思想的促进与改造，是《三里湾》的情节主线，但这个过程具体贯穿于人物自身逻辑发展中。如范登高问题的解决，是他党员身份与落后于普通群众的思想、行为之间的矛盾由隐而显，直至公之于众，继而反思并最终接受批评的结果。而范登高问题的"扣子"解开，为马多寿问题、"刀把地"问题的解决形成了影响。不过，"刀把地"这个大"扣子"的解开，还是紧紧扣住了这块地的主家"马家院"的逻辑，是"马家院"受内、外关系共同作用的结果，最终由引发其家庭内部关系变化的"一张分单"等事件促成。

在马家院，三儿媳菊英受到不公待遇，当她决心分家另过，不再与这里的落后与欺负妥协后，党支部书记王金生等人想到了解决"刀把地"问题的办法——让菊英向公公马多寿要求分得那块"刀把地"，这样，随着菊英加入合作社，"刀把地"上开渠的阻碍便消除了。然而，料着了这一招的马多寿，也使出一招，他翻出土改时假意分家以避"地多"之嫌而拟就的一张单子，借口分单上已将"刀把地"分给二儿子马有福，"名正言顺"地不能分给菊英。不过，在他意料之外的是，党支部给他的二儿子，已任县委会互助合作办公室主任的马有福写信，就"刀把地"问题征求意见，结果，马有福表示把他分得的包括"刀把地"在内的土地全部捐给三里湾的生产合作社。这便是赵树理小说的传神之处，"刀把地"的问题最终还是由马家院自己人解决了。

对于马多寿这个旧式的人物,作品前后都有精彩的描写,而对于失去了"刀把地"的他,小说对其性格、心理又有精准的刻画。第三十节中,村里因"刀把地"问题圆满解决,要给马家院送旗,女主人"常有理"说:"不要他们的旗!送来了给他们撕了!"马多寿说:"算了算了!那样一来,土地也没有了,光荣也没有了!"当马多寿算计明白,入社后土地分红加劳力工分,高出了不入社情况的收入,便又发了话:"要光荣就更光荣些,入社!"

可以说,认识了马多寿,也就在更深层面上认识了三里湾。

赵树理在看似简单的叙事中,完成了对重大时代变化的描写。其间显现了他高超的小说艺术:将冲突、矛盾的解决过程,归于生活内在的逻辑,归于人物本身的性格逻辑和心理逻辑。

五、读出另一个赵树理——知识分子作家的诗意情怀

农民的语言和视角,农村的生活内容,民间说书人的口吻,这些是赵树理文学世界的外在风貌。而在这乡土模样之下,藏着他的内在气质。这种气质,发自他作为知识分子作家的诗意情怀。

就文学创作总体风貌而言,与当时写农村生活的其他作家的小说相比,赵树理小说没有那么多的理想化色彩。不只如此,在他的大多数作品中鲜有抒情的文字也是事实。而在《三里湾》中,他以特有的方式表现了理想的、抒情的内容。

在小说三十四节之多的篇幅中,第十二节至十五节描写副区长张信陪同专署农业科何科长,实地察看三里湾的生产建设。用四个章节叙述一个情节,这对于向来惜墨如金,讲求情节起伏、叙述流畅的赵树理来说,的确是少有的例外。就《三里湾》整体叙述节奏而言,此一环节的安排也无疑构成特殊的存在。在这部分文字中,作家用最细腻的笔墨、最有耐心的动情讲述,描绘了三里湾的地理、物产、风情,表现了田园收割之忙碌、井台小憩之热闹,呈现了社会主义劳动的幸福场景。

登上"青龙背"俯瞰山川田舍,展望乡村巨变,《三里湾》的讲述一下子豁然开朗起来。这些貌似平静的文字里,蕴含着喜悦的激情,显现着诗情画意。

在题为"三张画"的第二十五节,重点描写了"现在的三里湾"之外的另两张画,渲染的是三里湾农民内心世界的理想之光。如在"明年的三里湾"一幅中,开渠引水之景跃然在目:

> 画的是个初秋景色:浓绿色的庄稼长得正旺,有一条大水渠从上滩的中间斜通到村边,又通过黄沙沟口的一座

桥梁沿着下滩的山根向南去。上滩北部——刀把上往南、三十亩往北——的渠上架着七个水车戽水;下滩的渠床比一般地面高一点,一边靠山,一边用堤岸堵着,渠里的水很饱满,从堤岸上留下的缺口处分了好几条支渠,把水分到下滩各处,更小的支渠只露一个头,以下都钻入盛旺的庄稼中看不见了。不论上滩下滩,庄稼缝里都稀稀落落露出几个拨水的人。

又如"社会主义时期的三里湾"画面:

画的是个夏天景色:山上、黄沙沟里,都被茂密的森林盖着,离滩地不高的山腰里有通南彻北的一条公路从村后边穿过,路上走着汽车,路旁立着电线杆。村里村外也都是树林,树林的低处露出好多新房顶。地里的庄稼都整齐化了——下滩有一半地面是黄了的麦子,另一半又分成两个区,一个是秋粮区、一个是蔬菜区;上滩完全是秋粮苗儿。下滩的麦子地里有收割机正在收麦,上滩有锄草器正在锄草……

读着这些文字,你能体会到作家与三里湾完全水乳交融了。他与其中的所有人物都在兴奋着,憧憬着。从《三里湾》理想、感情外露的洋溢的文字中,我们读到了赵树理更为内在的精神气质。诚如他对自己的定位——"我虽出身于农村，但究竟还不是农业生产者而是知识分子……"（赵树理：《〈三里湾〉写作前后》）是的，我们从这里读到了赵树理的散文诗，感受到了他作为知识分子的诗性与浪漫，读着这样的文字，我们会觉得与作家赵树理贴得更近了。他用《三里湾》告诉我们：理想照亮生活。

这是赵树理"说书人"表象之下的诗意。这是《三里湾》朴实的华丽。

赵树理长篇小说《三里湾》选取的是颇见历史复杂性、时代丰富性的农村社会变革题材，与反映同时期历史进程和农村社会变革的长篇经典《创业史》相比，《三里湾》的创作更偏重于以小见大的精致。而从人物关系的复杂程度、对农民心理和精神解剖的深度，以及历史、社会观察的广度方面考察，这部作品并未体现出像《创业史》那样的史诗性书写的追求。但作家善于从具体矛盾冲突、生活细节中提炼时代变化之气息与神韵，体现了把握精神实质、别开生面地书写历史进程的可贵自觉。蕴涵诗意的《三里湾》的创作，对我们当下把准时代脉搏、创造性地讲好"山乡巨变"故事有着深刻的启示和借鉴。

《吕梁英雄传》：人与土地都在战斗

这是一部在真实事迹基础上创作的抗日题材小说作品，写作始于1945年，成书于1949年。作者马烽、西戎最初是从晋绥边区几百个民兵英雄的对敌斗争事迹中抽取典型材料，用几个人物连起来，在《晋绥大众报》连载，写一段登一段。马烽、西戎在《吕梁英雄传》的《后记》①中谦称："这本书只能说是一本连续故事，作为一本小说看是很不够的。"但实事求是地讲，尽管写作条件、方式存在着限制小说艺术发挥的因素，但二位作家能在那样的情况下合作，默契而熟练地运用小说手法消化堆叠繁复的真实素材，最终呈现一部结构完整、群

---

① 马烽、西戎：《吕梁英雄传》，山西人民出版社，2009。本篇引文均据此版本。

像生动并且确有独特意味和感染力的长篇小说,这本身就是革命历史题材小说创作中的经典事件。如果仔细研究从报纸最初连载到中间几易其稿的文本改进、提升过程,则可深入领悟作家把握、解析素材直至实现文学经典创造的复杂过程,而《吕梁英雄传》的成功,突出地印证了精品创作离不开反复打磨甚至需几经修改的一般规律。

中国人民的抗日战争,是世界反法西斯战争的重要组成部分。综观世界范围这一题材的文学经典作品,无不是从深广背景下切入惊心动魄的事件现场,具体观察这一重大关头决定人类历史转折的深刻动荡,进而在反映时代命运、民族心理、复杂人性上取得独到的艺术表达。《吕梁英雄传》运用典型化艺术方法书写晋绥人民抗日故事,焦点指向吕梁山支脉桦林山下以康家寨村为中心的区域。这里遭受了日寇惨无人道的蹂躏,也激起了英雄儿女无畏的、勇于牺牲的战斗。小说叙述的角度不是八路军,不是游击队,而是住家守村的抗日民兵。在经受日寇疯狂"扫荡""蚕食"的过程中,此处民兵由无到有,由少到多,由农民做派到正规气象,由被动受挫到主动制敌……这是晋绥根据地的抗日奇迹,也让《吕梁英雄传》有了回肠荡气的特质。

一、穿透历史与现实的命运交响、时代之问

这是一部故事性很强的小说,在沉浸式讲述之前,首先交代了民族危亡、呼唤英雄的叙事动能,一种岁月跌宕、山岳奔腾的历史感构筑了一本大书的魂魄。

这本大书的镜头首先扫描"华北危急",勾勒了1937年卢沟桥事变后绥远、山西大部分地区沦陷于日寇铁蹄之下的形势图。从古至今,表里山河的山西就是兵家必争之地。对于侵华日寇的闪电南进计划而言,坐拥"华北之脊"太行天险的山西,就是锐利的芒刺——由此可雄视河北平原乃至中原腹地,依托正太铁路一线兵出娘子关,从而截断平汉线,威胁日寇南下的侧翼和中腰。事实证明,山西正是日军侵华的战略焦点。在这一历史性时刻,以毛泽东为代表的中共领导,把最关键的棋子落向山西。1936年2月至5月初实施的红军东征,就是落子山西的第一步。这期间,毛泽东曾多次强调"经营山西","做山西的文章",中共积极促成与阎锡山方面的合作,较早在山西建立抗日民族统一战线。1937年11月,太原失守,山西大部分地区陆续沦陷,中华民族面临严峻考验,而在此之前,中共中央和毛泽东早已深思熟虑,筹划了持久抗战的大局,指出,我们的抗日战争不决定于一城一地的得失,而决定于我们能不能持久,能不能抗战到底。出于正面与敌作战之外更深、

更远的谋划,中共领导下的八路军转入了统一战线之下的游击战争。山西战场上升起一个坚定的信念:只要能坚持下去,就能使敌我力量发生转变,取得最后的胜利。《吕梁英雄传》所书写的,正是这一历史过程中吕梁英雄勇于牺牲、创造胜利的生动事迹。小说将共产党领导的八路军一二〇师开赴晋西北建立抗日根据地、巩固和扩大晋绥解放区,作为具体书写背景,而在处于解放区、沦陷区接合部的一片土地上,一手握锄、一手执枪的特殊部队——民兵的奋战,构成特有意味的看点。气焰嚣张的侵略者,必然陷入人民战争的汪洋。

大村子康家寨是情节围绕的中心,它同距东南七里的桃花庄、距东北六里的望春崖呈鼎足之势;顺沟往西走十里,翻一座山,又到靠山堡村;顺沟往东十里,过一条梁,便至小集市汉家山;由汉家山再往东二十里就是水峪镇。在这吕梁山支脉间的乡村地图上,西边的靠山堡村是八路军御敌之前沿,东边的汉家山、水峪镇是日寇盘踞的据点。康家寨民兵与桃花庄、望春崖民兵的联合战斗,就发生在这一小片沟梁交错、敌我对峙的版图上。唯其如此,尤显胶着起伏、复杂变幻。

1. 断崖式拷问:"生存还是毁灭"

小说第一回是"日本鬼兴兵作乱,康家寨全村遭劫",所有复杂性、尖锐性都由此纽结而出,以晴天霹雳的方式打开了口子。时间是在1942年,八路军为集中兵力应对日军向晋绥边区心脏地区兴县的"扫荡",放松了对边沿地区的控制,日军趁机占了离康家寨三十里的水峪镇。乌云压顶之际,康家寨人打听到敌人连村都不出,便将马区长"空室清野""站岗放哨"的提醒抛在脑后。

小说中,康家寨社会是在一夜之间坠入"生存还是毁灭"的断崖式拷问的。惊蛰过后忙着上地劳动的人们,听到敌人又占了康家寨东边十多里外的汉家山,才一下子着急了。"一天清早,天刚朦胧亮,这村农会干事张勤孝,提着粪筐拾粪。一出村口,见沟里进来一股穿黄衣服的队伍,他心中一跳,扔下粪筐便往回跑……"然而村外已响起枪声,瞬间天塌了:"狗乱咬,妇女娃娃哭喊成一片,人们满街乱跑,有穿着裤子没穿上袄子的,有光身子披了一床被子的,老婆找不见丈夫,娃娃找不上妈妈,乱纷纷地往村西跑。"日寇侵略给康家寨造成的最惨烈景象写在这开头部分,逃在山上躲过劫难的人们,回村后目睹了那躲不开的仇恨:"村口柳树跟前杀死一个青年,浑身是刺刀穿下的窟窿;柳树上倒吊着两个年轻妇女,赤条条的一丝不挂。一个把奶头割掉了,一个肚子破开一绽,肠子流了出来,鲜血一点一点滴在地上,染红了周围一片刚发芽的绿草……村子里十几间房子冒着红红的大火,满街是半截的死牛死猪,到处是污秽的血腥。家家的锅盆瓦瓮打碎了好多,粮食衣服扔下一地,粘着鸡毛和黑血……"小说借第一个出场的人物——农会干事张勤孝回村后向张忠老汉打问情形,展开了张忠老汉在康家祠堂附近遇敌、跳进地窖避难的经历。老汉眼睁睁看着自己的三小子连同四五个妇女小孩子遇难,又藏在草堆里看见敌人一串溜捆走了村主任康顺风、村代表辛在汉等七人。除了描写惨烈场面和人物"哭"的举动,此处没有渲染悲楚于心的文字,而是用张勤孝硬生生讲给张忠老汉的话定了音:"张大叔,光哭能顶什么用?仇恨记在心里,等着以后报仇。快先回去救火吧!"

纵览全书,能读出一种渐次形成的氛围,文字间藏着那习惯于灾难和凶险的坚硬,这种坚硬,突出地显示于之后民兵们毫不留情、痛杀来犯之敌的描写中,形成一种以牙还牙、以血还血的"对称"。《吕梁英雄传》文字中的这种坚硬,配合了以英雄骨骼和气血为焦点的讲述。总体上看,小说并不强调正面展开人物内在情感的抒发,而是重在叙述灾难面前的选择与行动,从场景和人物言行中见情见性,追求对于集体命运的观察、对于英雄群像的塑造。

2. "变花样活动维持":透视群龙无首之黯淡

第三回"变花样活动维持,逞奸计敲诈钱财",是《吕梁英雄传》的一大关节,写的是日寇血洗康家寨后,康家寨社会是否服从日寇"维持"安排的立场之争。

晋西北建立抗日新政权之后,位于"边沿地区"的康家寨也相应形成农会领导下维护佃户利益的格局,然而,在八路军部队因反"扫荡"而收缩,日寇势力延伸至康家寨并造成"扫荡"惨案的形势下,此地"新""旧"势力的对比一目了然。一方面,抗日自卫队分队长雷石柱病倒,村代表辛在汉前一日被抓,而靠假积极当选主任代表的康顺风,被鬼子抓走后暗中投敌,独自从汉家山据点出来,回村后开始了汉奸活动;另一方面,在农会领导减租斗争后没了权势、受了气的财主桦林霸,此时不仅暗中替"大日本皇军"拟出杀气腾腾的"维持"布告,而且内心已然孤注一掷为敌卖命,成为藏在幕后用心毒辣、手段非常的杀手。值此之际,能够挺身反对"维持"的康家寨新政权代表,仅剩农会干事张勤孝。小说就此透视了英雄觉醒前群龙无首的黯淡。

农会干事张勤孝是小说开头部分重点聚焦的人物,在第三回中,他大清早就满村里奔走,调查日寇糟害造成的损失,显然是康家寨社会管事者的角色。然而,在日寇血腥笼罩之下,调查损失本身已然于事无补,可见其举措不得要领,甚至显得迂腐。显而易见,值此之际,一道天大的题目需要回答——日寇屠刀宰割之下,康家寨人如何生存?就这位农会干事自身条件而言,必然不能扛起解答题目的重任。

水井旁、"维持"布告前,农会干事张勤孝的言论和举动怎样?当"有几个人更拉着张勤孝问该怎么办",张勤孝没有答案,只留下一句表明自己态度的判断:"这是敌人的阴谋!"然后"便把那张布告揭下来,折好藏在袖子里,又跑到后街里调查了几家"。不知如何面对,却以一个"藏"的举动作无谓的回避;刀架脖子、火烧眉毛,张勤孝还在继续调查损失的无效劳动。在随后张勤孝听闻康顺风被放回,便一气跑去打问、商量的情节中,先是印证了桦林霸对张勤孝"老实圪垯"的评语。二人见面,康顺风随便撒个谎便躲过了张勤孝"村里那几个人怎么没回来"的提问,并佯装不知"维持"一事,演戏一般看过张勤孝掏出的布告,偷眼看着张勤孝说:"我看不维持是不行了。"这时的张勤孝,摆出了调查损失的数据,以此佐证一个清醒的认知:"以后再要维持上,天天支苦差出负担,老百姓不要活了!"这原本是无须调查损失就可看透的事实,但张勤孝此前并没有向众人讲明,原因也许正在于他讲不出不"维持"也能活下去的主意。可现在,他不仅没有从康顺风这里讨得主意,反倒发现这位村主任代表竟也是个"维持分子",只管用心里捏好的套套将他左缠右绕。康顺风的戏越演越老练,左一句摆道理:"维持也是为全村安全,这是蛇钻到竹筒筒里,只好走这条道儿啦。"右一句打太极:"维持不维持咱也做不了主,看村里人的意思吧!"这还不算,康顺风的老婆口念"勤孝哥",外加一句"这二年你在村里得罪的人可不少",貌似贴心,实是敲打。这时的张勤孝使出了硬气:"要叫我维持,向日本人低头,我是坚决不干!"看来,老实人张勤孝不输立场、不输底气,桦林霸关于"拐的卖了他,还要跟上点钱哩"的说法显然已是老黄历,在社会变革中担当农会干事角色的张勤孝,已然开始走向对战争和命运的自觉。然而,在这一回合的较量中,最终是桦林霸、康顺风诡计得逞,张勤孝孤立无援,败走麦城。

第三回对康家寨受害者的情形作了分别描述。一是扫描了康家祠堂旁边摆着六具尸首的惨状,以及张忠老汉等失去亲人后愁眉不展乃至大声号哭的村民群像。二是将镜头对准正在为儿子周丑孩被日本兵抓走而犯愁的周毛旦家。与周毛旦等家庭苦盼亲人平安放回相比,那些面对七零八落亲人遗骸的家庭,更能感受到侵略与被侵略的不可调和,当"维持"的阴影袭来,他们的内心滋生着仇恨的火舌,可张勤孝没有意识到去唤起他们的抗争。直到康顺风窜入周毛旦家中,利用村民急于救回亲人心理为"维持"张目之际,张勤孝仍没有走到众人当中去做阻止"维持"的发动工作。康顺风装作心忧,煽风点火,编出瞎话吓得周毛旦老婆、儿媳大哭,引来更多打听被抓亲人消息的村民。继而,康顺风抛出了答应维持就能放人的救命稻草,接着移花接木、蓄意抹黑:"就是农会张勤孝不让。"并且替张勤孝编织了"谁要维持就枪崩谁"的言论,借此触犯众怒。当张勤孝蹲在自家炕沿上抽着旱烟,只顾愁闷时,康顺风已经将"二百五"脾气的周毛旦鼓动得两眼冒火,带领一群妇女、老汉撞进门来……张勤孝被自己费尽心机要保护的乡亲们堵在门里,将了一军。这一刻,他再次向众人表明了清醒的认知:"维持那就是投降了敌人……再说,维持了,咱们的人也不一定会放出来,这是敌人的阴谋!咱们可以想别的办法往出救人!"他的敌我立场是鲜明的,他对康家寨无法靠"维持"活下去的判断是理性的,然而,他尚不具备组织和领导众人的能力,甚至暴露出面对群众时不知所措的弱点。在全村传说敌人要来抓他,并且听到他不走就要把康家寨杀绝的谣言时,张勤孝无处获得与之对抗的力量,只感觉到无可奈何的孤单:"反动派暗里害我啦!……要让我维持是办不到。这里工作不能坚持了……"带着"搬到后边去吧!找见政府再说"的想法,他和老婆连夜离开了康家寨。

小说中,踢走"维持"绊脚石张勤孝的过程写得十分细致,张勤孝、康顺风较量双方的性格和形象得到了充分刻画,其间的此起彼落表现得生动曲折,而这正是对吕梁英雄的出场发出了深沉有力的呼唤,构成了很强的叙事张力。

3.洞察精神窘境,发出时代之问

"变花样活动维持"事件背后,还有更深层面的叙述,即从重大时刻的抉择与对峙中,洞察农民生存无以维持的精神窘境,揭示他们弱势而短见之下的自私、狭隘、落后。

第三回中"维持"布告贴出后,村人围井而论。这一场景的叙述显现着作者对吕梁山区农村社会生活层面、心理层面的精准把握。且看这一时刻的村民是如何愚钝与麻木的——

富农李德泰:"维持了就平安啦,反正谁家坐了天下,也是一样纳粮。"这一句话,晾晒出麻醉于几千年改朝换代循环中的农民心态,按照其逻辑,甚至将日本军国主义的侵略也一股脑儿归于"谁家坐了天下"之论。小说还特意写了李德泰说话的神态——"噙着烟袋,好像自言自语地低声说"。这是一种沉浸式的自我状态,适配着一位富农苟且"维持"土地和财产的幻想,裸露了荒唐的自以为是的愚昧。而农村社会的这种麻木、愚昧根深蒂固,不是赢得一场战争就能够彻底解决的。这真实、自然的一笔,出于对祖辈封闭于大山中过活的农民心理特征的洞察,入木三分地戳中了他们幻想在铁蹄蹂躏之下求生的轻浮与虚妄。而正是这种文字中蕴含的力度,让小说有了故事之外意味深长的解剖与刻画。

　　这场井旁辩论的戏中,刘二则作为富农李德泰的对立面,表明了贫农的立场:"一样(指'反正谁家坐了天下,也是一样纳粮')?一样就是两样,财主们能出起负担,咱穷人出不起呵!"猛一听,似乎这穷汉子说得很哲学——"一样就是两样"。但细察可知,他对"一样论"的不满,仅是发自出得起负担、出不起负担的认知。他的"机警",在于一下子就发现了"一样纳粮"几个字的瑕疵,并表达了穷人的利害得失,而实际上,他对"反正谁家坐了天下"都默许的态度并无异议。这一笔又是入木三分——刘二则的质疑,与抵制"维持"毫无关系,只能表明他穷在了极端狭隘的骨子里,敢于为眼前负担言之凿凿,却看不见命运挥在他头顶的屠刀。

接下来,一位老汉撇开土地和财产谈保命:"要不维持,来了就是杀,黄土埋到脖子上的人啦,临死再挨一刀子?!"这显然是对桦林霸"维持"布告里"皇军一怒,发去大兵,先杀村中干部,后洗全村"之恫吓的认同,道出了刚刚经历血洗便祈望"皇军"不怒的奴性与可悲。这时,几个年轻人对老汉表示反对,似乎有了质疑"维持"的声音:"人又不是个泥胎,他来了还不会跑?腿又没借给别人。"但这种兔子躲老虎式的说法自然无济于事,只显出"嘴上没毛"的幼稚。

这一番众声喧哗,话题只围绕着守窝、惜财、保命。没有人说到前一天村民横尸村口,像牲畜一般被倒悬、被剐割;没有人说到"维持"就是将房屋、土地和性命随时供奉在敌寇烧杀掳掠的兽性之下;没有人说到苟且偷生背后痛不欲生、生不如死的屈辱;更没有人说到奋起反抗、向死而生……康家寨的悲惨,不单在于血洗之痛有多痛,而更在于经历血洗后只言偷生不言痛。痛者悄无声息,贪生者卑躬屈膝。寥寥数百字的描述中,寄寓了对康家寨社会的深刻批判。

小说开头部分凸显了一种沉重感。日寇虎入羊群一般的"扫荡"杀戮,令康家寨阴云密布;在决定是否"维持"的关口,村民心存侥幸、丧失血性,生死抉择间暴露出精神塌陷的沉闷。这是故事的低谷、气氛的低谷,更是精神的低谷。这种多重叠加的沉重,不仅是对大事件刻骨铭心的交代,而且是对人物群像精神状态的扫描。小说此处不仅着意于事件本身的起伏,更是在对精神跌落的观察中发出了深刻的诘问。单从这点即可感知:作者马烽、西戎的创作是强调历史性、精神性追求的,是超越了章回格式的"故事体"局限,升华出一种沉郁悲凉之美学品格的。回头再次品味他们在出版《后记》中所说"这本书只能说是一本连续故事,作为一本小说看是很不够的",这种自谦之语,恰恰透露出他们在自觉地克服着"连续故事"形式对小说品质的影响。这也正反映出打造经典的态度。

此处对农民心理、精神的透视,发出了《吕梁英雄传》的时代之问:在这生死命运的考验面前,大山深处精神落后的农民何去何从?这一问发于叙述文字背后,却尖锐而持久,构成小说文本之上更高一级的叙述逻辑。

4.觉醒的起点——揭开"想做奴隶而不得"的伤疤

维持会成立之后,康家寨人暗无天日、苦不堪言,以"维持"换取苟活的幻想破灭。小说此间笔锋犀利地揭开了"想做奴隶而不得"的伤疤,这种对农民命运状态、精神状态的深掘,表明这部作品的品质远远超于一般战争题材小说。

接受"维持"后,村民们才觉出,被抓去的人只有桦林霸的二儿子康家败(康佳碧)回来了,用康顺风的话说"是掏了五十块白洋赎回来的"。于是,人们"只好含着眼泪,回去卖牛卖羊,东挪西借,想法救人"。被一瓢凉水泼在头上的,首先是为"维持"呐喊并充当主力的周毛旦,因为"周毛旦家,原来光景就不好,这次敌人来又烧了五石多谷子,哪里来的五十块白洋啊!但是为了赎这个命根子儿子,逼得老汉卖了五垧地,又把媳妇的一个银项圈凑上,这才交清赎款"(以上引文据第三回)。如果说周毛旦自取其辱栽了跟头,那么,村代表辛在汉妈妈辛老太太的遭遇可谓悲惨,她为赎儿子把牛卖了,却因"皇军说他(辛在汉)是坚决抗日的,不放回来",落了个人财两空,"哭得泪人一般,气得大病一场"。原本遭受日寇突袭、生灵涂炭,村民们为了维持生存而含悲忍痛,谁料"维持会"不护村民、反要吃人。老谋深算的桦林霸幕后主使,康顺风与桦林霸儿子康家败前台耍横,作为维持会爪牙的流氓地痞王臭子、康肉肉等人狗脸向人,他们不仅替日寇威逼压榨,而且借势加码、暗中搜刮,"每天就在一块肥吃大喝,纸烟不离嘴"。当村民不堪维持会逼款逼粮太急,众声求告宽限几天时,伪军们心硬如铁:"皇军不宽容我们呀!为了要这几个烂钱,磨烂鞋子谁给买?"这时,一个细节透视了维持会会长康顺风的心思。他一边在村里人面前卖好,提出宽限至两天,一边又趁机巴结伪军,让村民每家送上一双鞋作为酬谢。伪军们对康顺风使的眼色心领神会,当即变本加厉:"只准两天,两天没钱就要人。鞋折了钱吧,一双五块,省下你们买!"(以上引文据第四回)这深入骨髓的描写,刻画出了维持会与日寇豺狼分食同类时的贪婪、尖刻、冷血,无疑是作者对当时汉奸败类嘴脸的传神塑造。一层一层加码之后，比以往更甚的苦难压在众人头上。第四回"维持会逼粮要款，刘二则含愤丧生"，对这种苦难发出了震撼灵魂的控诉。经日寇"扫荡"后，无房无地的刘二则家里财粮一空，陷入揭不开锅的挣扎之中，日寇、维持会的双重盘剥已让他看不到生路，康家败又以财东恶霸的嘴脸逼租上门……刘二则在重重压迫之下，一夜跌回了逃不出的命运，再无一点信心去面对指望他求生的这个家。小说对刘二则夫妇抛下哺乳期孩子双双自尽的描写细腻、冷峻，读来令人撕心裂肺，这一幕惨剧，将村民们"维持"不下去的痛楚彻底地揭开了。在第五回"义葬屈死人"的情节中，刘二则事件迅速发酵，"男女老少都急急忙忙涌来了"。和刘二则一块儿掏炭求生的工人挥拳叫骂"穷人不能活了"，村里的穷苦人家"各人想起各人家的苦处"，一个个满脸悲愤，于是，各自关起门吞咽苦水的局面打破。康家寨人从刘二则身上看到了自己落入谷底的命运，意识到了侥幸求生也终是苟活无望的共同处境，意识到了大伙必须讨问穷人如何才能活命。这是康家寨穷人精神世界的重要转折——他们的心开始聚拢起来寻找出路。

这一命运共同体意识，在刘二则事件后随事态升级而不断强化。义葬刘二则夫妇当天，康家寨人又摊上了给汉家山据点敌人修碉堡的苦差，而之前被催款项尚无着落，刚出苗的庄稼无暇侍弄，更何况修碉堡时和牲口一样受累，还要挨打受气……于是,众人渴望有人领条活路——"这日子怎能熬下去呢?"这一叹问,如同命运交响曲发出了重音,农民由此被逼向觉醒的起点。这种基于命运观察的精神铺垫,令所有故事获得了扎实的现实主义逻辑。这样强劲的叙事动能,将情节推向了农民主动争取命运的全新阶段——党员康明理、孟二楞等不下去了,觉得必须去找先前一直困在病中的党小组组长想个办法了。于是,康家寨青年首领——原来的抗日自卫队分队长、党小组组长雷石柱登场亮相。从第五回起,小说渐次展开反抗命运的节奏,而这种节奏已然对应着它的叙述深度:一场在觉醒中走向胜利的战争。

5.英雄叙事开场——不只是打响第一枪

群龙无首,石柱登台。在"邻居义葬屈死人,石柱黑夜谈抗日"的第五回中,三位党员深夜讨论。粗眉大眼、紫红脸皮的孟二楞咽不下修碉堡挨打的气,说出了使性子拼命的话:"反正扯了龙袍也是死,打死太子也是死,一命换一命算了!"白面皮圆盘脸的小学教员康明理也端出"这气真受不下去了"的话题,提议"我们一块儿去参加八路军吧"。这时雷石柱给出了深思熟虑的回答:"农会老张(张勤孝)不主张维持,让反动派逼走了。咱们再要都走了,可不是正合了人家的心意啦?……咱们走了,村里的事还不是任由这些汉奸乱搞!"与张勤孝未能阻止"维持"便一走了之的选择相比,雷石柱留下来斗争的决定,显得镇定而有担当,既不能重复张勤孝孤掌难鸣式的失败,也不能束缚于"上级党的领导人一个也不在"的困局。雷石柱的策略是不消极等待,在八路军来之前,"团结些有骨头的年轻人,暗里搞抗日工作"。这种自发自觉守土保家、团结骨干主动斗争之意识的诞生,让康家寨社会看到了主心骨,构筑着《吕梁英雄传》主人公们的精神基石。第六回写到,就在石柱谈抗日之际,上级领导马区长当夜来访,带来了八路军形势好转、反"扫荡"打了大胜仗的喜讯,传达了组织民兵"挤敌人"的策略,这从抗战宏观层面印证着康家寨主动开展斗争的时机已然成熟。马区长提出"挑选村里最好的青年,编成小组,暗里和敌人斗争"的办法,与雷石柱的想法不谋而合。他还明确了康家寨抗日斗争的方向和任务——"将来搞到敌人的枪炮,反掉维持,就可以扩大,成立公开民兵,武装保卫村子。这民兵就叫不脱离生产的兵。"而马区长临别时一句"以后有问题,到靠山堡找我"的简单嘱咐,点明了康家寨人是有靠山的。

雷石柱出头、"暗民兵"布局,是对敌斗争故事的正式开场。而小说对石柱领头效应的表达是克制的,让这个在战斗中逐步成长的农民首领袒露其局限,不仅令人物真实、自然,而且反衬出峥嵘岁月的特有质感,显现了现实主义叙事的严谨和浑厚。第六回中,身体康复的雷石柱随村人去汉家山修碉堡,他让康明理、孟二楞暗里宣传"拿上坏家具去,熬日头磨洋工",叫碉堡好修不成。这是党小组第一次尝试发动群众斗争,得到众人响应。怎奈我为鱼肉、人为刀俎,本村武老汉(武二娃父亲)仅仅是停下来擦擦汗,就被由日寇训练成"监工"的大洋狗活活咬死。尽管雷石柱约了康、孟二人,连夜实施了除狗行动,但这种暗中对抗并非上策。第七回中,当伪联合村公所逼着人们按照摊派限时交麦子,雷石柱又暗中布置实施麦子里掺砂的办法,成功瞒过了康顺风,然而,这样的斗争难以阻止日益加码的压迫。

小说没有夸大此时雷石柱的能力和作用,而是在他连连出手与敌较量之际,引入了真正能将康家寨人组织发动起来的关键人物——由八路军武工队派至康家寨暂时代理支部书记的武得民。纵览全书,《吕梁英雄传》斗争故事稠密穿插、层层递进,作为内在线索将它们有机贯穿起来的,是康家寨人的前途自觉、道路自信,而身体力行为康家寨人注入这魂魄的,正是武得民。从张勤孝的消极躲避,到雷石柱的暗中出头,再到武得民解民倒悬、宣传群众,打造众心归一的战斗阵营,小说于叙事间构建了扎实的内在逻辑——康家寨人是如何投入有灵魂的战斗的。

武得民完成了雷石柱无法担当的使命。而完成这个使命,靠的是他胸怀大局、敏于判断,靠的是他经验丰富、足智多谋,更是靠他将斗争艺术运用得炉火纯青。小说在这个环节的书写既章法井然,又起伏跌宕,为全书整体叙事打通了气脉。

武得民与雷石柱暗中接头入村,对外借用了"货郎子"的身份,他给村民带来的,正是困于乱世的穷苦人最想得到又无从得到的生活物品,一句"你们要买啥,拿上先用"的体己话更是直接打动了众人的心,表明他深知农民疾苦,与众人心灵相通。他来到张忠家,用贴疮膏药治好了老汉大儿子张有义被日本人打烂的腰,解除了"全家人真急得像发疯了一般"的险情。带着患难与共赢得的信任,他与村民唠着"这年头真没法活了"的家常,用斗争论纠正二先生(白文魁)的"劫数论"(在劫的难逃!……受够就完了),并用众人齐心、在武工队支援下反掉维持的赵家沟经验,指明了斗争出路——"现在人家那村子,有民兵保护,敌人轻易不敢去。"(以上引文据第八回)而这种道路模式,也是《吕梁英雄传》叙述抗日战争独取的角度。

武得民用他杰出的领导才能和实战成果印证了斗争哲学。"敌人又派下羊毛来啦!不管喂羊不喂羊的人家,一个人交五斤,限三天交清,这怎办呢?"第八回中,雷石柱急于向武得民反映的,是一个靠暗中对抗无法应对的尖锐问题,武得民的主意是拖延些时日——"那时维持也反了,让狗日的们再要不成!"紧接着,他提出了充满斗争智慧、彰显斗争艺术的一招——"用软办法和他斗。可以发动群众向敌人请愿!""不要找维持会的汉奸,直接去找日本人。"这一策略基于"这阵敌人正假仁假义地到处想卖好"的判断,显然超出了雷石柱的经验。这种对斗争形势、斗争时机、斗争方式的把握，让康家寨人获得了合法地开展斗争的契机。这次请愿斗争，迫使日本小队长在五六十位村民面前伪装"怀柔"，并且拿骑着叫驴追来训斥村民的康顺风顶了杠子，让不明就里的康顺风充当了"不会照顾良民"的反面典型，吃了"皇军"赐给的耳光。这一事件中，日寇暴露了侵略者的虚弱，维持会两头受气坐了蜡，穷苦人从"齐心"斗争中看到了出路，感受到了力量。这不仅是故事情节的转折，而且是康家寨社会精神状态的新变——告别一盘散沙，迎来众志成城的局面。

在这个重要转折点上，小说叙事密度加大，情节紧张而精彩，接连讲述了在武得民领导下化险为夷、战胜敌人的事迹。汉家山给日寇当密谍组长的"地头蛇"，看上了二先生十九岁的女儿白梅英，说亲不成就要强娶。武得民将计就计，将曾在"劫数论"中打转儿的二先生救出这一劫。第九回中，假意送女出嫁当天，场面红火，故意拖到后半晌开席，直吃到上灯时分，已有醉意的"地头蛇"骑马领着花轿上路。在一片桦树林中，小说展开了第一场痛快淋漓的战斗——

> 突然树林中"砰"的一声，一团火星，直照地头蛇飞来。只听地头蛇尖叫一声摔在马下，那马惊得乱蹦乱跳，谁知地头蛇摔下去时，一只脚还在镫上挂着，那马倒拖着他直奔汉家山去了。

这是康家寨民兵打响的第一枪,这一笔,让小说的叙述调子明亮又铿锵。带着争取前途命运的心气儿,人们等到了这反抗和消灭压迫的枪声,看到了团结战斗的力量。第九回中,夜色中的一幅剪影,是在勾勒与吕梁山同样伟岸的"脊梁"——

  这时,树林中又出来三个人影,领头拿连枪的便是老武,拿火枪的是雷石柱,武二娃提着个手榴弹。山坡上喊罢口令的康明理,送了白梅英的孟二楞,也都跑回来了。五个人就分开几路,悄悄回到村里。

这是英雄群像的第一次集合,也是"英雄"叙事的起点。

  地头蛇逼婚被消灭,日本小队长听说是"半路上叫八路军包围住劫亲"(第九回),也不敢胡乱出动。这一回合,康家寨扬眉吐气,打出了威风,鬼子和汉奸当了哑巴,成为没捻的炮仗。这是对康家寨人最好的教育,敌人可以战胜,百姓有了出路。第十回中,"货郎子"武得民基于"现在基本群众已经起来了"的判断,从幕后走向前台,向"基本群众"亮明武工队员、八路军抗日政府干部身份。对康家寨社会而言,"群龙无首"阶段宣告终结。康家寨群众确认了道路模式、斗争哲学,达成了命运共同体的默契——男女老幼各尽其职,团结得和铁桶一样,并且坚持信仰不变心,立下保守秘密的生死状。至此，吕梁英雄精神之基、力量之基正在一步步夯筑。这种在斗争实践中确立道路自信、前途共识的表达，贯穿于情节自然发展中，如同故事的"气质"与"筋骨"，构成小说思想性的重要载体。

武得民向基本群众公开身份后，接连发生两次冲他而来的险情。第十一回"假书记通风报讯，真汉奸脑袋搬家"，写康明理利用将计就计打入维持会的"书记"角色，获取了维持会情报员王臭子已掌握武得民真实身份的重要情况，并在武得民策划下，利用王臭子和康家败的矛盾具体贯彻离间计，诱导康家败先下手为强，到汉家山日本小队长那里告了王臭子的状。结果，满以为被叫去领特务费的王臭子以"通匪"之名丢了命。第十二回"查户口老武遇险，巧掩护大婶立功"，讲的是汉家山据点日军"也疑心康家寨仍有'匪军'暗藏"，于是命令伪军中队长到康家寨清查户口。千钧一发之际，八路军军属、收养了刘二则夫妇遗孤的康大婶急中生智，与躲入自家大门的武得民合演双簧，顺手抓起扫炕笤帚唱了一出"三娘教子"……团结战斗，化险为夷，不仅检验了村民的向心力，而且显现了众人的机智与默契。小说文本由此实现一种递进——从武得民富有个人魅力的斗争艺术，到康家寨众人同心协力的斗争艺术。这些引人入胜的生动情节，构成《吕梁英雄传》故事的特有神气。

6. "反维持"高潮促成飞跃——升级道路模式

从第十四回"敌人准备砍木料,老武夜谈保桦林"开始,敌我较量升级,康家寨人在更加严峻的考验中迎来了反维持胜利。

日军欲砍桦林山上的桦树作枕木,修建通往汉家山、水峪镇的铁路,不仅要把汉家山的煤掠走,更对整个根据地形成威胁。在这个节骨眼上,雷石柱与武得民有截然不同的反应,雷石柱"心上像压了一块大石,说不出的烦愁",一方面,他想到"桦树林这是全村的命根子,砍了穷人们可怎样活呀?"另一方面,他意识到"筑起铁路来,可就更坏了",表现了一位民兵队长对事态变化的警觉,反映了这位泥腿子英雄的精神成长。而在战争岁月、革命队伍中久经锤炼的武得民,不仅讲出了为什么"问题很严重",而且指出了颠覆敌人需要先干一件大事——"先把维持反掉就好办了",并且得出了当下就是反维持最好机会的判断。武得民的眼光和判断,体现了一位优秀指挥员的格局与谋略——反掉维持,剔除日军内应,形成团结统一的阵营,动员全体百姓投入抢伐桦林、颠覆日军修路计划的战斗。

就在武得民为研究三村一齐反维持而回了靠山堡,雷石柱到敌人据点里当差、担水砍柴的当儿,一次骤然而起的冲突,显现了康家寨人自发斗争的能量。起因是"半晌午时分,汉家山敌人,向康家寨要下五个花姑娘"(第十五回),那边马上等着带人,这边把村里人气炸了。结局是,挑水回来的周毛旦抡起扁担砸死了扑在儿媳身上的鬼子;正在砍柴的孟二楞一斧子甩出,将企图逃走的警备队员结果了性命;二人闯祸被押入维持会拷打,雷石柱回村知情后派人到靠山堡送信;上级决定派武工队解围,提前实施反维持行动……两位主心骨不在的情况下,痛快淋漓的杀敌场面印证了康家寨人的精神气质与先前已截然不同,他们有了自主的雷霆一怒、手刃寇仇的英勇举动,一种争取命运的大无畏的集体意识业已生成。康家寨人的精神内部蓄满了能量,这种能量推动了情节,这是文本中一次质的飞跃。

武工队端掉维持会,并一鼓作气打埋伏,消灭了前来押解周毛旦、孟二楞等人的一队日本兵。这样一来,康家寨反维持场面,便充满了扬眉吐气的胜利氛围。在团结统一的战斗阵营形成之际,康家寨青年骨干在不同契机之下纷纷出场,先前不敌维持分子、连夜搬到靠山堡的农会干事张勤孝,也跟随武工队返回康家寨。他的出走与回归之间,隆起一道英雄的脊梁。

"反维持"的胜利是全书情节的第一次高潮,由此,《吕梁英雄传》正式进入了升级道路模式的阶段。这个道路模式就是,反掉维持,与日寇形成对峙,内靠民兵保护,外靠武工队支援,凭借山川屏障、地势之利,与周边村庄互为掎角、彼此呼应地抵御侵略,通过自主、灵活的方式"挤敌人",争取生存与解放。

从第五回"邻居义葬屈死人，石柱黑夜谈抗日"，到第十七回"热烈招待子弟兵，愤怒砸烂维持会"，是《吕梁英雄传》叙事最为紧致、逻辑最为讲究的部分，充满张力的情节之外，同时达成了比斗争故事本身更为关键的叙述——吕梁英雄精神成长的轨迹。可以说，战斗的能量在此间"满血"，吕梁英雄历史存在的基础已然夯实，同时也相应地筑就了这部小说的大书品质。

二、深层结构：诠释"人与土地"

1.观照战争背后的题目

受章回体故事结构形式局限，《吕梁英雄传》紧张繁密的笔触间，少有闲逸之句、抒发之语，文字总体上显得紧束。从全书来看，少有的从苦难岁月中跳脱而出的诗情画意呈现于第一回的开头：

> 吕梁山的一条支脉，向东伸展，离同蒲铁路百十来里的地方，有一座桦林山。山上到处是高大的桦树林，中间也夹杂着松、柏、榆、槐、山桃、野杏，山猪、豹子、獐子、野羊时常出没。山上出产煤炭和各种药材，山中有常年不断的流水，土地肥美，出产丰富，真是一个好地方。

大美吕梁可见一斑。今天的我们读到这些文字,不能不为大自然原初的赐予发出赞叹。在这朴实而引人神往的描写中,"真是一个好地方"的意味是明朗却又沉重的,仿佛复合式旋律,烘托了整个故事。如果将其间明朗的旋律发而为声,正如歌曲《我的祖国》那般抑扬复沓的吟唱:"这是美丽的祖国/是我生长的地方/在这片辽阔的土地上/到处都有明媚的风光……"当然,作家马烽、西戎无意于这般华彩文字的释放,"真是一个好地方"的情绪中,着意突出的是故土家园遭受践踏的沉重,以及英雄儿女为之浴血战斗的悲壮。

作品中,这座桦林山是作为美好土地、美好家园的象征而存在的。对于桦林山,文本于遭受战争和侵略阴影的焦点背后,还有着缘于"桦林霸"的深入观察。百十来户人家的康家寨,土老财康锡雪(桦林霸)家有土地四百多垧,还开着几座炭窑,村里人大半是他的佃户。不仅如此,因康锡雪在旧政权统治时期当过衙门里的师爷,也当过村长,并且满肚子阴谋诡计,仗着有钱有势,"硬把桦林山这座天生天化的东西,霸成他自己的家产。谁要上山砍一背柴,刨一点药,都要给他纳捐上税,因此外号人叫'桦林霸'"(第一回)。显然,这个土老财凭借对土地与财富的占有,曾是康家寨社会的实际统治者。于是,美好的桦林山,却承载了人与土地间的对立和冲突。一个"桦林霸"直指要害,交代了康家寨社会的基本矛盾,也交代了人与土地之间截然不同的背景、情感、立场。毫无疑问,社会斗争和外族侵略导致的生存处境的急剧变动，会加剧对立双方之间利益及与之相应的思想、行为的冲突。这样一种维度的存在，不仅增强了故事中对敌战斗的复杂性，更折射了农村社会关系固有的复杂。

在《吕梁英雄传》中，显性的叙事在于战争以及由此而来的民族灾难、时代考验、社会动荡、英勇战斗，而叙事中隐含着一种深层结构，体现为聚焦人与土地关系及农民前途命运，形成持续的思辨与观察。这是比战争问题更内在的题目，来自历史深处。在这部抗日战争题材小说中，战争带来的灾难、冲突，与土地关系决定的矛盾是叠加在一起的，在此之下，不同经历、不同位置人物的状态形成持续对照，揭示着相应的命运分野、精神选择。这样的书写，突破了一般战争题材的表现力度，内在地表达了农民在战争洗礼之下对掌握生存、掌握土地、掌握命运的自觉。他们不仅仅是从战争灾难下获得解救，而且是从时代变革中获得进步。

在人与土地关系问题上，《吕梁英雄传》有三个层面的透视。一是农民对土地的生死依赖与地主、富农集中占有土地之间的对立。这是当时农村社会的现实格局，因其沿袭而来、根深蒂固，即便是在社会变革和战争状态下，仍旧在心理、行为层面顽固地维持。二是日寇侵略、残害之下原有土地生产状态受到粗暴颠覆的困境，并极端化为乡村百姓失去根本、忍辱求生尚且不能的绝境。这是从特殊环境、命运中对人与土地关系的观照。三是生灵涂炭,家园不保,吕梁英雄们锄头、武器并举,在争取生存与解放的奋斗中对土地怀有的情感与态度。其高级状态是置之死地而后生之下土地意识的觉醒,是主人翁精神的空前焕发。这三个层面的内涵,在血腥的笼罩与坚韧的抗争中错综交织,促成时代风云中乡村社会的复杂事变、丰富表情。

小说写道,1940年抗日新政权建立后,康家寨佃户穷人在农会领导下向桦林霸(康锡雪)开展减租斗争,"抽了受剥削的欠债契约,陈皮烂账打扫得一清二楚,家家光景慢慢过好起来了。村里的抗日自卫队也发展起来了"。这种利益关系的调整是农村社会的重大事件,不仅改变了农民自身的生存状况,"使家家有活路,人人有饭吃",而且直接地、深刻地拉近了农民与这场战争的关系:"发挥出一切力量齐心抗日,保卫家乡。"(以上引文据第一回)这种御外战争状态下的关系调整尚不是根本性调整,土地所有权状况未变,但也遏制了压迫,给穷困农户以生存空间。土老财桦林霸仍旧地广业大,却已在前途未卜的盛衰、得失盘算中陷入惶惑;康家寨的佃户们则在新的变化中有所满足、有所信赖,但内心仍怀着对旧有土地关系的习惯与默认。《吕梁英雄传》之所以在浅显的"故事体"形式之上立得高、立得稳,关键在于抓住了重大战争背景下吕梁山区农村社会这一微妙复杂的过渡期特征,在复合性的变化与动荡中,写出了战争、土地与人,写出了唯此特有的心理和精神。从这个意义上讲,小说的价值是在故事之上的。

2. 写透桦林霸:出于"地主情结"的冒死抵抗

对人与土地关系的观察,最集中地体现于对桦林霸(康锡雪)这个人物的塑造上。小说开头就写大难压顶、日寇"扫荡",整个康家寨面临命运选择,这时,对桦林霸的描写与揭示,形成一种结构布置。

第一回中写桦林霸逃出、返回的举动与经历,反映了一种极端的人格、立场,对其苦楚和痛点的挖掘意味深长。日寇进村时,桦林霸因头天晚上吃多了猪肉正蹲在茅房里跑肚,听见枪响后"吓得没有屙完,连忙拉起裤子,一溜烟跑到草房里,取出埋藏了的文契盒子,抱上就往外跑"。待一气跑到山上,"往山下村里一看,才想起家里人还都睡着"。桦林霸是小说第二个以特写推出的人物,生死挣扎之际,他最敏感的神经被土地、房产契书牵去了,取文契盒子成为先于逃命的举动;而相比契书与自己的性命,家和亲人都可以不要了——他是从自家院子、家人身旁独自出逃的!一笔之下,把桦林霸对失去土地占有权之莫大恐惧写到汗毛孔里去了。日寇走后,桦林霸又是最后回到村里来的,裸露着贪生怕死的本性,更让他对土地的占有欲显得格外肮脏。再看桦林霸一进家门面对的狼狈与耻辱——

见家里院里，乱七八糟，花瓶、自鸣钟、玻璃窗子都打碎了，红油漆箱柜大开，盖子扔在一旁；油坛子、酱罐子也搬倒了，红的黑的流下一地。幸好房子还没烧。只见长工康有富在收拾院里的东西，他老婆哭得两眼像灯盏一样，两个媳妇躺在炕上哼哼。老婆见他进来，照脸吐了一口浓痰，拿指头狠狠指了一下他那光溜光的脑门心，又哭又骂道："你这老不死的东西，只顾你跑了，丢下全家受难，两个媳妇都叫糟蹋了，佳碧（桦林霸二儿子，绰号"康家败"）也叫抓去啦！……"康锡雪最怕老婆，平日老婆无缘无故骂，都不敢回嘴，今天更是连气也不敢吭了，又听见说儿子被拉去了，气得两眼一瞪，倒在椅子上，只呜呜地干号。老婆哭了又骂，骂了又哭，全家人一直哭到半夜。

日寇侵害之下，桦林霸未能幸免，而面对一片狼藉，他的痛点排序是土地财产、自家性命、儿子死活，而老婆、媳妇的安危几乎抛在脑后。对土地财产的贪恋很大程度上遮蔽了亲人受辱之痛。这样的人格特征，决定了他胸无家国之恨，他的仇恨，首先指向可能与他争夺土地的穷苦大众；这样的人格特征，也决定了他可以不计羞辱地当驴作狗，不辞与欲灭其族的日寇为伍。这种对于痼疾一般的"地主情结"的刻画，是对当时农村社会的深刻记录。

小说从社会政治背景以及农村社会内外勾连的线索中解剖了这种地主情结。先说桦林霸，他在旧政权统治时期"与衙门里有来往"，他的大儿子康佳玉在晋绥军里当副官，"敌人打来的那年，随着晋绥军逃到陕西去了"（第一回）。再说康顺风，此人和桦林霸是远房叔伯兄弟，以前是个"牙行"，在旧政权里当过闾长，抗日新政权建立后，他凭借看风转舵的功夫，被选成村主任，而日寇"扫荡"当日将他抓走后，为他作保，介绍他转而为"维持"卖命的，是他的表兄，在日寇汉家山据点当了伪联合村公所村长的王怀当。这些相互关联且具有共同背景、立场的人物，出于自身利益的考虑，与为贫苦农户做主的新政权对立，罔顾民族危难、身家耻辱。于是，视土地财产胜过性命的桦林霸，与被日军抓去后认领了"维持"任务的村主任康顺风沆瀣一气，与汉奸王怀当之类同流合污。桦林霸肮脏的地主情结，同被日寇委任"维持"差役的可耻角色形成苟合式的杂糅。

第二回写桦林霸拆看康顺风从日本人那里捎回的信，面对答应"维持"就放他儿子回去的条件，桦林霸这样的人物实已别无选择。这一场戏中，极其细腻地刻画了他作为那个时代背景下典型人物的心理矛盾。读过日本人的信，他"又像高兴，又像生气"，"两手捏着信纸发呆。半天才发愁地说：'唉！这事叫我进退两难，日本人把我家欺侮成这样，我再来替他做事，落下个汉奸骂名，这这……唉！'"。在桦林霸的人性深处，保住土财主利益，在乱世中生存下去才是天大的事。因而，他此处发愁的重心在于"落下个汉奸骂名"，这是日寇侵入背景下、新旧政权变化之际事关生死的考量："维持了？八路军抓住就当汉奸办；不维持？这些财产就保不住了……"进退维谷，如履薄冰，桦林霸清楚地意识到了守财、守命都难守的困境。当他反复琢磨是不当汉奸还是保住财产时，心里翻动的是他与革命、与穷苦大众相对立的利益与追求。对于作为汉奸被镇压的风险，他是有充分考虑的，虽然贪生怕死是他的显著特征，但失去土地和财产，也就如同失去性命。最终，思虑已毕、决心已定的桦林霸用拳头在桌上捣了一下，面向康顺风倒出了肚子里的狠话——

"维持就维持吧！这几年没权没势，尽受穷人的气。趁这机会倒可把这些人教训一下。以后送情报，送给养，反正也出不到咱头上。你说那几个干部，哼哼！"桦林霸冷笑了两声继续说："你数数，农会张勤孝虽然工作积极，是个老实圪垯，拐得卖了他，还要跟上点钱哩；代表辛在汉又给抓去了，只要在皇军面前说句话，永远也休想放他回来。剩下自卫队分队长雷石柱一个人，就让他浑身是铁，也打不成几个钉子呀！再说他病得爬也爬不起来，将来随咱们还好，不随就想法干了他。"

这场戏,写出了桦林霸深藏不露的"阴"与"狠",也通过桦林霸的现实分析、命运思考,摆明了康家寨的斗争形势、明暗阵营。这是对小说一条重要情节脉络的布置和"总控"。桦林霸的决断貌似笃定,其实难掩对"汉奸"前途的心虚和担忧。下定决心一条道走到黑,是他守财、保命的不二之选,也是前途不测之际无奈的赌注。考察这个人物的精神和言行,可谓一半是发狠,一半是哀号。从他对张勤孝、辛在汉、雷石柱等几位干部表达的憎恨中,透露着针对新政权的惧怕与担忧,他无疑感觉到一种动摇旧的土地关系的社会风向,这也决定了他与康家寨民兵势不两立的对抗。于是,同意效力"维持"不仅是求得日寇庇护,更是对失去土地与财产命运的冒死抵抗。写透这个人物,也就写明了这是一个怎样的时代,也就指明了抗日作战牵扯着农村社会怎样的神经,引出如何激烈的对立与斗争。

在决定生死存亡、理应共御寇仇的战争面前,康家寨社会内部却暗存尖锐复杂的矛盾,其根源就在于人与土地利益关系上存在根本对立,这种对立在战争条件下激化为桦林霸和康顺风暗通敌寇、冒死颠覆抗日阵营的疯狂举动。将"地主"身份和利益置于生死抉择之上,是桦林霸这个人物的灵魂本质,这样的灵魂,驱使着这个"满肚子阴谋诡计"的人物,让康家寨社会上演了明暗之间的较量,所承受的考验变得异常复杂。

同样是为日寇卖力"维持",康顺风干在明处,桦林霸藏在暗中。后续情节中，康顺风被抗日新政权领导的反维持斗争掀翻在地、险些丢命，而桦林霸却得以逃过一劫，继续潜伏，成为康家寨社会未予设防的"灯下黑"，对转入公开的农兵布置陷阱、暗下毒手。他把当了民兵的长工康有富用作耳目，获取民兵要组织群众砍伐桦林、阻止日寇利用桦木修筑铁路的消息后，赶忙向据点鬼子通风报信，结果民兵早已设防，教训了前来袭击的鬼子。第二十二回写到，在桦林山上吃了败仗的鬼子欲趁村民忙着过年实施报复，通知桦林霸"把民兵想法拉住，不要放哨"，桦林霸便装作好心让康有富把酒肉送到后半夜的哨位上，结果"大家喝酒闲谈，谁也忘记放游动哨了"，敌人目的达到，从沟底进村施暴，导致"日本鬼杀人如割草，张老汉诱敌跳绝崖"（第二十三回）。桦林霸用了最大狠心，使出所有招数，与颠覆他"地主梦"的人们不共戴天，甚至用上了疯狂而下作的手段。为了死死拿住长工康有富这个棋子，他不惜拿大儿媳作饵，对康有富实施色诱，得手后便理直气壮地给沦为民兵内奸的康有富布置任务。当他得知三个村约定以山顶火堆为求援信号搞联防，便威胁康有富恶意三更点火、制造混乱……更险恶的破坏出现在第三十四回、三十五回中，桦林霸与在靠山堡接受改造后释放回村的康顺风重新合成一股，气焰空前嚣张，勾结日寇设下罗网，命康有富编造假情报，欲将民兵引上老虎山一举消灭。结果，恰逢武得民、雷石柱都到了区上，轻敌冒进的民兵死伤惨重……随着康有富幡然悔悟，桦桦林霸最终被揭出原形,与康顺风一同伏法。

从全书结构来看,康家寨反掉"维持"之后几经挫折,都是在消化内部固有的尖锐矛盾,也由此形成了情节的曲折跌宕。在吕梁英雄抗击日寇、保卫家园的战斗中,必须首先面对并排除康家寨社会存在的这种危机与陷阱。桦林霸的下场是注定的,而他鱼死网破般的挣扎,是非常重要的提示和强调:在侵略与反侵略的矛盾之下,还有出自历史深处的原生性矛盾,即出自人与土地关系的不可调和的矛盾,正是这样的矛盾导致了桦林霸与抗日阵营的激烈斗争。在孕育新的土地分配关系的时代进程中,桦林霸的处心积虑终究灰飞烟灭。《吕梁英雄传》由此将故事写至了历史根源深处,所有的人物和情节都获得了出于时代与社会的理由。

3.农民性格、命运照见"人与土地"

对人与土地关系的观察,还隐含于对农民性格、心理、精神的描写中,并由他们的命运过程给出意义指向。

(1)刘二则:逆来顺受,命如纸薄

描写"刘二则含愤丧生"(第四回)的文本,尖锐地指向了特殊境遇下黎民百姓的生存苦难。他在日寇、维持会及地主"王法"的多重逼迫下无路可走,选择轻生,其间由挣扎而放弃的过程,不仅凸显了悲剧的毁灭感,也揭示出农民被动接受压迫、逆来顺受的先天不足。这一笔从人间悲剧深深切入,夯筑了关注农民命运的深层维度。解剖刘二则的悲剧命运，除生存难以维持的现实压迫，更有精神上难以支撑的绝望——新政权减租政策带给佃户的希望横遭颠覆！刘二则在重重打击之下陷入无边的黑暗。他悲就悲在房无一间、地无一垄，苦就苦在种地交租、劳而无功，哀就哀在只见压迫、不见出路。处于这样的位置，面对席卷而来的战祸和变故，刘二则式的悲剧是注定要发生的。这是从当时社会变化和动荡中观察一个农民的遭遇，由此道出悲剧命运的必然性，更是在强调那种从本质上起决定作用的悲剧因素，即农民在土地关系中的悲剧角色。正是在这种内在观察之下，刘二则的个人悲剧获得了时代内涵。没有土地、没有生存主动，由此而来的现实逻辑是：种粮者家中无粮，却有压迫和强逼找上门，直不起腰、抬不起头，甚至没有苟延残喘的权利……这注定了刘二则和他的同类们命如纸薄！

刘二则在人与土地关系中处于最紧张、最脆弱的边缘，作为一家之主，他在巨大的压迫感之下付出了所有挣扎，终因无力承担家庭生存责任而加倍哀伤，这令他不再设想个人的逃脱和反抗。更何况，他属于长期匍匐于旧的土地关系下逆来顺受的一群，殉葬于这样一种窒息的精神处境如同归于宿命，他服从于这种宿命的选择具有极强的代表性。

作为刘二则悲剧的外部对照，马有德被维持会逼粮逼得跳过井，求死不成，只好卖地求生，而最终落得两个娃饿死，自己生不如死的惨境,这更以有地农民同样难逃刘二则悲剧的事实,显现了特殊境遇下人与土地关系中存在的尖锐与紧张。而小说对于争取战争胜利和农民解放的叙述,自始至终没有离开人与土地关系的映射,将"人与土地"作为求得解放和实施变革必然要回到的圆心。这是小说结构中一条形而上的神经。

(2)雷石柱:从勉强一人过活,到投身社会改造

小说中的农民,受不同土地关系作用与影响,表现出不同的态度和行动取向。

对于雷石柱这个重要人物,同样可以从人与土地关系的维度作内在解读。通篇来看,第五回对雷石柱首次出场时的描写和交代,似乎太过刻意,文字稍显浮华:眉清目秀、十分英俊、精明强悍、勇敢果决……如此概念性词语堆叠,与小说朴实、自然的整体叙述风格有些错位。再看:

家中很穷,从小跟父亲在这桦林山上,打山猪、赶獐子,七八年工夫,练下一身好本事:跑路像飞的一样快,爬山过岭如走平路。提起枪法,更是高强,山猪野羊只要叫他看见,总跑不了。一百五十步以内,说打头就是头,说打肚就是肚,真是百发百中……

评书式的语词语调,使文本忽而跳出了"山药蛋派"的写实路线,将人物定型至《水浒传》式的夸张。实际上,对于此

处所述雷石柱神乎其神的本事，后续情节并未与之呼应。或许是作者起初对这个中心人物寄予了非同一般的预期，并预设了超乎寻常的本领和气场，而从全书面貌来看，这个人物的表现并未蹈入浪漫超拔，而是整体遵循于现实主义逻辑，从农民本色处一步步修炼，让形象获得了具体可感的生动。此处"失态"的人物描写，虽有瑕疵，但其中传达的有关出身、经历等信息，恰对人物的气质和做派构成内在支撑——因为在桦林山打猎为生，与拴在土地上耕种的农民相比，他有着更加灵活、自主的生计方式，与土地之间是一种相对自在的弹性关系。小说对他十八岁父母双亡之后遭遇所作的描写，重新回到了写实笔法："暖天给人家揽工做活，冬天就在桦林霸煤窑上掏炭……受尽了财主的剥削，捐税重，工钱少；而且桦林霸欠下他二年的工钱，赖住不给，因此一个人养活一个人，年年还是少吃缺穿……"显而易见，雷石柱尽管孤单一人、苦熬苦受，但谋生方式是揽工做活，并未完全依附于某一户人家，也未陷入那种看天脸色、看人脸色论收成的土地关系。揽工做活，出卖力气，不欠于人，反而人欠于己。虽与刘二则一样是穷苦出身，但独自谋生的雷石柱显然处于进退相对自如的生存状态。这两个人物的日子都是在新政权建立后有了起色，甚至"光景慢慢翻起来了"，但刘二则在享受新政权减租政策的情况下，仍是租种桦林霸十五垧地的佃户，而雷石柱则受益于减租增资措施，用收到手上的工钱买下十五垧地。一个是租种，一个是买下,在之后旧的压迫和剥削卷土重来甚至加剧之际,这种与土地之间迥然不同的关系,必然决定人物不同的承受能力。二人更大的差异在于,武艺才干出色的雷石柱,曾在新政权环境下当选自卫队分队长,并且在减租运动中加入了共产党,担任了党小组组长,这就使得雷石柱参与到改造社会的实践之中,对实现翻身与实施变革之间的关系有了认识上的自觉,从而获得除旧立新的思想意识和行动力。相比之下,"性子善得像绵羊"的老实庄稼人刘二则,代表了面朝黄土背朝天的农民之普遍生命状态,只会低头种地,尚未思考命运。一言以蔽之:土地关系照见生存与命运。

(3) 武得民:跳出"宿命",百炼成钢

同样,也可从武得民这个形象透视出人与土地的关系。在小说前半部分,武得民这个人物占有特殊重要的位置。他既有理论修养、战略意识、政策水平,又有深思熟虑的作风和富有智慧的斗争艺术,他是康家寨共产党员、民兵的组织者、领导者,也是面向群众的宣传者、发动者,他以具体的言行、实战的成果赢得信任,凝聚人心,缔造了康家寨社会团结战斗的局面。他对反维持能量的培育、时机的把握、策略的运用,体现了突出的能力和水平,是吕梁英雄们通向前途自觉、道路自信的引领者。就小说内在逻辑而言,这个人物的使命是赋予康家寨社会战斗灵魂。对于这样一个重要角色,小说在他领导康家寨群众连续取得请愿抗交羊毛、定计消灭抢亲地头蛇等胜利之际,专门安排了"亲亲热热讲身世"(第十回)的情节,讲出这个指挥员、组织者的出处:"房无一间,地无一垄,穷到底了。"武得民此言一出,又一次照见了与刘二则如出一辙的"穷根"。小说用细致的、真实案例一般的身世讲述,让武得民的形象回归至苦水里的农民——

"我爷爷手上就当长工。到了我爹手上,还是当长工。我爹四十几岁才娶过女人。我十二岁上,就跟上我爹给地主李义家当小长工,爹给人家种地,我给打杂,每天倒脏水、喂猪、看孩子……只吃饭没工钱。一次下大雨,比今天这雨还大些,倒脏水滑了一跤,把盆子摔破了,东家女人揪住耳朵,打得嘴鼻流血,一天没给吃饭,还罚我在雨地里淋了一阵!黑夜回去,我哭着死也不去了,我娘抱着我哭,爹说:'爹没本事,就会死熬死受,受了一辈子,流了的汗一担也担不完,给人家攒了家当,害得俺娃跟上挨打受气!'娘说:'俺娃歪好学上一样手艺,再不要像你爹一样受这份气了!'以后我便学了铁匠。

"学铁匠比当长工也不强多少。打了十来年铁,受了十来年罪。事变那年,我娘和爹都给日本飞机炸死了,炸得腿、胳膊都找不见了,尸首都没埋全……"

一小段叙述,讲出了一家三代长工的命运轨迹,所体现的，是一种让无地农民熬不出头，并且活得越来越不像人的土地关系。对十二岁的武得民挨打受罚、类同猪狗遭遇的描写，悲情涌溢，撕扯人心。而更深一层的观察，在于他的母亲让他改学铁匠、争取命运眷顾的心愿终究落空，这就将土地关系的批判升级为对社会现实、社会制度的批判——改变命运须经推翻压迫的变革。而所述日寇侵袭、家破人亡、他孤身一人面临绝境的经历，更将焦点对准了最为迫切的任务——反抗侵略求解放。后来参加游击队的武得民，正是在战斗洗礼中悟出了苦难真理，明白了解放与变革才是出路。他不仅升了排副、入了党，还在养伤期间学了医术，后续又有到地方工作、参加敌工训练班、学习几个月日文等经历，这样一位武工队指挥员可谓百炼成钢。

就艺术表现效果而言，小说以这样一种叙事安排，从千千万万浸在苦水里的农民中找到了光彩照人的武得民。对其苦难细节的讲述读来原汁原味、入胎入骨，使这个高大上的形象成为一个真实的、具体的人，从中也足见作者对当时现实体验、观察之深，现实主义叙事笔力深峻，直抵人心。

就人物塑造和命运观察而言，武得民这个形象比雷石柱实现了显著超越，是一个完全脱离旧的土地关系束缚，对前途怀有信仰、对命运怀有自觉的人，他的成长经历印证了精神境界、英雄品质的来由。从英雄人物成长逻辑来看，他与雷石柱之间有一比——雷石柱的今天，照见他的昨天；他的今天，预示了雷石柱的明天。

归根结底，武得民的苦根与刘二则、雷石柱的结在一打，作品所反映的他们欲本本分分当农民而不得的矛盾，以及决定了这一矛盾的人与土地的关系问题，体现了《吕梁英雄传》叙述战争、叙述时代的深度。

4. 从乡土之恋看人与土地的"互动"

小说对人与土地关系的观察，夹杂着一种厚重的心理基调，这种基调表达为融于血脉的乡土之情。在几处关于离家、还家的故事情节中，对乡土之情的描摹淋漓尽致，写透了人与土地的天然关系。

（1）特写：辛在汉回家

第六十六回有一段特写，聚焦康家寨原村代表、鬼子头次"扫荡"时被抓走并编入伪军的辛在汉。他与民兵里应外合，成功解救了因谋划"反正"而被看押的王占彪这一小队伪军，之后，终于脱离敌营，随队伍回到了离别三年的康家寨。此处特意设置他路上因解手掉队、随后独自踏入村子的情节，效果如同将他一人留在舞台，让那束追光专属于他。这段文字中，渗透了那种熟悉与陌生之间的万千感慨，重归故土、无语凝噎的情绪化为特别的心理细节："看到这些熟悉的房屋街道，心突突乱跳，也不知是高兴，也不知道是悲哀。村里静悄悄的，没有人，走到康家祠堂门口时，见门上挂一块牌子，上写：

'康家寨行政村村公所',听到里面人声嘈杂,不时发出欢笑声。辛在汉走了进去……"对这个小说开场就被敌人抓走,在紧要关头完成在汉家山据点卧底任务的人物,作者于此间付出了较多笔墨。如写他一眼认出了康大婶,却"一下把康大婶愣住了,别的人也都愣住";写康大婶一语戳向情感的核心:"孩子,你可回来了,你可是回到咱本乡本土了";写"人们听说是辛在汉回来了,一下都挤了过来,有的拉着手,有的扯着衣服,亲热地不知该说什么好";写康天成冒冒失失触到了辛在汉亲人均遭杀害的痛点,遭到康大婶一通埋怨……战争与苦难的叙事中,"本乡本土"成为情感沉淀的中心,人的命运跌宕于人与土地的悲欢离合之中。

(2)"集体大搬家"的画外音:谁是这片土地的主人!

第六十八回至第七十二回,集中写了汉家山村民把空村子留给穷途末路之敌,主动集体搬离的事件。其间引出离愁别绪,在情节主线上直接表达人对土地的情感内涵。从村民张武来说,"过大年时牛也叫人家杀了,人也叫糟蹋了,没法子干了!再说动弹不动弹一样,去年倒动弹来,满共打了七石粮,让日本人要了个光打光……"他"打定老主意搬上走呀",是出于山穷水尽的背井离乡。而更多的穷苦人则表达了故土难离的煎熬。正如吴金福老汉所讲:"虽然都穷了,可是一家人家,家家具具,人畜牲口,一下出去哪有那么合适的个地方呀!"另一方面,从汉家山暗民兵孙生旺的角度看,集体大搬家是对敌斗争的主动谋略:"全村人齐了心都搬走,看他们粮款向谁要?"(以上引文据第六十八回)在抗日政权的组织下,康家寨、望春崖、桃花庄各村都成立了移民招待所,武得民、雷石柱与汉家山暗民兵们周密计划,带领三个村群众联合行动,破开汉家山敌人修筑的围墙,对关帝庙的伪军严密包围、火力封锁,用地雷遏止碉堡上日军增援,搬家行动大获成功。这番将敌人孤立起来的详细描写,最终实现了全书分量极重的意象传达——土地对侵略者的围困。

第七十二回"村子空荡荡逼上碉堡,山冈冷清清困守炮台"中讲到在村民大搬家事件中挨了打的伪军失魂落魄地离开村子,搬上碉堡与鬼子合住。受"逼"于空荡荡,受"困"于冷清清,敌寇这一处境,暗含了一种气场,有如发出强烈的质问:谁是这片土地的主人?独眼窝翻译官道出了被土地主人甩入绝境的悲凉:"等大军来'扫荡'周围村庄,再把老百姓赶回来。"

在"大搬家"故事中,汉家山村同为地主的吴士举、吴士登叔伯兄弟俩,在是留是走问题上的分歧被表现得十分生动。为弟的吴士登看得明白:"村里人要都搬走,咱们可怎么活呀?地谁给种呢?……"为弟的吴士登却还摆着地主的架子,认为当财主和穷人不能比:"咱们有房有地怎么能搬走?当财主凭的房和地,这些东西搬不走,空人出去还不是受凄惶?"(第六十九回)直到吴士举决定随众人一同搬走,吴士登还是表态

"坚守"："出去也是死，倒不如死在本乡本土。"（第七十一回）不过，按照侵略者对待"本乡本土"的强盗逻辑，吴士登的两头驴、一车炭，连同七瓮粮食，都被收上了碉堡，他和儿子还摊上了替日寇掏井、担水、运送物品的苦力营生，原本只为舍不下房与地，到头来死守"本乡本土"的表演只落得灰头土脸。

在搬离故土这个重大问题面前，汉家山穷苦农民与大地主截然不同的心理和情态形成鲜明对照，暗含了对他们之间原有关系的颠覆，这个情节又一次传达了强大的气场，又一次发出无声的一问——谁是这片土地的主人！

在结尾的第八十回，写到汉家山敌人被"挤走"，借住在外的村民得到重返家园的喜讯时，我们可以从跳荡的笔触间感受到作者的思想情感与农民、土地紧紧贴在一起——"尤其是汉家山搬来的那些人家，更是喜欢得按捺不住，正在锄地的也不锄了，正在打场的也不打了……都回来收拾东西，准备往回搬。"再听住在康家寨周毛旦院里的张武老汉哈哈大笑之后的肺腑之言："这一下我汉家山那十几亩庄稼，也能吃上了！"在这结尾的一回中，"汉家山解放庆祝胜利"的时间，重合于每年旧历七月初七关帝庙古庙会，而这"自从日本占了就没闹过"的盛大庙会之重现，以及"汉家山家家都挤满了亲戚朋友"的场面，是对农耕生活正常化的最隆重的庆祝。这是对土地与人天然关系最惬意的描摹。

(3) 家园意志的终极表达：人与土地都在战斗

在旧的土地关系动摇和瓦解之际，真正的土地主人们将家园意识化为具体行动。第七十三回起，小说情节进入尾声，民兵赢得"挤敌人"的全面主动，雷石柱率战斗部队进驻汉家山村，近距离围困缩进碉堡内的敌人。这一过程中，紧张激烈的战斗与井然有序的生产同步，成立"生产战斗统一指挥部"的情节，再次显现了小说深层结构中对土地与家园的强调。在研究进一步围困敌人办法时，武得民对生产问题的考虑很周到："今天已经是六月初一，夏莜麦快熟了，白天还可以在围困的地方收割庄稼……"（第七十三回）在叙述把地道挖至汉家山小碉堡根脚实施大爆炸等事件时，也不忘借农耕计算时令，描绘土地上的动静："说说道道，已经爬上了汉家山西面的山梁，只见满山满梁绿油油的庄稼，中间夹着灰黄色的莜麦，谷子也有尺数高了。三三五五的农民有的在锄地，有的在收割莜麦。"（第七十五回）"这时已到了六月底，夏庄稼快收割完了，秋庄稼也锄耧过了。"（第七十八回）。

在尾声部分，吕梁英雄困敌有方，神采飞扬，而战斗的方式、争夺的焦点紧紧扣住了土地、家园意象。首先是"井"。敌伪碉堡正面坡下的一口井，是侵略者赖以苟延残喘的水源，而雷石柱带领战斗队进驻汉家山，就是为了"把井把守住，渴也渴死敌人"！（第七十四回）井，乃村居之"眼"。小说中，井不仅作为农耕社会的典型意象出现，而且还直接成为故事情节围绕的核心焦点。这一部分的文本,围绕"井"的书写密集而浓重,攻守拉锯,斗智斗勇,争夺井的场面可谓惨烈,敌寇由此领略到这片土地对他们的冷漠无情。其次是"河"。被断了井水念头的敌寇,转身到碉堡背面的河沟抢水,民兵们在望春崖老汉们的提示下,当河打坝,逼水改道。当碉堡里的水吃完,敌人再一次拼死去抢活命水时,"看见小河里干了"(第七十八回)。小河服从了土地主人的意志!

在"井"与"河"的画龙点睛之下,《吕梁英雄传》的深层结构通向家国命运、皇天后土。土地与人的关系获得了终极表达:山河有知,草木含情,它们在同觉醒了的主人一同战斗!

三、他们走向怎样的解放

《吕梁英雄传》通过诠释战争背景下的"人与土地",展开了农民争取命运的精神过程:被动依附于土地关系、屈从于生存本能和现实压迫的农民,如何将个人命运纳入集体命运,去争取共同的前途。这种深刻而重大的转变,源自现实重大使命和社会变革对他们承袭而来的心理积垢的涤荡,源自他们对自身麻木、狭隘、愚钝的克服与改造。归根结底,源自他们主人意识的觉醒和与之相应的精神解放。

1. 灵魂大合唱：从懵懂、绝望到慷慨、悲壮

书中先后两次写到鬼子血洗康家寨的情节。出现在小说开头的"扫荡"惨象，反映了康家寨人于懵懂中遭受屠戮、迫害的绝望状态；出现在"反维持""反木材"斗争胜利后遭袭的劫难（第二十三回），缘于鬼子趁大年夜组织的疯狂报复，是康家寨社会重获解放后"大意失荆州"式的惨痛教训。尽管也是面对刺刀和枪口，但民兵、干部与群众已经是统一战斗的阵营，服从于生死与共的集体命运。敌人的凶残没有变，生命的脆弱不可变，但村民赴死的情状已截然不同。孟二楞媳妇活活被枪托打死也不吐口；李元元被洋刀砍中仍然"愤怒地向前扑了两扑"；一口咬定"不知道"的十三四岁的小女孩（辛在汉妹妹），将敌翻译官递来的糖块扔到火堆里，年幼的生命被吞没于火；辛老太婆（辛在汉母亲）不忍亲生骨肉惨死之痛，愤而反抗，以石击敌，慷慨殒命……

在这种不交出民兵就"通通的死啦"的生死抉择中，未及突围的几位民兵被紧紧围在人群当中，小说文本于悲惨之间荡起一种悲壮，画面中蕴藏着一股不可战胜的力量。在张忠老汉舍身救村民、敌寇撤去之后，雷石柱在祭奠张忠老汉等人的仪式上说出了人们心里的声音："他们在敌人刀子下没低头，死了也是光荣的！"（第二十四回）"他们"是一种全新的诞生，这种为集体命运、为前途和理想而勇于牺牲的血性，释放出精神解放的强大气场，让故事有了大山一般的坚毅与稳重，而文本也因吕梁精神的活现而筋健骨壮，气势如虹。

2.被唤醒、激活的典型形象

在具象层面，小说通过对个体农民典型的塑造，表达了这种人格觉醒、精神解放的过程。

（1）苦命人张忠：脱胎换骨，气贯长虹

张忠老汉是小说开头鬼子"扫荡"康家寨时死里逃生的苦命人，出场时"浑身是土，脸上糊着污血"，他一边向农会干事张勤孝讲述惨案，一边趴在地上大哭。文本中，这苦命老汉一家人哭泣、伤心的情景有多处。如讲起他躲在地窖里，眼见着三小子与四五个妇女、孩子一起被日寇手榴弹炸死在身边的哀痛："他抱着三小子，连哭也不敢哭，伤心的眼泪往肚里流。"（第一回）写到康家祠堂旁惨淡绝望、无以纾解的悲情："张忠老汉和他大儿（张有义）、二儿（张有才），满脸泪痕，用门扇抬着三小子的尸首回去了。他老婆跟在后边，大声号哭着，口中数说着听不清的话句。"（第三回）待到武工队的武得民扮作卖货郎入村向穷苦群众宣传，这老汉的苦水又和着泪水流淌出来："老乡，我有个大儿，叫日本人把腰打烂了，下次来能不能给我买点药！"（第八回）其实，当时他大儿张有义伤口烂到不可收拾，眼见着无医无药，性命难保，这位"穿一身烂得累累絮絮的衣裤，戴一顶烂了边透了顶的旧草帽，面貌和善可亲"的老汉，正被苦难纠缠着沉向水底，却抓不住救命的稻草。这一次,"懂得一点外科,身边也还带些贴疮膏药"的武得民出手救下张有义,让一家人都感觉似起死回生一般。而张忠老汉由此对武得民感恩、信任,继而在接受宣传发动过程中成为参加斗争的热心人,看到了反抗压迫的路径和团结战斗的前景。这位老汉也由此彻底告别了苦兮兮的模样,他的言行之间透露出内心的光亮,他的气质中蕴藏着自信和硬朗,而这一切都是因为他在斗争中体会到了集体意志和力量的坚强。

一个原本只会为苦命哀哭的老汉终于脱胎换骨。"反羊毛"请愿领头人中有张忠的身影;地头蛇逼婚欲抢走白梅英时,自告奋勇当"媒人"诱敌上钩的正是张忠;伪军上门"查户口"一节,与康大婶心有灵犀成功掩护了武得民的也是张忠……从难民到斗士,从求人到助人,张忠老汉有了担当,也有了风度。第十八回,在"反维持"现场,当众人矛头指向康顺风,并引出"姓康的一家子私吞保管粮"的质问时,张忠老汉"扭头把桦林霸狠狠地斜瞪一眼说:'怪不得,今天财主们一句话也不说。'"这犀利的一刺,让桦林霸"顿时毛骨悚然,浑身打战",唬得这藏在维持会背后的"老根子"险些现出原形、服输认栽。第十九回,在民兵公开组织队伍、"保家乡青年报名"的现场,张忠老汉表露了内心的豪迈:"你们快报名吧!我要年轻十年,非报名参加不可!"张忠这个形象由贫弱至坚韧,他的锋芒与能量显示了精神的唤醒与激活。

张忠老汉的形象,在康家寨人生死存亡的关键时刻得到了最终塑造。"反维持""反木材"两次斗争胜利后,康家寨人因忙于过年放松了警戒,桦林霸想办法令民兵哨位失效,鬼子、伪军趁夜包围村子,拷问、残害全村老小(第二十三回)。就在村民不肯说出谁是民兵而面临屠杀,康明理等几个民兵欲从人堆里冲出去拼命的时刻,张忠老汉站了出来:"谁是民兵,我都知道。民兵都在村外住着,我引你们捉去!"为了把敌人全部领走,他又说服鬼子小队长:"民兵多哩!皇军把兵马都带上吧,少了捉不住!"把敌人领到几十丈深的绝崖处,他"冷不防返身抱住猪头小队长,死命向前一跃,'唿隆隆'滚了下去"。张忠老汉坚毅、从容,舍身一跃救下全村老小,闪现出挽乾坤于既倒般的光辉。

(2)莽汉周毛旦:从有苦说不出,到"奋起杀倭寇"

相比之下,农民周毛旦形象的起点是头脑简单、脾气暴躁。康家寨遭遇鬼子第一次"扫荡"时,周毛旦儿子周丑孩也被抓去了,暗中许身日寇后被释放回村的村主任康顺风对周毛旦又是吓唬,又是哄骗,让他误以为答应"维持"就可放人。结果,"二百五"脾气的周毛旦被当枪使,领头逼走了阻拦"维持"的农会干事张勤孝。这个形象很快陷入自食其果之尴尬。维持会答应的"放人",变为"赎人",直逼得这老汉卖了五垧地和儿媳妇的银项圈,这种欺辱、耍弄还不够,维持会还把他们几家穷户叫去逼交税费(第四回)。周毛旦一听要"今天交清"便苦不堪言,刚分辩了句"会扁银子也扁不及呀"便吃了两个耳光，还遭了恐吓、辱骂，他"气得胡子撅起，蹲到地上不吭气了"。这种让人有苦说不出的蹂躏，将维持会的黑暗与丑陋揭露得入木三分，而周毛旦由此在内心深处蓄积了仇恨的火焰和反抗的力量。在一次"花姑娘"事件引发的激烈冲突中，他心头的愤怒骤然爆发，瞬间升华为"奋起杀倭寇"（第十五回）的形象。

周毛旦形象的"质变"，伴随着康家寨"人心归一"之变。在抗日阵营一次次取得斗争胜利的背景下，他抛弃小农的自私与狭隘，投入毫不妥协的战斗。在反掉"维持"之后，周毛旦当选村主任，并且会同农会干事张勤孝，在"五百群众砍桦林"的大事件中出头组织群众。其间，他主动向张勤孝检讨，表明他精神世界变得敞亮："去年春天闹维持，和你闹架，把你逼上走了，这都怨我脑筋不开……""我这是新手，总要你们老人手帮助啦！"（第二十一回）这位农民由落后转向先进，实质是在完成心理蜕变、精神成长。这确乎是一个走向精神解放的形象。

（3）深陷地主大院的康有富：校正被扭曲的人性

最能从人性和灵魂层面反映农民精神解放历程的形象，是生活在地主桦林霸大院内的长工康有富。

康有富是典型的穷苦出身，十三岁上死了爹，娘被桦林霸抵债卖给了人贩子，自己从此留在这个凶神一般的地主家中当长工。小说中的这个人物，没有仇恨的记忆翻腾，而是麻木地顺从着把他一家子吃干榨尽的"主人",这是一种面目模糊、灵魂无着的状态。

这样一个特殊的长工,在康家寨社会剧变的震荡中,仿佛被时代风潮推离了他悄无声息、自生自灭的轨道,在被众人点了名、又受桦林霸现场鼓动之下,报名参加了民兵,由此,他的生命有了全新的可能,成为一种复杂的存在。他是遭受桦林霸恶行的苦主后代,却已经习惯于这位仇人的摆布,甚至从桦林霸出于险恶用心的"亲热"中享受到舒心。他依附于这个暗中与民兵势不两立的地主大院,在加入民兵队伍后经历了匪夷所思的堕落与蜕变。文本对这种长工、地主之间特殊关系的解剖与透视,为那个复杂的历史阶段提供了颇具标本价值的记录,也给小说贡献了富有情节发展动能的故事性。

康有富带着他的麻木、自私与愚昧,为自己在民兵队伍中遭受"欺负"而愤愤不平;得到桦林霸以"出让"大儿媳为代价的"美人计"犒劳时受宠若惊;意识到"犒劳"背后是恶狠狠的"套牢"后侥幸偷欢、浑浑噩噩;替桦林霸一次次执行破坏计划,直至将民兵诱入敌寇包围圈时,才发现自己这个民兵也一同面临绝境,贪小、犯浑只落得个充当炮灰的命运。拜他所赐"民兵被困老虎山"(第三十五回)后,上演"二勇士血染阵地,三民兵舍命跳崖"(第三十六回)的壮烈场面,康有富却以极其可耻、可悲、可笑的表现被敌人活捉,之后戏剧性地错过了贪生投敌的机会,经历了被动与英雄们一同受刑、一同押赴刑场的噩梦……这个人物在生死之间几经"蹦极",将其卑琐、懦弱逼至无路可逃,让灵魂与肉体一同撕裂,一同再造。他在高尚灵魂的感召下启动了精神之变,成为更加复杂的生命存在。

直至被营救回村,康有富在痛心悔过、检讨自我、揭发桦林霸的过程中,其语言、行为、心理活动仍表现出反反复复的矛盾和纠结。一方面,深植于骨子里的自私、狭隘促使他转动心思,忍不住地躲避责任,为自己盘算利害得失;另一方面,在鬼门关上对舍生忘死、英雄主义品质的见证和领悟,让他无可逆转地经历了一场褪下精神软骨的自新。

康有富最终在英雄激励和战斗锤炼中完成了精神觉醒,他的思想和感情与战友们逐渐贴紧,并且做出了孤身战敌的英勇举动(第五十六回)。从长工到战士,康有富这个形象勾连出长长的线索,其来处是人性的扭曲,去向是人格的康复。通过这样一种塑造,写透了战争与人,开掘了精神解放的深度。

3.不撞南墙不回头的"拖后腿"现象

精神解放的抒写之所以富有气场、令人信服;在于文本始终贯穿了现实主义笔法,即便在"反维持""反木材"斗争取得胜利之后,小说仍旧以还原度极高的生活现场的农民形象,同步揭示种种与精神觉醒相对立的麻木、落后和固执。

李德泰与康天成就是此类人物的典型。

第二十八回写到民兵从汉家山敌据点抢回耕牛的场面,特写了富农李德泰:"见他的牛也夺回来了,摸着胡子笑道:'这些青年们真行!'"而紧接着在第二十九回,"地土多"的人家担心抢种靠据点近的地会引来敌人,李德泰和几个老汉于是又翻脸不认民兵的好,对孟二楞等民兵保卫春耕、要打敌人下马威的表态使出毒舌:"哼!打下马威?不要老鼠溜舔猫屁眼,小心给我们村惹下祸害吧!"

第三十一回写康天成、李德泰"耍刺头",不服从以"变工组"为单位人人学埋雷的安排,刻画出他们不临大难不知死活的愚顽与自私。二人坐到地畔上抽烟说闲话:"我们还想多活几天,怕把骨头炸碎了!"这把他们的埋雷教员张有义气得够呛。当雷石柱指出他们"不学埋雷,还说二话"的问题时,"康天成也觉得对",可终究敌不住自私心理作祟,紧接着又跌出凉话:"人过三十不学艺,老了,手脚也不灵便了,叫人家年轻人们闹吧!"

彻底解决康天成自私、愚顽的问题,是通过一次"雷伤羊"的戏剧性冲突实现的。第三十三回中,晚上埋下、早上起出的"地雷放哨"办法奏效,但因为张有义早上起雷不及时,康天成的羊群踩上地雷造成损失,于是康天成对张有义骂道:"你们民兵,尽是往死害人哩!闹了些铁圪蛋,炸不住日本人,把我老汉的手炸坏啦!"二人针尖对麦芒,甚至发展到"康天成就用头往张有义身上撞"的程度。之后康天成找雷石柱哭闹,害得张有义等民兵一上午"开会检讨"。只道陷入僵局,不料戏剧性还在升级,康天成又去前山放羊时,被汉家山据点出来的几个"黑狗子"连人带羊一起掳走,于是有了让自私到不可救药地步的康天成一头扎向鬼门关的情节。而营救行动中,把正在紧抱着大树向伪军哀求的康天成救下的,恰是与雷石柱分头行动,飞也似的沿沟底追来的张有义(第三十四回)。虎口脱险后的康天成吓得不省人事,睁眼见是张有义时,"顿时老泪横流,哭着半天说不成话"。这位农民就是在如此纠缠的过程中撕掉了自己的狭隘:"孩子们,千不是,万不是,都是我死老汉的不是!你们救了我的命,今天我可认识了民兵的用处啦!回去,我老汉杀只羊慰劳你们!"

第四十九回,富农李德泰的自私自利、自以为是遭遇彻底破产。这一回写康家寨"大摆地雷阵",打了主动仗,让秋季"扫荡"的鬼子扑进空无一人的村子后吃尽地雷的苦头,只得夹着尾巴狼狈而逃,"地雷看家"战术大获成功,埋了雷的人家一点没受损失。与此形成强烈反差的是,事前李德泰不听"千说万说"之劝,把"家家埋雷"的号召抛在脑后,结果,无雷值守的院子遭到打砸洗劫。最要命的是,埋在墙角粪堆前地下的五瓮麦子被鬼子刨出,三间瓦房被烧毁。回家见此情状,李德泰"心里一气,趴在院里,两手搥着地,号啕大哭起来"!这个吃了大亏的落后农民最终低了头:"这回鬼子来,可把我教训好咧!以后我老汉也学埋雷!"

通过对康天成、李德泰形象的刻画，小说透视了一种不可理喻、不碰南墙不回头的农民类型。而写出他们告别顽固之转变，正是一种超乎寻常的关切。

4.解剖精神惯性：二先生和他的"门第人家"

在关注农民精神解放的维度上，二先生（白文魁）这个形象是一个特殊的存在。虽然是村里的二等富户，但他的精神内涵远不似桦林霸之流那般简陋，可以说，二先生是乡绅文化的代表和象征。这个形象内在、外在之间的矛盾性与复杂性，切中了农村社会由历史沿袭而来的思想惯性的"经络"，书中所传达的关于农民精神解放的时代之问，也由此获得了形而上的观照。

在康家寨社会群像中，二先生自成一派、别有腔调，虽不是浓墨重彩的人物，却在关键的情节和场合留下了特写。这位六十多岁的老秀才，有为人正直、主持公道的口碑，是乡村社会的精神标杆，其语言、神态折射着承袭而来的文化心理模式。如他倡导义葬刘二则夫妇，体现着积德行善、守望相助的乡村教化，而在时代变革、侵略压迫的严峻考验下，这个乡绅代表的现实际遇与精神变化，则反映着一种传统文化范式的"震荡"。这是作品历史感、时代性的重要表达，体现着小说思想文化空间的深广，构成贯通古今的、反省式的意义指向。

在生死存亡的现实冲突面前，二先生"凡事忍为高"的泥古之论显得迂腐、荒唐，他甚至用"在劫的难逃"推出"劫数论"，而这又与他在现实灾难体验中"久旱逢甘雨"的获救期许自相矛盾。如果说他参加"反羊毛"请愿，是对救民于倒悬之儒家精神的主动践行，那么，女儿梅英遭遇地头蛇抢亲，武得民策划战斗行动予以营救的事实，则令他"忍"与"劫"的理论不攻自破，精神上转而认同"众人是圣人"，开始倾向于团结战斗。

小说笔触之深，在于写透了二先生言行、态度转变背后的心理惯性。一方面，作为背景交代了他能在新政权宣布减租政策后自动减租，表现出"感到大势所趋，潮流不可抗拒"的开明（第五回）。另一方面，又写到他善恶不分地维护所属的门第与阶层。如在清算维持会现场，他心情忐忑地为作恶多端、民愤极大的康顺风作保，被众人一阵哄嚷，"闹了个有嘴张不开"，终于引经据典地搭讪："哎，对嘛！古人说：树不斫不成材，逆子不教难成器。让政府的王法好好教育教育他们才对！好！"（第十八回）桦林霸破坏民兵阴谋败露后，众人对特务捣鬼痛恨不已，齐声喊杀，这时，"二先生却摸着胡子，摇摇头说道：'不会是真的吧！康锡雪（桦林霸）先生那是几辈子的财主了，门第人家，还能做那样的坏事?！'"直到人证、物证俱在，二先生才"不由得脸上又一红，自言自语地说道：'真是画龙画虎难画骨，知人知面不知心……'"（第四十三回）第四十五回，在镇压康顺风、桦林霸之后，二先生仍不禁低头感叹:"唉!又垮了两家!"当他随众人到桦林霸家抄没汉奸家私,忽然止步门前想道:"康锡雪(桦林霸)和自己都是一流的人物,这阵跟上众人来抄他的家私,见了锡雪嫂(桦林霸之妻,绰号'小算盘')该说个什么?多不好意思!"文中对此情景有传神描写:"一只脚已经踏到门里了,又连忙退了出来,把拿来登记财物的账本笔砚,放在院中的花栏墙上,假装解手,悄悄地溜到了茅房里。"隔过一阵,"蹲在茅房里的二先生,伸出半个头来瞭了一下,看着小算盘(桦林霸之妻)们搬到后院了,这才装着紧裤带,走了出来,拿上账本笔砚,帮着登记财物"。

  这一连串细节的内涵在于:作为旧的秩序下乡村阶层固化受益者的代表,二先生的"调和论"哲学主宰着他"和稀泥"的人格特征。潜意识中对旧有秩序的归属与挽留,决定了他在斗争现实面前的惶惑、摇摆、软弱。第二十三回,在鬼子二次血洗康家寨,逼问谁是民兵的关口上,"二先生吓得上下两排牙齿不住敲打,心中想道:'说了吧!死上几个民兵就能救下全村人!'"此处心理描写晒出了"劫数论"者的软骨病。第二十八回写到民兵从敌据点抢回耕牛场面时,"二先生高兴得在人堆中穿来穿去,伸着大拇指说:'民兵们夺牛这是第一功劳;抓汉奸这是第二功劳……'"简单一句话,反映出他只想受到保护、不想面对斗争的意识。第三回中,桦林霸与康顺风密谋"闹一把子人,把这个江山撑起,把印把子握到我们手里"时，桦林霸对康顺风把二先生作为人选的提议连连摇头："白文魁（二先生）这号念书人，这阵慌慌乱乱不安定，他不肯泼出身子来干，怕得罪人，等将来权柄都到了我们手里，请他干点事是行，眼下是要挑些敢闹事的才行！"应该说，这是对二先生矛盾、摇摆型人格精准的评论。

小说通过对二先生的刻画，引入了对乡村社会精神文化中末落成分的解剖和观察，使得农民精神解放的表达具有了文化寻根意味的参照。这是超于故事之上的思想含量。

四、升腾而出的英雄气概和胜利之光

《吕梁英雄传》回应时代的最绚丽、最铿锵的表达，是从血与火的战斗中升腾而出的英雄气概、胜利之光。这种表达，是精神解放了的农民面对战争洗礼、时代风雷发出的灵魂歌唱，是大山之舞，是川流之吼，是超越生死的壮美风度。

1. 大无畏旋律之高潮——"五百群众砍桦林"

这种展露壮美风度的灵魂歌唱，在第二十回、二十一回有着集中的艺术传达。为了粉碎日寇修铁道的计划，阻止侵略者"蚕食"，上级决定组织康家寨、望春崖、桃花庄三村民众砍伐桦林，"不要给敌人一根木料"。小说通过桦林霸老婆"小算盘"路过马有德老汉门上偷听到的对话，呈现了村民在自毁桦

林任务面前的纠结和心痛,也反映了"留得青山在,不怕没柴烧"的远见。桦林霸闻讯,立即派康顺风老婆给汉家山据点送信,而民兵们早已安排了警戒,对可能出现的敌情严密防范。毁掉桦林是"残酷"的,要将大树伐倒,"三尺长一截,三尺长一截地锯起来,锯成了敌人不能当枕木用的材料";而砍伐桦林的任务是光荣的,不啻一场争取胜利的英勇战斗。对于这样的情节,文本有异乎寻常的书写。

"五百群众砍桦林"(第二十一回),是小说场面气氛的高潮,此间,文本由写实风格跳荡开去,洋溢着英雄主义的浪漫情调。从写法上说,农会干事张勤孝再次担当线索人物的角色,从他在行动前一天挨门检查督促的见闻,写出了村民个个积极、家家踊跃的情态,随着出发当日鸡叫时分雪花的飘打和家家房顶上冒起的缕缕炊烟,他的心情也变得兴奋、喜悦。从笔墨上看,寥寥数笔,信手点染,就将一幅"出征图"描摹得活灵活现,情景交融:"天气异常冷。老汉们呼出来的气,在胡须上结成了霜,年轻人们的脸蛋冻得通红。人们吵嚷着,踏着脚,兴奋地谈论着,好像出征前的队伍。"紧接着,让雪舞心欢的气氛溢出纸面:"不一阵,鹅毛大雪,漫天飞舞,举目一看,四山白茫茫的一片,好似银铸玉塑一般……路被雪盖没了,领队从排头传下话来:'上山了,大家操心!'人们便一个拉一个,喊着叫着往上爬,好像一条铁链。"这样的笔力,显现的是作者胸有丘壑的实力,笔墨间不仅有灵魂的舞动,而且

传达着天地山川的表情和脾性。这样的描摹之后,进而画龙点睛,达成情、景、境的契合与贯通:

> 满山的树木在寒风中挺立着,粗的、细的、高的、低的,密密层层,好像人头上的头发一般。人们都记得,每年夏天,这林子长得多么俊秀,多么茂密呀!花儿红,叶儿绿,树枝交叉着树枝,人们做活做累了,便钻到这凉籁籁的林子里,采野果子,歇晌午。可是现在为了和敌人斗争,人们要把这心爱的宝库砍掉!人们清楚地知道,日本人打不走,林子再好,也不能够幸福地享受啊!没有一个人犹豫……

此处对三个村五百多群众分开几伙"像太平年打围场似的"作业场景作了浓墨重彩的刻画。"两个人守住一棵大树"又砍又锯,是写形;"这边'碰通!碰通!'那边'嘶哗!嘶哗!'这边有人高兴地唱起了'牛枪小调',那边有人在乱喊大叫",是写声;接着把这"霎时响遍山林"的声音效果推向极致:"那声音真好似六月发山洪一般。"一伙穷苦人,奋力砍伐着他们赖以享受大自然美好馈赠的桦树林,却洋溢着发自内心的欢乐,这是一种有"情"有"景"更有"境"的书写。为了反抗压迫、获取胜利,必须勇于牺牲和舍弃。内心通向这种境界的人们,为能投入这场特殊的战斗而自豪。在这样的集体自觉的氛围中,每一个个体都是自信的。毫无疑问,作者此时也情不自禁,酣畅淋漓地写下了"情满于山"的文字。人多,林密,如何表现这热火朝天、人树纷杂的场景?文本用活了"声效+特写"。当人们头上的汗"滚滚如雨"时,互相提示"倒呀""腾开"的呼叫与大树"嘭"的倒下的声音此起彼伏,"数不清倒树的声音,从各个角落响起来。整个桦林山,好像地震似的动荡起来。桦树一棵一棵地往下倒,飞溅着雪花;山雀野鸡,惊叫着四处乱飞"。镜头还特意捕捉到村民李元元受伤流血、包扎一下继续奋战的画面,也扫描了"人们在白地毯似的雪上跑着,嚷着,好似从前打山围歼野狐、山羊一般"的情境,其中蕴含着人对土地的多重情愫。

　　小说在"五百群众砍桦林"情节中使出了少有的铺排描写手法,但笔墨放而不散,丝毫不失筋骨与神采。线索人物张勤孝一会儿从腰带上撕下一条布,为李元元包扎伤口,一会儿领着他的大锯组满林子飞跑……叙述至此,小说再次凸显笔墨越浓、情节越紧、线索交叉、意绪回环的文本特征——"突然山后边,'叭'地响了一枪",劳动场景叠加了阻击日寇的战斗。但镜头并未随枪声移走,只是用张勤孝的话交代了攻防情形:"敌人出来了!不过不要紧,老武(武得民)领着三个村的民兵,卡住山那面那个细腰路,雪下了这么大,那坡又陡又滑,估计日本人他上不来!就是上来,手榴弹也够他吃喝的!"对于这次战斗获胜的结果,也是通过民兵之口,在事后向砍山队作了讲述。而此间保持"直播"的,是一种超拔的气场,是用语言难以形容的镇定:"虽然山那面的枪声,连续打得很急,可是没一个人害怕。斧头砍得更紧了,锯子拉得更快了。"

至此,文本自然而然地实现了它的意志,由彼"境"入此"境",即由自觉战斗的昂扬,转入信仰前途的无畏。这是由现实主义的风骨生发出乐观主义的浪漫,其中的震撼,在于集体力量无可阻挡,在于前途自信坚如磐石。这是《吕梁英雄传》文本的一大看点,由此实现了情节内涵的重要递进——战斗故事的讲述进入全新阶段,不仅众志成城、三村成阵,而且转入赋予了英雄气概的战斗,一种明媚的胜利之光照耀着精神强大起来的贫苦农民。

2.农民战士神采飞扬

在《吕梁英雄传》中,英雄气概、胜利之光焕发于神采飞扬的人物形象,显现着农民精神解放的高级状态。这些人物或憨厚、或刚直、或机敏、或豪放,各自对应着泥土气息、乡野性格。

(1) 首领雷石柱:焕发堂皇自信之气场

第二十三回写到夜半惊梦、敌寇来犯,骤然笼罩的阴影令人窒息,而对雷石柱战士风采的刻画,给文本注入光明、自信的魂魄。大年夜放哨民兵喝酒误事导致鬼子围了村,危情之下,雷石柱机智、果敢的连贯反应一气呵成:

雷石柱第一班放哨回来，躺了没有一个时辰，忽听见街上狗乱咬，又听见人声嘈杂，哭喊成一片。急忙从炕上往起一爬，不由得通身打了个寒战。他跳下炕，轻轻地开了屋门，站在院里听：村子里的脚步声，哭嚎声，愈来愈大了。他急忙跑到大门上，从关着的大门缝里往外一看，黑黝黝的见扑过个人来，"砰！砰！"几脚，"哗啦"把门踢开了。雷石柱急忙闪在开了的门后，借着门外的火光，他看清了进来的是个日本兵，端着上刺刀的枪，凶狠狠地往里撞。雷石柱举起顶门杠照着日本兵的后脑，猛力一棍打去，那个日本兵没哼一声，便倒在地上死了。

出手行云流水，赢得缓冲机会，他赶快回屋喊醒妻子秀英，随即把这位哭着"要死死在一起"的恩爱伴侣拉起，"一下跳进山药窖里"。藏好女人，他"拿起日本兵的枪往外就冲"时，忽又有一个"寻思"涌上心头，这一"寻思"，把他的胆大心细、机智从容刻画得气韵生动："敌人一定把村子包围了，光我一人一枪能冲出去!?"于是他"便把那个日本兵的衣帽全剥下来"。于是才有了化装成日本兵的他在村口被喝令"站住"时的神来之笔："雷石柱听出是放哨的伪军，便假眉三道地口里咕噜道：'太君的，莜面饸饹一马司！'北风刮得很大，伪军们也没有听清说什么，把他当成是日本兵了，便没再问。雷石柱脱了险，撒腿飞跑上牛尾巴梁。"

此间用浓缩而传神的笔墨，以密不透风的紧张，反衬他内心疏可跑马的宽宏。好一个"莜面饸饹一马司"！让英雄起死回生的勇毅与智慧，逼退群魔乱舞之压抑，焕发出堂皇自信之气场。

(2) 民兵张有义："毛糙"质感中的气宇轩昂

与一路成长为民兵首领的雷石柱不同，民兵张有义的英雄气质伴生着相对较多的毛糙。而唯其如此，这个"泥腿子"战士才有了更胜一筹的质感。

张有义贪吃，爱"串媳妇儿"，这是农村汉子活泼、粗拉的原生态。他性子急，说话尖刻，时而发起不管不顾的脾气。如第三十一回中，抵制学埋雷的康天成在雷石柱面前既告状，又巧辩，这时，"张有义凶狠狠地说：'都是你的理。他妈的！'骂着扑上去就要打康天成。"第三十三回中，他与康天成二人因"雷伤羊"事件争执不下，一个要赔羊，一个喊赔雷，见康天成用头撞向自己，张有义"就把手里的枪端起，'哗啦'枪栓一拉说：'你不要在我这里耍赖皮，小心爷爷枪崩了你！'"李有红、马保儿到场劝说，康天成仍然不依不饶，继续用头来撞，张有义"不管三七二十一，火性上来，举手要打"，直到被李有红强行抱住，仍然怒气冲天，想要挣脱。

不过，性情粗暴的张有义，又有着活泼、透明的可爱。第二十八回，在民兵既夺回耕牛，又抓回汉奸的喜悦氛围中，凯旋行列里的张有义"大背着枪骑在牛背上,帽子挂在脑后,露出前边的长头发。他看到村边上有几个年轻姑娘,便得意地唱开了小曲:'骑白马,挂洋枪,咱民兵天天打胜仗,鬼子汉奸命不长呼嗨呀,哭爹哪个又叫娘!'"这一处可名之为"有义开怀"的情节,写出了人物外向性格的另一维度,从而使形象富有张力。

当然,张有义最具魅力的特征是他的英雄气质。

在"雷伤羊"纠纷中,不说民兵辛苦,反说民兵"害人"的康天成把张有义惹急了,直至张有义在民兵们面前放出狠话:"要赔情你赔去,我不干民兵能行吧!这是拿上脑袋顶买卖哩嘛,谁还非干不行?"(第三十三回)张有义还把子弹带、手榴弹解下扔在地上,九头牛拉不回的犟劲儿无人能敌。而接下来,当康天成和羊群被伪军掳去,康天成老婆求他"忍让着"先去救人时,张有义"从地上跳了起来",满肚子的牢骚烟消云散:"大婶,只要话说到'坦白'处,我张有义牺牲了也没有问题。事情等打仗回来再检讨!"(第三十四回)同样是针对康天成,论脾气可以赌气翻脸不认人,论使命则是不计生死去战斗,这种对照与反差,准确地诠释了张有义的战士品质。在"民兵被困老虎山"(第三十五回)的紧要关头,民兵们见突围无望,有些人便埋怨起来。这时,张有义拿出了"猛张飞"的刚烈:"埋怨什么?打仗就得牺牲流血,一个换一个,和敌人拼到底!"他还展示神枪手风采,一枪打过去,敌人的

机枪就哑巴了。"二勇士血染阵地,三民兵舍命跳崖"的第三十六回中,特写了张有义舍生取义、赴汤蹈火的画面:

> 张有义见兄弟(张有才)牺牲了,仇恨怒火,一时狂烧起来,两眼通红,叫道:"同志们,我打掩护,你们都往后退!"这时扑来四个敌人,一个抓住了他的枪,一个在他臂上捅了一刺刀,另一个却拦腰抱住了他,端着刺刀的一个敌人,又向他凶狠地刺来;张有义用了一股猛劲,将抱他的敌人摔倒在地,转身就跑。一跑跑到沟畔,到了绝地,下面是几丈深的沟,他也不管高低,跃身跳了下去。

随后的第三十七回中,跳崖挂在树上被众人救回的张有义,见妈妈在大伙面前伤心哭闹,于是,"火气又冒起来了",他忍着伤痛,又一次用"牺牲"的道理吐露了视死如归的坦荡:"你们这些人真是落后,没点牺牲观念,打仗就得流血呀!"

处变不惊、冲锋陷阵、大义凛然、临危不惧……这种英雄气概表征之下,是敢于牺牲、甘于牺牲的精神内涵。有了这样一种从战斗锤炼中升华而来的英雄品质,张有义在农民日常情态之间透出了气宇轩昂。

3.深层次探源:面向"牺牲"的磨砺

小说关于"牺牲"的刻画与咀嚼,是对英雄气概的深层次探源。第三十五、三十六回叙述"民兵被困老虎山"的惨烈战斗,真个是生死只在进退之间。手榴弹打完了,枪里也没了子弹,一通"石块雹子"之后,孟二楞、张有义、张有才、马保儿、李有红、康三保、周丑孩等人与敌肉搏,杀红了眼睛,在刺刀弯了、抱住厮拼、拒俘就义以及"两臂把枪一夹,从山顶滚下了崖底"一系列特写中,烘托着壮怀激烈、生死等闲的气氛,镌刻了吕梁英雄的魂魄。

小说不仅写出了这种电光火石般的牺牲,更以细致入微的心理透视,刻画了特殊情境之下面对"牺牲"的精神磨砺。在受敌围困的紧急情况下,民兵队长康明理要求大家"赶快下山冲锋突围,死也不当俘虏"!(第三十五回)。在最后的阵地搏斗中,他和孟二楞、武二娃并肩作战,没有退缩,而在不幸被俘受刑的漫长煎熬中,他在生死关头下意识地掺入了复杂的考量——

> 康明理心里暗想:"住师范学校的时候,校长常讲:革命要有坚强不屈英勇牺牲的精神,不受敌人任何利诱。"又想道:"假如我不接受敌人的东西,就只有牺牲;要是牺牲了,就不能再打日本。是不是趁这机会,假投降了他们,以后瞅机会逃跑?还能……"脑子里正在这样一想,

随即意识到这种想法是危险的,这是在敌人的面前动摇,是可耻的!……

(第三十九回)

在经历内心斗争的考验后,康明理坚定地守住了英雄品格,他见一同经受"千刑万苦"的孟二楞"在昏迷之中,把臂一甩叫道:'杀就杀,剐就剐,不投降!'"时,心里"又难受又佩服",他的低声自语吐露了英雄气魄:"我们死到一垯!"(第三十九回)

4.呼应时代之问的精神之光

怀着对前途、命运的自信,投入无惧牺牲的战斗,这是《吕梁英雄传》主人公们赖以扛起时代之问的精神之光。小说秉承"山药蛋派"的文风,从农民战士的言行举止和容貌气质中,提炼出这种神气活现的乐观与明朗。

在为民申冤镇压桦林霸、开会检讨队伍作风之后,久经磨炼的康家寨民兵们意志更加坚定,内心更加敞亮。小说在紧张战斗的间隙,特写了一些"插诨打科"的场面,以幽默的笔触传递自信与阳刚,抒写出他们共有的心理基调,验证着吕梁英雄富有钙质的品格。如第四十八回,为应对敌人秋季大"扫荡","康家寨大摆地雷阵"的情节描写:

雷石柱领导民兵们，把村外要路口的雷坑挖好回来，大家说说笑笑正往村公所走，迎头碰上康明理的老婆张翠鱼和雷石柱的老婆吴秀英，正挟着包袱背着铺盖往外走，张有义悄悄地一步跳上去，把枪栓"哗啦"一响，喊道："花姑娘的，站住！"吴秀英吓得打了一个冷战，一看，是张有义，便呸了一口道："把人吓死啦！看那灰样子，成天油嘴滑舌的没句好话，活到八十岁也是那股劲气！"这时张有义的媳妇巧巧怀里抱着两颗地雷走过来。张翠鱼笑道："有义，你看，管教你的人来了！"张有义不吭声了。康明理上前问道："你们哪里去？"张翠鱼说："哪里去？往沟里送东西去。你把家丢下不管，好像就都是我的事，要不是秀英帮我，今辈子也闹不出去！"武二娃上来指住她的脚说道："怨你妈给你把脚缠得太好啦，看那双三寸金莲，要是敌人来了，保险当花姑娘！"说着就学着张翠鱼走路，引得大家哄然大笑。康明理斜了老婆一眼说："自家的事老那么当紧；你们先招呼妇女们把地雷埋上！你们平常夸口，说你们妇女学得好，这可到了考真本事的时候啦！"吴秀英和巧巧把张翠鱼拉了一把说："走吧，别和这些人多磨牙！我们妇女的事不用你们操心！"笑着走了。张有义在后面说道："哎呀，看把你们妇女提高得连男人都瞧不起啦！"

土里土气的模样,却是满心阳光灿烂。这些黄土地的主人们进行着英雄间的对话,拥有着胜利者的灵魂。而这也正是《吕梁英雄传》故事的灵魂。

一语情深:《谁是最可爱的人》

　　战士与母亲,军人与家国,生死与责任,战争与和平……古往今来,这其中的光荣与神圣说不完,道不尽,也为文学留下了无限的表达空间。

　　1950年,刚刚成立的中华人民共和国,虽一穷二白、百废待举,但面对世界强权的挑衅,年轻的共和国没有犹豫,中国人民志愿军毅然跨过鸭绿江,投入到保家卫国、抗美援朝的战争中。在这个五星红旗已然鲜艳地升起,五万万人民获得新生、满怀希望的时代,年轻的人民共和国必须在这场战争中挺直腰杆,站得更稳一些。举国上下憋足一股劲,注目着朝鲜战场,牵挂着这些勇士。英雄的事迹从前线传来,每个人心中蓄积着潮水一般的情感,这种情感需要释放出来、升腾起来,人们寻找着能彻底燃烧这种炽烈情感的语言。这个特定表达方式需要有人去发现和创造。时代选择了魏巍。

谁是最可爱的人——简简单单一句话,却有着深广的内涵,道出了一个时代所有人最真挚的敬意和深情。这是魏巍的创造。

一、情感的"高潮顶点",时代的深刻共鸣

魏巍是一位在抗日战争、解放战争的部队生活中成长起来的作家,曾前后两次赴朝鲜前线,采写了大量感人肺腑的战地通讯。诗人出身的他,笔触细腻,富有情感,从这些战地通讯中,始终能感受到他那颗怦怦跳动的心。

《谁是最可爱的人》是他第一次赴朝鲜战场时采写的作品,较之于前后所写的几篇通讯,本篇带着明显的提炼、总结意味,格调慷慨,感情澎湃。来到前线日日夜夜的经历,让他的思想感情一步一步升至高潮顶点,于是在这一篇文章里,他要直接地、痛快淋漓地抒发他的这种胸臆了,他凭着诗人的才情和敏感,找到了他情感沸点的表达,并且自信地、急切地与祖国人民来分享——"我越来越深刻地感觉到谁是我们最可爱的人!谁是我们最可爱的人呢?我们的战士,我感到他们是最可爱的人。"

魏巍曾谈道:"'谁是最可爱的人'这个主题,是我很久

以来就在脑子里翻腾着的一个主题。也就是说,是我内心感情的长期积累。"①很显然,他的这种积累是从战争年代就一直持续着的。在尚未赴朝鲜战场采访时,魏巍曾撰写过一篇散文《朝鲜同志》,回忆了抗日战争时期来到中国与他一起并肩作战的朝鲜籍战友——老金,特别是详细记述了他们最难忘的故事。一次,部队夜间突围时他发病昏迷倒下,老金返身回来,毅然决定留下来照顾他。爬山冈、钻林子、避鬼子、躲狼窝……不管他怎样表示不愿连累战友,老金始终扶持着他、保护着他、鼓励着他,哪怕自己碰得头破血流,也要先问他摔伤了没有。在记述这段经历时,诗人魏巍激动地问:"在这艰苦的日子,亲爱的朋友!请你告诉我:什么是这世界上最珍贵的东西?"文章里,魏巍没有直接写出答案,他确信读者会理解他的感情——这种怀着共同理想信念,超越了生死,也超越了国界的战友之情,是至为珍贵的啊!

魏巍正是带着这样一种对战士的理解和热爱来到了朝鲜战场,并且很快就有了新的感受。他在《我怎样写〈谁是最可爱的人〉》一文里写道:"我们战士的英勇,比起我过去在抗日战争和解放战争中所看到的,还有着更高的发展。特别这种英勇的普遍性,更是空前的。"换句话说,令魏巍格外震撼的是朝鲜战场上英雄的普遍性——在战斗中,几乎每一位战士都可

---

① 魏巍:《我怎样写〈谁是最可爱的人〉》,载魏巍著报告文学集《谁是最可爱的人》,人民文学出版社,1978。本篇引文均据此版本。

做出令敌人丢魂丧胆的牺牲壮举,这是世界战争史上极为罕见的呀!

在《谁是最可爱的人》一文中,魏巍举了当时朝鲜战场上最壮烈的一次战斗——松骨峰战斗。这是志愿军某部先头连阻断敌军后撤,力量对比极为悬殊的搏斗:"敌人为了逃命,用了三十二架飞机,十多辆坦克配合着发起了集团冲锋,向这个连的阵地汹涌卷来,整个山顶的土都被打翻了,汽油弹的火焰把这个阵地烧红了。……这场激战整整持续了八个小时。最后,勇士们的子弹打光了。蜂拥上来的敌人占领了山头,把他们压到山脚。飞机掷下的汽油弹把他们的身上烧着了。这时候,勇士们是仍然不会后退的呀,他们把枪一摔,身上帽子上呼呼地冒着火苗,向敌人扑去,把敌人抱住,让身上的火,也要把占领阵地的敌人烧死。……据这个营的营长告诉我,战后,这个连的阵地上,枪支完全摔碎了,机枪零件扔得满山都是,烈士们的遗体,保留着各种各样的姿势,有抱住敌人腰的,有抱住敌人头的,有掐住敌人脖子把敌人摁倒在地上的,同敌人倒在一起,烧在一起。还有一个战士,他手里还紧握着一颗手榴弹,弹体上沾满脑浆;和他死在一起的美国鬼子,脑浆迸裂,涂了一地。另有一个战士,嘴里还衔着敌人的半块耳朵。在掩埋烈士们遗体的时候,由于他们两手扣着,把敌人抱得那样紧,分都分不开,以致把有些人的手指都掰断了。……这个连虽然伤亡很大,他们却打死了三百多敌人,更重要的是，他们使得我们部队的主力赶上来，聚歼了敌人。"

魏巍对战士们的"可爱"有了更深一层的思考，因为，志愿军战士所表现出的这种集体英雄主义的"可爱"，远远超出了以往他对"战士"的经验感受，于是，魏巍开始运用他作为诗人的本领——探究其中"最本质"的东西，他在为这篇经典作品画龙点睛。"在朝鲜，我脑子里经常想着一个问题：我们的战士，为什么那样英勇呢？就硬是不怕死呵！那种高度的英雄气概是从什么地方来的呢？"（《我怎样写〈谁是最可爱的人〉》，下同）为了找寻这个答案，他想方设法了解战士们的思想，让他们把心里的话谈出来，魏巍说："我了解到，他们由于锻炼与认识的不同，虽然有些差异，但是都有着共同的一点，即对于伟大祖国的爱，对朝鲜人民深刻的同情，和在这个基础上产生的革命英雄主义。"他认为这种伟大的爱与情感，就是我们的战士英勇无畏的最基本的动力。

这场战争，是中华人民共和国成立后的保家卫国之战，战士们这边承担了战争的艰苦，亲人们那边就能拥有和平与从容。勇士们付出牺牲，为的是祖国这个家能够安宁，这种和平与安宁，联系着战士的全部感情，为保卫祖国而战斗，一切恐惧都会烟消云散的，一切赴死的冲锋都会是异常坚决勇猛的，甚至是乐观豪迈的。

魏巍在《谁是最可爱的人》一篇中写道："有一次，我见到一个战士，在防空洞里，吃一口炒面，就一口雪。我问他：

'你不觉得苦吗?'他把正送往嘴里的一勺雪收回来,笑了笑,说:'怎么能不觉得?咱们革命队伍又不是个怪物。不过咱们的光荣也就在这里。'他把小勺儿干脆放下,兴奋地说:'就拿吃雪来说吧。我在这里吃雪,正是为了我们祖国的人民不吃雪。他们可以坐在挺豁亮的屋子里,泡上一壶茶,守住个小火炉子,想吃点什么就做点什么。'……"当魏巍将这样的情况发至被勇士们捍卫着和平的人民中间时,引发的又是怎样一种深刻的感动!在刚刚缔造的共和国大家庭里,奔赴战场的不再是一般意义的战士,而是背负着共同命运去争取胜利的亲人。

在魏巍的文字里,这些亲人展现着一举一动,表达着所思所想,如同带着呼吸出现于人民眼前。对于这些亲人,仅仅冠以"英雄"的赞美与敬仰是不够的,在深深的感染之下,人们对这些亲人的情感,不会局限于抽象的道德赞美,而是必然地上升为最高形式——爱。魏巍一句"谁是最可爱的人"恰好承载了这既亲且敬的特殊感情,立即得到了来自人民的广泛的、持久的共鸣。由此,"最可爱的人"成为特殊指代,拥有了特定内涵,直至今日,仍保持着它的经典意味。

二、记录共和国"站起来"的壮丽青春

魏巍就"最可爱的人"这一主题的认知、思考、提炼乃至后来进一步发现、补充的过程,体现于他所有的战地通讯中,

包括他1952年第二次前往朝鲜前线采访所收获的通讯作品。广大读者也正是随着他一篇一篇的讲述，与他一起完成了情感的深化和升华。当时，人民文学出版社将他采写的部分战地通讯收录成书，作为一部主题连贯的报告文学，书名即定为《谁是最可爱的人》。这部经典作品影响了一代又一代人。

在写于1951年3月16日的《汉江南岸的日日夜夜》里，我们读到了魏巍特有的抒情式的发问："这是为什么呢？为什么这个大名鼎鼎的帝国主义，二十多万军队二十多天连十公里都走不了呢？"在战斗最紧张的一天，魏巍在师指挥所听到了师政治委员的声音："有飞机大炮才能战胜敌人算什么本事呢？……今天，我们的武器不如敌人，就正是在这样条件下，我们还要战胜他。我们的本事就在这里！"魏巍记下了一段两个人坚守阵地的故事，并亲自访问了其中一位名叫辛九思的战士。"某天傍晚，当他到前哨阵地反击敌人回来以后，见自己排的阵地上，许多战友都坐在自己的工事里，还保持着投弹射击的姿势，但是却牺牲了。只剩下了战士王志成一个人，聚精会神地蹲在工事里，眼往下瞅着。神色仍然很宁静，半天才打一枪。敌人不知道这儿有多少人，也不敢上来。……这时，天已经黑了。敌人的哨音满山乱响，敌人的炮已经进行延伸射击。后面的连阵地上，也哇啦哇啦地说着外国话。——显然，连的阵地已经后撤了。"敌人已经越过他们到达身后，可是没有接到命令，两位战士毫不犹豫地决定坚守阵地，并准备为祖国牺牲。"这里已经像一座海水中的孤岛。但敌人仍旧不敢上到这个给他打击最严重的阵地。……直等通讯员踏过膝盖深的白雪来叫他们的时候,他们才按着北斗星的指示绕过敌人走回来。"

在完成《谁是最可爱的人》一篇之前,魏巍还写下了《战士和祖国》一篇,他忍不住又发问:"是一种什么伟大的力量在支持着他们?或者说,英雄们的心灵深处,到底是怀藏着一种什么奇异的东西呢?"在同一位受伤战士交谈时,他听到了这样的话:"……我们的新中国建立起来是容易的吗?为了她,不知道有多少同志流了血,……新中国,这是我们一块肉一片血换来的呀!"这位战士表示:"我就想,只要能保住我们的新中国,使我们的人民、我的母亲安全,我个人死到国外算什么?……"

在朝鲜战争的第三个年头,魏巍又赴前线采访。"打过三八线,凉水拌炒面"的时期已经过去,志愿军的装备和技术已经改善,并且掏通了从东海岸到西海岸的崇山峻岭,连成密如蛛网般的地下长城,建立了巩固的阵地。在这次采写的通讯中,魏巍的感情色彩是激昂的、明丽的。在《挤垮它》一文中,他集中刻画了他的老朋友——志愿军某部年轻的师长,这位年轻的指挥员只寥寥数语,便境界全出:"这就是今天的朝鲜战争!——你要是不想公平合理地解决问题,我就要不断地向前搬家,我一口气吃不了你,我一口一口地吃!杀死你一个,就少一个!你在板门店的桌子上拖,我就在这里跟你磨。

挤垮你！"在战争态势已然转变，进入全新阶段时，这位智勇双全的师长"要把敌人挑逗起来，好进一步地杀伤敌人，挫折敌人的斗志"，"于是他就一天在地图上，和到前沿上去找空子。一瞅准就挤下一块。敌人果然不服气，就拼死命争夺，争夺的结果是敌人丢了人又丢了阵地。这样，我们就完全跟敌人扭在一起，最近处甚至距离几十公尺；有的山头，敌人占着一半，我们占着一半，彼此说话都听得见。这个时节，我们就夜夜袭击他们，敌人真是讨厌死我们了……"于是这位师长给部队讲："哪个干部让敌人最讨厌，他就是最好的干部！哪个兵让敌人最讨厌，他就是最好的兵！"

  第二次到朝鲜前线，魏巍笔下"最可爱的人"有着全新的精神风貌："在那所有的弯弯曲曲盖满硝烟的战壕里，都在谈着一个迷人的字眼——祖国的建设。"（《前进吧，祖国！》，下同）他们谈论劳动英雄郝建秀，谈论治淮工程和成渝铁路通车，谈论农业合作社的建立……由此，魏巍的心情怎能平静："遥远的祖国呵，你知道吗，你知道你的奔腾前进，是怎样地激动着那些为了你拿起枪来的儿女们！"这些英雄儿女带着这样的激动，打起仗来"两条腿不由得就要往前钻"；干起活来，只嫌时间短，"困也不觉困，累也不觉累，越想越高兴，越干越有劲，你就不知道这股劲头有多大！"诗人魏巍由此再次发现了本质的东西："两年来，从祖国到朝鲜，我看见一面是热火朝天的建设，一面是在炮火弥天中奋不顾身的战斗，好像两个齐头并进的战场一样。"从他的记述与抒情中,我们深深地感受着可爱的祖国和她可爱的人民。

在魏巍的这个报告文学的世界中,对战斗现场的描写,彰显出他作为军人作家的独特气质。

如《挤垮它》一文中的几处描写:"轰轰几声巨响,是敌人的炮打在山脚下,灰蓝色的烟缓缓地上升着。大雾已经离开地面,跟山顶上的云合在一处。往东一看,太阳已经出来了,把山岭照得红通通的。""我们并膀儿坐在他的铺上。从门里朝外望去,看得见有八架敌机,正在轰炸附近的一座桥梁。敌机的身边,不时开放着高射炮的烟朵。""这也许是前线上最宁静的时候,头上只有几架敌人的炮兵校正机,不死不活地飞着,敌人时断时续地打一两发冷炮,谁也不理睬它。这时附近一排洞子里,传出了一阵阵的歌声。"读着这样的文字,仿佛自己也跟着魏巍坐在战士搬来的子弹箱上,握住战士疙疙瘩瘩起了血泡的手,听着他们临战前的歌唱;仿佛跟着魏巍穿行于交通壕,绕过大大小小的弹坑,跑过敌人的炮火封锁区;仿佛跟着魏巍上到山上,亲历战斗如何进行。比如,你能听得见背后一阵呼啸着的炮弹出口声;又比如,按照战斗常识,你判断阵地上已经进入你死我活的肉搏战;还比如,你目睹了敌人的重型轰炸机正准备向我炮兵阵地投弹时,我们的高射炮火,红色的曳光弹像一条条火龙似的迎了上去……

正是这些回肠荡气的文字,记录了一个"最可爱的人"

缔造的英雄时代,记录了年轻的共和国"站起来"的无比坚强。将这种记录化作文学经典的,是诗人魏巍,作家魏巍,战士魏巍!